キャント・バイ・ミー・ラブ

小路幸也
Shoji Yukiya

集英社

目次

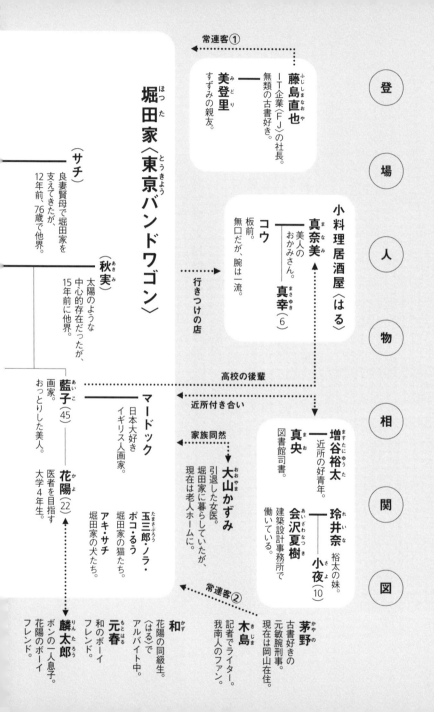

登場人物相関図

常連客①

藤島直也《ふじしまなおや》
IT企業〈FJ〉の社長。
無類の古書好き。

美登里《みどり》
すずみの親友。

小料理居酒屋〈はる〉

行きつけの店

真奈美《まなみ》
美人のおかみさん。

真幸《まさゆき》（6）

コウ
板前。
無口だが、腕は一流。

高校の後輩

近所付き合い

増谷裕太《ますたにゆうた》
近所の好青年。

真央《まお》
図書館司書。

玲井奈《れいな》
裕太の妹。

会沢夏樹《あいざわなつき》
建築設計事務所で働いている。

小夜《さよ》（10）

家族同然

大山《おおやま》**かずみ**
引退した女医。
堀田家に暮らしていたが、
現在は老人ホームに。

堀田《ほった》家〈東京《とうきょう》バンドワゴン〉

（サチ）
良妻賢母で堀田家を
支えてきたが、
12年前、76歳で他界。

（秋実《あきみ》）
太陽のような
中心的存在だったが、
15年前に他界。

マードック
日本大好き
イギリス人画家。

藍子《あいこ》（45）
画家。
おっとりした美人。

花陽《かよ》（22）
医者を目指す
大学4年生。

玉三郎《たまさぶろう》**・ノラ・ポコ・るう**
堀田家の猫たち。

アキ・サチ
堀田家の犬たち。

常連客②

茅野《かやの》
古書好きの
元敏腕刑事。
現在は岡山在住。

木島《きじま》
記者でライター。
我南人のファン。

和《かず》
花陽の同級生。
〈はる〉で
アルバイト中。

元春《もとはる》
和のボーイ
フレンド。

麟太郎《りんたろう》
ボンの一人息子。
花陽のボーイ
フレンド。

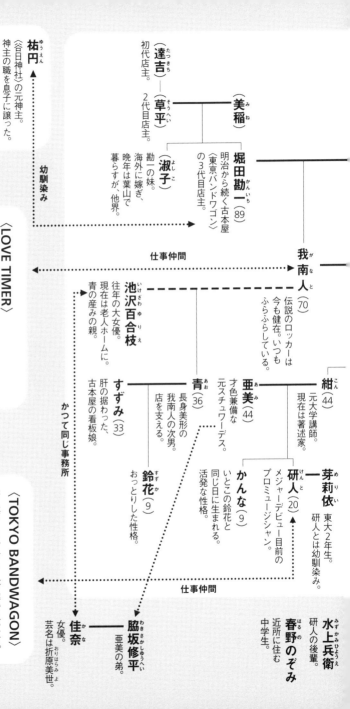

（達吉《たつきち》）――（草平《そうへい》）

初代店主。

2代目店主。

（美稲《みね》）

堀田勘一《かんいち》(89)
明治から続く古本屋〈東京バンドワゴン〉の3代目店主。

（淑子《よしこ》）
勘一の妹。海外に嫁ぎ、晩年は葉山で暮らすが、他界。

我南人《がなと》(70)
伝説のロッカーは今も健在。いつもふらふらしている。

池沢百合枝《いけざわゆりえ》
往年の大女優。現在は老人ホームに。青の産みの親。

紺《こん》(44)
元大学講師。現在は著述家。

亜美《あみ》(44)
才色兼備な元スチュワーデス。

青《あお》(36)
長身美形の我南人の次男。店を支える。

すずみ(33)
肝の据わった、古本屋の看板娘。

芽莉依《めりい》
東大2年生。研人とは幼馴染み。

研人《けんと》(20)
メジャーデビュー目前のプロミュージシャン。

かんな(9)
いとこの鈴花と同じ日に生まれる。活発な性格。

鈴花《すずか》(9)
おっとりした性格。

水上兵衛《みずかみひょうえ》
研人の後輩。

春野《はるの》のぞみ
近所に住む中学生。

脇坂修平《わきさかしゅうへい》
亜美の弟。

佳奈《かな》
女優。芸名は折原美世《おりはらみよ》。

祐円《ゆうえん》
〈谷日神社〉の元神主。神主の職を息子に譲った。

康円《こうえん》
祐円の息子。現神主。

幼馴染み

仕事仲間

かつて同じ事務所

〈LOVE TIMER〉
我南人（ボーカル・ギター）が率いるバンド。ボン（ドラムス）、ジロー（ベース）、鳥《とり》（ギター）。

（東《ひがし》 健之介《けんのすけ》）通称ボン。闘病の末、他界。

仕事仲間

〈TOKYO BANDWAGON〉
研人（ボーカル・ギター）が率いるバンド。

甘利《あまり》 大《だい》 ドラムス。

渡辺三蔵《わたなべさんぞう》 ベース。

イラストレーション　アンドーヒロミ
ブックデザイン　鈴木成一デザイン室

キャント・バイ・ミー・ラブ

東京バンドワゴン

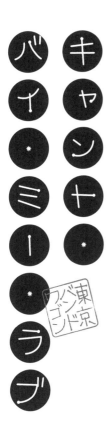

紅葉《もみじ》に置けば紅《くれない》の露、という言葉がありますね。

なんでもあの有名なお坊さんである一休《いっきゅう》さん、一休宗純《そうじゅん》が〈白露《しらつゆ》の己《おの》が姿をそのままに紅葉に置けば紅の玉〉と詠んだ歌であるとか。

白露とは草木を濡《ぬ》らす朝露のことで、文字通り無色透明のただの水滴です。朝陽《あさひ》が当たれば光を跳ね返しきらきらと輝くその姿は、まさしく透明な美しさの最たるものでしょう。

その透明な白露を真っ赤な紅葉の上に置けば、無色透明な姿のままなのに紅色の露になる、と詠んでいるのでしょう。

これは、美しいものはどこにあろうと、どこであろうと変わりはしない。あるいはまた、姿形は変わろうとも良いものの本質が変わるわけではない、という意味合いのものなのでしょうか。

わたしが長年暮らしています東京のこの辺りは下町と呼ばれ、またやたらとお寺が多いものですから、眼《め》に映るものすべてに古き良き風情が残っています。そのせいなのか、車と人がたくさん行き交う大通りの新しいお洒落《しゃれ》な建物にも、古めかしい情緒溢《あふ》れる意匠を凝らしたものが多かったりもするのです。

古きものをそのまま残し、また新しいものにも同じように古き風情を漂わせたりするのは、それが美しく人の心に留《とど》まるからなのでしょう。

昔ながらの板塀は風雨に晒《さら》された跡をまるで美しい文様のようにして残していきます。苔生《こけむ》した石段はその堅牢《けんろう》さを残したまま柔らかく歩く人を支えます。家々の軒先や玄関前の花を枯らした鉢植えにも、どこからか飛んできた種が新しい緑を芽生えさせます。

猫が尻尾を振れば両側の壁に当たる細道、窓を開ければ向こう三軒両隣の夕餉《ゆうげ》の匂いが届く町並み。子供たちの遊ぶ声は軽やかに曲がり道を跳ね回り、家路を辿《たど》る足音もお帰りなさいの挨拶も届きます。

そういう下町で、築八十年にもなるまさしく古色《こしょく》蒼然《そうぜん》たる日本家屋で古書店を営んでいるのが、我が堀田《ほった》家です。

〈東京《とうきょう》バンドワゴン〉というのがお店の屋号なんですよ。

創業は明治十八年。初代である堀田達吉《たつきち》が桜の木があったこの土地を一目見て気に入り、家屋も蔵もそのときに建てたものを今もそのまま使っています。

その頃から古本屋にしては奇異な名前だと思われていたという屋号は、達吉が親交のあった坪《つぼ》内逍遥《うちしょうよう》先生に名付けてもらったものだとか。坪内先生といえばシェイクスピアの翻訳でも有名ですよね。日本語と英語を組み合わせたのはそれ故なのでしょうか。

瓦屋根の庇《ひさし》に鎮座まします黒塗りに金文字の看板も今はすっかり色褪《いろあ》せてしまいましたが、その風情もまた美しかろうと手を加えずにそのままです。当時の右から左に書かれた屋号ですから、若い方などが通りすがりに「ンゴワドンバなにひがし?」となにやら呪文のように呟《つぶや》くこともしばしば。

創業当時は家の正面に向かって左側の古本屋のみの営業でしたが、今は右側の物置だったところを改装してカフェもやっています。

〈かふぇ　あさん〉という登記上の名前はありますが、同じ場所でしかも店内は繋《つな》がっているのに名前が違うのは煩わしかろうと、どちらも〈東京バンドワゴン〉で通すようになりました。コーヒーはもちろんのこと、モーニングの食事も好評ですし、何よりも古本屋の本は貸本という形でカフェに持ち込んで読むこともできるのですよ。

あぁ、いけません。

またご挨拶もしないうちから長々とお話ししてしまいました。

わたしがどなたの目にも触れることのない暮らしになって、もう十数年が経《た》っています。それがあたりまえになっているものですから、随分とお行儀も悪くなってしまっています。

初めまして、の方々もいらっしゃいますでしょうか。

相も変わらずというわたしの話にお付き合いいただいている常連さんも、そしてお久しぶりの方々にも大変失礼いたしました。

わたしは堀田サチ、と申します。

この堀田家に嫁いできたのは、終戦の年、昭和二十年のことでした。

縁があった、などというには余りにも物騒な出来事に巻き込まれてから堀田家の敷居を跨《また》いだことは、もう大分以前にお話しさせていただきましたね。

あの日からもう七十余年もの月日が流れました。堀田家の家族とたくさんの縁者の方々に囲まれて、慎《つつ》ましくも賑《にぎ》やかな日々を過ごさせてもらいました。

賑やかと言えば通りは良いですが、騒動と言ってもいい我が家に巻き起こる出来事の数々をお話しするようになって、十数年も経ちましたか。

毎度お付き合いいただいている方々の中にも、ひょっとしたらその間に新しい家族を迎えたり、あるいは慣れ親しんだ家を出て新しい暮らしを始めるようになった方もいるでしょうね。

またこうしてお会いできたのですから、いつものようにまずはうちの家族を順にご紹介させていただきましょうか。

カフェを作ったが故に家の正面に入口が三つも並んでしまってややこしいですね。本来の正面玄関は真ん中の扉がそうなのですが、普段はほとんど使いません。

まずは、向かって左側のガラス戸を開けて中へどうぞ。

ガラス戸に書かれた金文字にありますように、そこが、古本屋〈東京バンドワゴン〉の入口です。からん、と鳴る土鈴《どれい》の音がきれいでしょう。この音が気に入って割れてしまったときのために予備をいくつも買ってあるんです。

入ってすぐに眼に入るのはもちろん並ぶ本棚ですが、この重そうな本棚、実は床にレールが敷いてある可動式です。創業当時からそのままのものなのですが、そんな仕掛けのものはとても珍しく、その当時にはよく見学に来る大工さんがいたそうですよ。

店のいちばん奥、三畳分の畳が敷かれた帳場に座り、古びた文机《ふづくえ》に頬杖《ほおづえ》突いて本を読んでいるのが、わたしの夫であり〈東京バンドワゴン〉三代目店主の堀田勘一《かんいち》です。

ご覧の通りの大柄で、ごま塩頭に仏頂面が地顔、声も態度も大きいので一見怖そうにも思えるのですが、ご安心ください。そこは客商売ですからお客様には懇切丁寧、特に女性と子供には常に優しい笑顔を向けます。

もちろん、古書に関しての知識は豊富で、特に文芸や芸術方面には明るいですから、何でも訊《き》いてみてください。嬉々《きき》として答えてくれますよ。

次の誕生日で九十歳になり自ら棺桶《かんおけ》に腰まで入っていると嘯《うそぶ》きますが、ご覧の通り矍鑠《かくしやく》としていまして、とてもその年齢には見えません。お医者様からも百歳を越えても元気でいるだろうと太鼓判を貰《もら》っています。本人も曾孫《ひまご》たちが結婚するまで死なねぇと言っていますから、あと十年は頑張るのではないでしょうか。

あぁ、帳場の後ろの壁に書かれた墨文字ですね。目立つでしょう？

〈文化文明に関する些事《さじ》諸問題なら、如何《いか》なる事でも万事解決〉

これは、我が堀田家の家訓なのです。

わたしの義父であり、勘一の父親である二代目店主の堀田草平《そうへい》が書いたものなのです。

お義父《とう》さんは大正から昭和に移り行く激動の時代に、全ての民衆のための羅針盤となるべく〈智の集合体〉として新聞社を興そうとしたのですが、様々な事情や弾圧などがあり志半ばになりました。

そこで心機一転して初代達吉の意を汲《く》み家業であった古本屋を継いだのですが、その際に「世の森羅万象は書物の中にある」という持論からこの家訓を捻《ひね》くり出し、ここに書いたのだそうです。

本人としては古本屋という家業に邁進《まいしん》するための決意表明のようなものだったらしいのですが、

お客様や近所の皆様に多少曲解され、奇っ怪な事件のようなものを持ち込まれて、まるで探偵のように事件解決に駆け回ったことも一度や二度ではなかったようです。その辺りのことはお義父さんの日記に詳しく書き留められていますので、いずれお話しする機会がありますでしょう。

そうなんです。我が家の家訓は他にも多々ありまして、あそこにあるような壁に貼られた古いポスターや、カレンダーを捲《めく》りますとそこここに現れます。

曰《いわ》く。

〈本は収まるところに収まる〉

〈煙草《たばこ》の火は一時でも目を離すべからず〉

〈食事は家族揃《そろ》って賑やかに行うべし〉

〈人を立てて戸は開けて万事朗らかに行うべし〉等々。

トイレの壁には**〈急がず騒がず手洗励行〉**、台所の壁には**〈掌《てのひら》に愛を〉**。

そして二階の壁には**〈女の笑顔は菩薩《ぼさつ》である〉**という具合です。

家訓などというものは過去の遺物、もはや死語と言っても差し支《つか》えないでしょうけれども、我が家では老いも若きもできるだけそれを守って、日々を過ごしていこうとしています。

帳場の脇で、買い取りをした古本を一冊ずつ確かめながら整理を始めているのが、孫の青《あお》のお嫁さんのすずみさんです。

とにかく小さい頃から読書好きで、お父さんについて足を踏み入れた古本屋さんに魅せられ、中学生の頃から古本屋さんになることが夢だったとか。

その夢を実現するべく高校生の頃には既に東京のほとんどの古本屋さんを巡り、大学は国文学科で卒論は二葉亭四迷《ふたばていしめい》について書いたという筋金入りの古書好きです。その知識量も半端なものではなく、記憶容量がスパコンをも凌《しの》ぐのではないかと言われていますよ。

青と結婚しまして一児の母になり、三十半ばにさしかかりましたが愛くるしい笑顔は若い頃のまま。でも、こう見えて度胸も気《き》っ風《ぷ》の良さもあの勘一が舌を巻くほどなのですよ。

どうぞご遠慮なく、帳場の横の上がり口から靴を脱いで奥の方へ。すぐそこが我が家の居間になっています。

あら、ごめんなさいね。だらしなく寝そべって猫のお腹《なか》を撫《な》でているのは、わたしと勘一の一人息子の我南人《がなと》です。

そうです、ご存じでしたか。

〈LOVE TIMER〉の我南人なんですよ。

もう七十になったというのにご覧の通りの金髪の長髪。でも実は白髪もかなり混じっているので、そろそろ銀髪と言われそうですね。

高校生の頃からギターをかき鳴らしロックをやってきましたが、いつの間にか〈ゴッド・オブ・ロック〉とか〈レジェンド・オブ・ロック〉などと呼ばれているとか。

ずっと一緒にやってきたバンドメンバー、ドラムスのボンさんの死去もあり、バンドとしての活動は休んでいますが、他のミュージシャンへの曲の提供や残ったメンバーでのアコースティックライブなどはやっています。

以前は全国ツアーにライブにレコーディングと、とにかく出回ってばかりでまったく家に居着かない男でしたが、ここ最近は孫の相手も楽しいらしく、家にいることがわりと多いですね。

居間の座卓でノートパソコンを開き、軽やかにキーボードを叩《たた》いているのが、その我南人の長男でわたしの孫の紺《こん》です。

大学講師の傍ら古本屋の裏方の仕事をこなしていたのは以前のことで、下町に関する本を出したのをきっかけにライターとして一本立ちし、小説も評判になったことから今は連載を抱える小説家でもあります。こうして居間で仕事をすることが習慣になっていて、自分の部屋では静か過ぎて落ち着かないと小説もここで書いているのですよ。

祖父である勘一を筆頭にして父親に弟、さらには自分の息子までがいろんな意味で派手に動き回る堀田家の男たちの中で、唯一常識をわきまえ常に沈着冷静、石橋を叩いても渡らないという慎重な智慧者《ちえもの》です。それ故、地味な風貌とも相まって普段はいるかいないかわからないとまで言われますが、その堅実さで我が家を支えてくれているのです。

ほら、今カフェのホールから休憩で居間に戻ってきて座ったのが、紺の弟であり我南人の次男である青ですが、まるで紺とは似ていないイケメンぶりですよね。

実は紺と青は母親が違います。モデルさんもアイドルもハリウッドスターさえも裸足《はだし》で逃げ出すのではないかと言われる見目麗しいこの顔とスタイルは、あの銀幕の大女優池沢百合枝《いけざわゆりえ》さん譲りなのです。スカウトされてまだ中学生の頃から俳優として映画出演の経験もありまして、今もファンの方がカフェを訪れてくれることも多いのです。

大学を卒業してからは旅行添乗員の仕事をしていましたが、今は執筆で忙しい紺の代わりに古本屋の裏方をしています。いわゆるサブカルチャー関係、芸能やファッションに音楽それに漫画などには無類の強さを発揮してその辺りの値付けはほぼ青がやっています。カフェでは主にホールを担当していますよ。

喉が渇きませんか。どうぞ、カフェの方に回ってくださいな。

コーヒーはもちろん各種のジュース、スムージーといったものもありますし、手作りのケーキやベーグル、トーストなどの軽食もあります。モーニングではお粥《かゆ》のセットなどが好評なんです。

カフェの壁はアートギャラリーのようになっていまして、絵画や版画、ときには写真なども掛けられ、販売もしています。その作品を作っているのは、カウンターで注文の品を作っている我南人の長女でわたしの孫の藍子《あいこ》と、その夫であるマードックさんです。

二人はマードックさんの年老いたご両親のためにしばらくイギリスで暮らしていたのですが、お母様が亡くなりお父様も保養施設でガーデナーとして働きながら暮らすことになりましたので、この春に帰ってきました。

どちらかと言えばおっとりと、そして浮世離れした雰囲気の娘だった藍子なのですが、その心には芸術家らしい炎のような熱情もあったのでしょう。大学在学中に教授であったすずみさんの父親と一生に一度の恋に落ち、一人娘の花陽《かよ》を授かり、誰にも父親のことを明かさずにシングルマザーとして育ててきたのです。

ですから、すずみさんと花陽は、義理の叔母と姪《めい》でありながらも腹違いの姉妹という少々複雑な関係です。

カウンターに座っているのがその藍子の夫、イギリス人で版画や日本画を中心に活躍するアーティスト、マードック・グレアム・スミス・モンゴメリーさん。

学生時代に古き日本文化や芸術に心魅《ひ》かれて留学生としてやってきて、ずっとご近所さんとして過ごしていたのです。ほとんど一目惚《ひとめぼ》れだったという藍子と結ばれて、花陽にとっては継父となっています。

カフェのカウンターの向こう側でコーヒーを落としている、美しさが一段と際立つ女性は紺のお嫁さんの亜美《あみ》さんです。

以前は国際線のスチュワーデスというまさしく才色兼備のお嬢さんでして、四十代で二児の母になった今も、その美貌は損なわれるどころかますます輝き、さらには怖いほどの鋭さまで増して、ハリウッド女優も敵《かな》わないとまで言われています。

そんなお嬢さんが何故《なぜ》あんな地味で凡庸としか言い様のない見栄えの紺と結ばれたのか、いまだに堀田家最大の謎とされています。

実はこの〈かふぇ　あさん〉。亜美さんの提案で作ることになったのです。

我南人の奥さんで我が家の太陽だった秋実《あきみ》さん。その秋実さんが病に倒れて亡くなり、家族全員が打ち拉《ひし》がれ暗く沈んでいたときに「カフェを作りましょう！」と亜美さんが活を入れたのです。ただでさえ火の車だった古本屋以外で収入源を作り、家計をも助けようとその溢れるセンスとスチュワーデス時代の人脈で、煤《すす》けた物置だった場所を見事に美しく変貌させました。本当に今は堀田家を支える大きな柱になっているんですよ。

ちょうど今カフェに入ってきたくるくる巻き毛の長髪で可愛《かわい》らしい顔をしている男の子は、紺と亜美さんの長男で、わたしの曾孫の研人《けんと》です。

〈TOKYO BANDWAGON〉というバンドのフロントマン、ボーカリストでギターを担当しています。そうなのです、ミュージシャンである我南人の血を色濃く引いたのは息子の紺や青ではなく孫の研人だったようでして、中学生になる頃からその才能の片鱗《へんりん》を見せ始めました。高校生の頃には既にミュージシャンとして頭角を現し、二十歳になった今はれっきとしたプロとして、アルバム制作やツアーに勤《いそ》しんでいます。〈TOKYO BANDWAGON〉はYouTube《ユーチューブ》や音楽配信などではもうかなりの人気バンドでして、今や堀田家でいちばん稼いでいるのは研人だろうとなっているんですよ。

その研人と一緒に入ってきた長い黒髪の女の子は、研人の幼馴染《おさななじ》みであり今は妻である芽莉依《めりい》ちゃんです。幼い頃からずっと愛を育んできた二人は、高校を卒業してすぐに結婚しました。結婚式はまだ挙げていませんし、同じ家にいても部屋は別々なのですが、それは芽莉依ちゃんが大学を卒業してからいろいろ決めるそうです。

芽莉依ちゃん、ご覧のようにくりんとした大きな瞳に笑窪《えくぼ》も愛くるしい女の子なのですが、東大に現役合格した才女でもあります。性格的には本当に大人しく清楚《せいそ》で控え目なのですが、一度スイッチが入れば弁も立ちまさしく才気煥発《さいきかんぱつ》な女の子。将来的には世界を股にかけるような仕事がしたいと、既にペラペラの英語に加えてフランス語や中国語も習得中。

カフェのカウンターに入ってきて亜美さんの手伝いを始めた眼鏡を掛けた女の子は、藍子の一人娘の花陽です。芽莉依ちゃんよりも二つ年上ですがもちろん幼馴染みです。

花陽と研人は、それぞれ母親と父親が姉弟《きょうだい》のいとこ同士ですが、生まれたときからずっと一緒に暮らし、名字も同じで通った小学校中学校も同じですから、いまだに二人のことを姉弟と思っている人も周りには多いのですよ。

活発で元気な女の子だった花陽は、中学生の頃に医者になるという目標を持ち、猛勉強の末に都内の医大に進みました。大学四年生になりましたが、若い娘なのに遊び回ることも化粧っ気もなく、本当に真面目に勉学に打ち込んでいます。でも、亡くなった我南人のバンドのボンさんの息子さん、麟太郎《りんたろう》さんとお付き合いをしていまして結婚まで考えているようですよ。

お話ししたように、花陽の実の父親はすずみさんのお父さんでした。もちろんそのことを知らずに、すずみさんは青と出会い恋に落ちたのです。わかってからはお互いにいろいろ思うところもありましたが、二人には何も責任はないことです。すぐにわだかまりのようなものもなくなり、今はちょっと複雑な関係を楽しんで、お互いに行ったり来たりしていますね。

家の奥の方から声が聞こえましたね。我が家には表側の三つの玄関の他に、横に回ったところに裏玄関があるのです。正面の入口はそもそもが店舗用でして、こちらが住居用の玄関とするのが通りがいいでしょう。普段それぞれ学校や外出するときにはその裏玄関から出入りします。

ただいまー！　とユニゾンで響いた元気な声の主は、わたしの曾孫で、紺と亜美さんの長女かんなちゃんと、青とすずみさんの一人娘である鈴花《すずか》ちゃんです。ランドセルを背負って小学校から帰ってきました。

いとこ同士になる、かんなちゃんと鈴花ちゃん。本当に偶然なのですが同じ日のほぼ同時刻に生まれました。赤ちゃんの頃は必ず双子ですかと訊かれるほどにそっくりだったのですが、もうすっかりそれぞれの個性がはっきりしています。

次の春になれば小学四年生になりますけれど、大きな瞳が愛らしく元気一杯の笑顔が似合う活発なかんなちゃん。運動神経もお母さんである亜美さんのものを受け継いだようで、いちばん好きなのは体育だそうです。

対照的に、涼し気な目元が少し大人っぽく、おっとりして恥ずかしがり屋さんなのが鈴花ちゃん。こちらは音楽や工作など芸術方面が好きなようで、祖父の我南人や伯母の藍子の素養を受け継ぎましたかね。二人ともとても愛想が良く、我が家の最も新しい看板娘ですよ。

藤島《ふじしま》さんと美登里《みどり》さんも一緒に入ってきたのは、偶然帰りが同じになりましたかね。

藤島さんは血縁者ではなくお店の常連さんで、六本木《ろっぽんぎ》ヒルズにＩＴ企業を構える社長さんです。今や日本を代表すると言っても過言ではない一流企業の社長さんなのに、三度の飯より古本好きという珍しいお方。随分昔のように思えてきますが、初めて〈東京バンドワゴン〉に来たときには店の本を全部買いたいと言い出して、勘一に怒鳴られたのですよね。

それから我が家に足しげく通うようになり、騒ぎに巻き込んでしまったり巻き込まれたり、空き地だった隣地に別宅として〈藤島ハウス〉というアパートまで建てて自分の部屋を構え、今ではもう家族同然です。

その藤島さんと結婚しパートナーになったのが、すずみさんの親友でもある美登里さんです。一時期はいろいろと込み入った事情がありすずみさんとも疎遠になったり、ややこしい事件などもあったりもしましたが、今はＮＰＯ関連の職員として働き、我が家の一員のようになっています。

そして今はこの家にはいない家族同然の二人の女性も。

わたしと勘一にとっては妹同然だった戦災孤児の大山《おおやま》かずみちゃん。医者を引退して堀田家に帰ってきたのですが、眼が見えなくなる病になってしまい、自ら決めた老人ホームへ入居しました。そして、青の産みの母親であり、日本を代表する女優であった池沢百合枝さんも、女優を引退し、かずみちゃんと同じ場所で暮らすためにそちらへ引っ越していきました。

今、この堀田家に住んでいるのは、勘一に我南人、紺と亜美さん、青とすずみさん、そしてかんなちゃんと鈴花ちゃんですね。藤島さんが建てた隣のアパート〈藤島ハウス〉にはイギリスから帰ってきた藍子にマードックさん、研人に花陽に芽莉依ちゃん、そして藤島さんと美登里さんです。

違う屋根の下とはいえ、朝ご飯には皆が堀田家に集まり、晩ご飯もそれぞれにここの居間で食べていますから、ほとんど一緒に暮らしているのと同じようなものです。近頃ではこの堀田家の方を母屋と言ったりもしていますよね。

我が家の一員である犬と猫たちは、猫の玉三郎《たまさぶろう》にノラにポコにるう、そして犬のアキとサチです。

玉三郎とノラというのは、実は我が家の猫二匹に代々付けられていく名前なのです。今の玉三郎とノラも捨てられていた猫で、正確な年齢はわかりませんがおそらく五歳か六歳ぐらいになりました。ポコはこれがもうそろそろ尻尾が二つに分かれそうな高齢の猫でして、おそらく十八歳かそこらでしょう。るうは、本当についこの間、ベンジャミンという猫が虹の橋を渡った翌日に拾われた真っ白い子猫なんですよ。たぶんですけれども、まだ一歳にもなっていなくて、ようやく我が家の皆と馴染んだばかりです。アキとサチも拾った犬ですけれど、こちらはたぶん十歳ぐらいですね。

皆元気で、猫たちは古本屋やカフェにも顔を出して、本棚の上や帳場、空いている椅子に寝そべっていたりしますし、アキとサチはあまり店に顔は出しませんが、呼ばれればどこにでも飛んでいきます。皆、騒いだり本を齧《かじ》ったりする悪戯《いたずら》もしない良い子たちですよ。


最後に、わたし堀田サチは、七十六歳で皆さんの世を去りました。

終戦の年に勘一と夫婦になってから六十年近く、古本と愛する家族、縁者の方々に囲まれ楽しく過ごしてきました。本当に幸せで満ち足りた人生でしたと感謝しながら眼を閉じたのですが、どういうことか眼を覚ますとそのまま家に留まっていました。思い出すと笑ってしまいますが、わたしは自分の葬儀にも出たんですよ。

何故なのかいまだにさっぱりわかりませんが、どこかにいらっしゃるどなたかの粋な計らいなのだろうと納得して、こうして家族の皆を草葉の陰ならぬ家の中でそのまま見守っています。

誰の目にも留まらないと言いましたが、実は幼い頃から人一倍勘が鋭かった紺は、わたしがこの家にいることに早くから、それこそわたしの葬儀のときから気づいていて、見えはしないのですがときどきは仏壇の前で話ができるのです。

そしてその血を引いたのでしょうね。紺の息子の研人は話はできませんがわたしの姿をときどき見ることができますし、妹のかんなちゃんは、いつでもどこでもわたしが見えてごく普通にお話もできるのですよ。

でもそれはわたしと鈴花ちゃんも含めて五人と、イギリスにいる友人の六人だけの秘密にしていますので皆様もお含みおきください。

いつもご挨拶が長くなってしまい、すみません。

こうしてまだしばらくは堀田家の、そして〈東京バンドワゴン〉の行く末を見つめていきたいと思っています。

よろしければ、どうぞご一緒に。

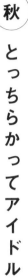

秋 とっちらかってアイドル

一

秋深き隣は何をする人ぞ。

きっと誰もが一度はこの季節に耳にしたり、何かで読んだりしているでしょうけれど、実は誰の句なのかを知らない人も意外と多いのではないでしょうか。

これはかの松尾芭蕉《まつおばしょう》の句ですね。そして、晩秋に人恋しい気持ちになることを表した、もの悲しい句であるとか。

でも、今の時代になって聞きますと、隣の人が何をしてるどうしてるなんて詮索をするのはプライバシーの問題だとか、いやいや軽くストーカーじみてる気持ちじゃないか、なんて解釈になっちゃうな、などと若い人たちは言っているとか。

確かに言葉の意味をそのままに取ってしまうと、そんなふうに解釈されても仕方ないかもしれませんが、まぁ本当に時代の移り変わりと人の心持ちの移ろいやすさは、激しくもおもしろいものだと思います。

移り変わりが激しくとも、季節の趣はそうは変わりません。

晩秋、と詠まれる頃は十月の頭過ぎから十一月の初旬ぐらいだとか。この頃になると冷えてきた風の中に、落ち葉の匂いが混じってきますよね。紅や黄色や様々に彩られた紅葉も大方その身を地面に落とし、色とりどりの絨毯《じゅうたん》で人の目を楽しませてくれます。

庭の桜も古木にもかかわらず葉はたくさん生い茂りますので、この時期になると庭にどんどん落ちていきます。我が家では庭のことをやるのは主に藍子や亜美さん、すずみさんの女性陣ですが、落ち葉の掃除に関しては男性陣も何故か気にしています。

気にするどころか、こぞって落ち葉を集めたがるんですよ。年寄りの勘一はともかくも、家の中のことなど何も気にしない我南人や、まだ若い研人までもがこの時期になると箒《ほうき》を片手に庭に出ていくのです。

男の方はとかく何かを集めたがるというのはよく聞きますが、落ち葉を集めるというのも何か単純に楽しいものなのでしょうか。大きめの庭箒の他に竹熊手などもありますから、強い風さえ吹かなければわりと簡単に落ち葉は集められます。そしてきれいに集められると、やっぱりちょっとすっきりした気持ちになり、満足感も得られますよね。

集めた落ち葉がうずたかく溜《た》まると、犬のアキとサチがそこに飛び込んでいって遊びたがるのですが、思いっきり身体《からだ》が汚れてしまうのが困りものです。それをブラッシングできれいにして、ついでに冬毛になってきて換毛期である犬の毛を集めるのも、この季節の恒例になっています。

犬猫を飼っていると換毛期のブラッシングは本当に大変ですよね。ブラシで身体をいじられるのが好きな犬猫はいいのですが、どうしても嫌いな犬猫もいます。それはもう、一緒に暮らしてやってみなければわからないものですから、しょうがありません。

我が家では、いちばん老齢のポコは気持ちがいいのか諦めているのか大人しくやらせてくれますが、まだ若い玉三郎はじっとなんかしてくれません。そしてノラはブラシを見るとすーっとどこかへ行ってしまいますし、玉三郎はすかさず猫パンチをブラシに繰り出します。まだまだ子猫のるうはそれほど毛の量が多くなくて気になりませんが、今のところはわりと好きらしくて、大人しくされるがままです。

そう、犬のアキとサチは、そもそも庭に設置してある犬の鎖に繫いでからやりますので、嫌でも逃げられないので諦めて大人しくしているようですけれどね。

アキとサチが遊んだ落ち葉はまた集めて、桜の木の根元にまとめて置いておけばいずれ土に還り腐葉土となり肥料になっていきます。案外うちの桜がいつまでも元気なのは、こうして毎年きちんと自分の葉を栄養にしているからかもしれません。

遅咲きの秋海棠《しゅうかいどう》も花を落として、茶色の小さな実を付けています。秋の薫りとも言うべき金《きん》木犀《もくせい》の匂いも薄まって微《かす》かになってくると、いよいよ秋から冬に移り変わってきたなという気持ちになりますね。

もう何年前になりましたかね。亜美さんがお友達から貰ってきた蝦蛄葉《しゃこば》サボテンが毎年見事な花を付けていました。ですが、今年は花が随分と少なくなっていて、ひょっとしたら植え替えなどしなきゃならないのかと話していたのですが、美登里さんが詳しかったのですよね。実は花屋さんをやっている親戚の方がいるとかで、来年の春に土を落として小さな鉢に植え替えればまた元気に咲いてくれるようです。

衣替えも秋物は既に終わらせていたのですが、冬物のコートなどをこの頃に用意することが多いです。

会社勤めの方がいらっしゃるご家庭ではスーツやワイシャツなどをクリーニングに出すことも多いのでしょうが、何せ我が家に会社勤めは一人もいません。

もう随分昔になりましたが紺が大学講師、青が旅行添乗員をやっていた頃には多少はありましたが、今は男性陣がスーツやワイシャツを着る機会などは文字通り冠婚葬祭ぐらいです。ですから、クリーニングに出すのは、せいぜいが数年に一回のコートなどの外套《がいとう》がほとんどなのです。

家族が多い我が家ですから、そういう服の着回しというか、お下がりというか、毎年のように衣替えの時期にはそんな話があちこちでされています。それに、池沢さんが引っ越しをしたときにもたくさんの服を、着てもらえるのならぜひお願いしますと置いていってくれたのです。

我が家は本当に女性が多く、藍子に亜美さん、すずみさんに花陽に芽莉依ちゃん、そして美登里さんも加わりましたし、かんなちゃん鈴花ちゃんも身長が伸びてすっかり少女らしい姿になってきました。この服は取っておけばかんなちゃん鈴花ちゃんの二人に回せるわよね、あ、じゃあもうしばらく私が着てそれから回す、などと楽しげに会話をしています。

男性陣にしてみると衣替えは単にタンスや押し入れの高いところから衣装ケースを下ろしたりする荷物運びの役目しかないと思われがちですが、実は我が家には女性陣にも負けない衣装持ちがいるのです。

我南人ですね。なにせロックンローラーでしたからその衣装もかなり個性が際立ち、息子である紺はもちろんのこと、あの芸能人にも負けない容姿の青にお下がりしてもちょっと着こなすのが難しいものばかりでした。

でも、研人がすっかり背も伸びて今や我南人にも並ぼうとしていますし、これがまた可愛らしい顔立ちなのに、同じミュージシャンの持つ独特の雰囲気というものなのでしょうか、何故か我南人の派手な服が似合うのですよね。

今年も我南人の冬物の外套などを出して、これは着るのかもう着ないなら整理しましょうかなどとやっていたところ、研人は我南人が若い頃に着ていた革のロングコートが欲しいと言い出していました。

正確にはダスターコートと言うんでしたか。あの西部劇でよくガンマンが着て、決闘の場面で風に裾をひらひらとなびかせている長い長いコートですね。

かれこれ半世紀近くも前のコートですが、やはり良いものは長持ちするのですよね。大した手入れもしていないので革の表面がごわごわになってしまっていますが、それがまた味になっていいんだとか。きっとクリームなど塗って手入れをすれば多少は革の柔らかさも戻ってくると思います。

ファッションの流行は巡りますよね。我南人たちが若い頃に穿《は》いていたパンタロンみたいなパンツがまた流行《はや》るなんて思いもしませんでしたけれど、若い子たちが着ているのを見ると似合っているなと思えます。

我が家は人数も多いし各世代揃っていますから、こうして服をきちんと取っておいて後の世代に回していくのも、エコというものなのかと思いますよ。

少し前に、隣地にあったアートギャラリー〈アートウ〉を我が家で譲り受ける約束をしました。

小さな路地一本隔ててうちの隣にあって廃業してしまった銭湯〈松の湯〉の建物をそのまま残し、中を改装してアートギャラリー〈アートウ〉になったのはもう十年近く前でした。

その〈アートウ〉の経営が苦しくなり、けれども立派な銭湯建築である〈松の湯〉そのものはどうしてもこの町に残していきたい。ひいてはお隣でありこの町でいちばんの古株でもある〈東京バンドワゴン〉さんに後をお願いできないかと、経営していた高見《たかみ》さんに頼み込まれたのですよね。

いろいろと悩みましたが、青が、音楽や美術など芸術を中心にした〈クリエイターズ・ビレッジ〉を作ろうと言い出して、自分がそこの経営者になることを決めたのです。

手続きはまだ多少残っているようですが話はまとまり、既に〈アートウ〉を閉じて〈東京バンドワゴン〉が建物をそのまま引き継いで、新しい事業を始めることは公表しました。

公表と言っても〈アートウ〉に張り紙をして、それぞれの各関係者、知人友人にメールをしただけだったのですが、思いがけず意外とあちこちに話が広まったようでした。業界紙のサイトなどにも大きく記事になったりしましたよ。

〈東京バンドワゴン〉に我南人や研人がいることはもう周知の事実ですし、マードックさんや藍子というアーティスト、それに小説家の紺もいることから、音楽業界や美術業界、もちろん古書業界や出版社などからの問い合わせや連絡などが、ここのところはひっきりなしでした。

勘一などはもう死ぬまで問い合わせの電話には出なくていいな、などとこぼしていましたね。

そんな十月も終わり十一月に入った金曜日の朝。

相も変わらず堀田家は朝から賑やかに始まります。

目覚まし時計を一切使わずに、ほぼ時間通りに起きられるかんなちゃんと鈴花ちゃんなのですが、これはもう一種の特殊能力と言ってもいいですよね。

わたしは何度も二人の部屋にこっそり入っていって起きるのを確かめて、かんなちゃんに「また見ていた！」と笑われたのですが、本当に時間になるとぱちりと眼を覚ますのです。勘の鋭さは紺以上でもはや超能力と言われているかんなちゃんだけではなく、鈴花ちゃんもそうなのですよね。我が家ではそんな人間は今までいませんでしたから、いったい誰からの遺伝なのか不思議です。

今日はどちらが先に起きたのかはわかりませんが、パジャマを脱いでちゃんと着替えてから、二人競い合って跳ぶように階段を下りてきて縁側を走り、どちらか一人が〈藤島ハウス〉に研人を起こしに向かいます。

今日は鈴花ちゃんが研人を起こしに行きましたね。かんなちゃんが先にエプロンを着けて、台所に入っていきました。

夏になる前に突然朝ご飯を一緒に作ると言い出したかんなちゃん鈴花ちゃん。それも交代制になったようで、一人が研人を起こしに行って、一人が台所へ入るのです。まさしくツーカーという二人のコンビネーションなのですが、話し合って決めているのかそれとも何も言わずに阿吽《あうん》の呼吸で決まるのかもわかりません。

研人を起こしに行った人はその後は料理のお手伝いではなく、お皿を出したりする方に回るのも二人の間では決まっているようです。

かんなちゃん鈴花ちゃんに遅れることなく、二階からは亜美さんにすずみさん、〈藤島ハウス〉からは藍子に花陽、芽莉依ちゃんに美登里さんもやってきます。大人六人が立ち回っても大丈夫な広い台所ですが、食堂か寮でもあるまいしさすがに毎日全員が忙しく朝ご飯の準備をすることなどはありません。

藍子と亜美さんはカフェのモーニングの下拵《したごしら》えをしたり、花陽は洗濯物を集めたり二階に掃除機を掛けるのをやってしまったりと、その他の朝の仕事をすることも多いですね。かんなちゃん鈴花ちゃんがもう少し大きくなれば、ますます手が増えてそれぞれの忙しさも落ち着くかもしれませんよね。

居間に鎮座まします欅《けやき》の一枚板の座卓は、大正時代に作ってもらったものだと聞いています。まだガスコンロなどなかった時代ですから、大勢で鍋を囲めるように七輪を組み込むための天板付きの穴が開けられていたり、冬になれば専用に作った炬燵《こたつ》布団を掛けて炬燵になるという便利なもの。便利なのですがなにせ分厚い一枚板ですから、相当に重いのが難点なのですよ。掃除機を掛けるときには数人で囲んで持ち上げて移動しないとなりません。

それを毎日やるのは大変なので、座卓の脚のところに掃除機を掛けるのは、大体一週間に一回ぐらい。さすがに勘一はそれはもうお役御免してもらっていますが、我南人や紺や青、研人や帰ってきたマードックさんたちがその度に呼ばれてよっこらしょ、と持ち上げます。

台所で朝ご飯の支度をする音が聞こえ出す頃には、勘一がのそりと起き出しやってきて、新聞を取りに行ってから上座にどさりと腰を据えます。我南人は自分のiPad《アイパッド》を片手に二階から下りてきて下座に着きます。

紺に青、起こされた研人にマードックさん、それに本宅を〈藤島ハウス〉の部屋にした藤島さんもやってきます。大体ですが、月に二、三回は以前の本宅だった高級分譲マンションで過ごすこともありますが、それ以外は我が家で朝ご飯、ときには晩ご飯も食べるようになりました。

いつも縁側の戸を開けて、アキとサチを外に出して用足しをさせるのですが、さすがにここのところは開けっ放しというわけにはいきません。それにリードを付けなければ決して庭から外へは行かないアキとサチですが、何が起こるかわかりませんからね。青がリードを付けて外へ出て、すぐに戸を閉めます。

犬を飼っている人の話を聞くと、老犬になってくると間に合わなくなってしまうと聞きますから、そのうちにアキとサチのトイレも家の中に必要になるときが来るかもしれませんね。猫のトイレは猫の数だけ置いてありますが、誰と誰かはわからないのですが、意外と同じトイレを使っていることがあるのですよね。

皆の箸置きを選んで並べていくのは、今日はかんなちゃんですか。

先代であり義父の草平さんが集めた陶器の箸置きは、数えると百七十五個もあり、それを毎朝選んでそれぞれの座る場所に置いていくのが習慣になりました。

かんなちゃん鈴花ちゃんはこれを始めてからというもの、箸置きが気になるようで、どこかのお店に買い物に行ったときに箸置きがあるとしげしげと眺めるようになっています。この間などは二人して買おうかな、なんて言ってましたよね。

「今日は動物だ！」

そう言ってかんなちゃんが茶簞笥《ちゃだんす》の引き出しから次々に箸置きを出していきます。動物を模《かたど》ったものもたくさんありますからね。

「猫、ラクダ、鳥、犬、カピバラさん！」

「カピバラさん？」

「それはさすがにないんじゃないかなぁあ」

前に置かれた箸置きを笑いながら我南人が手にして見ましたが、あるんですよ。

「おぅ、カピバラさんだねぇえ」

おそらくはネズミかもしくはリスを模ったものだと思うのですが、どうみてもカピバラに見えてしまうのです。そしてラクダと言ったそれはきっと豚ですね。

「おはしはマードックさんで」

「はい、わかりました」

箸を置く役目はいつも別の人を指名するんですよね。

マードックさんが皆の箸が入った箸箱を手にして、箸置きの上に置いて回ります。箸はそれぞれの名前についた色や雰囲気で決めていますので、どの箸が誰の箸か迷うことはありません。かんなちゃん鈴花ちゃんの二人が席を決めることはほとんどなくなりましたね。なので、並び順は箸を置く人によって毎朝違いますが大体は夫婦で並んでいきます。わざわざ考えるのも面倒くさいですし、夫婦ばらばらで座るというのも変ですよね。

藍子とマードックさん、紺と亜美さん、青とすずみさんに、藤島さんと美登里さん。そして研人に芽莉依ちゃん。そのどこかの間に花陽とかんなちゃん鈴花ちゃんが入っていきますが、大きく空いている勘一の横にかんなちゃん鈴花ちゃん、我南人の横に花陽というのが大体のパターンですか。かんなちゃん鈴花ちゃんも大きくなりましたからね。

今日の朝ご飯は豆ご飯に、おみおつけの具は豆腐に葱《ねぎ》と油揚げ、ソーセージとエリンギが入ったスクランブルエッグに、昨夜の残り物のカボチャと玉ねぎのマカロニグラタンを温め直して。サラダにはレンコンと牛蒡《ごぼう》に梅マヨネーズを和《あ》えたもの。お豆腐は皆が大好きな真っ黒な胡麻《ごま》豆腐、焼海苔《やきのり》に梅干し、納豆にはキムチを混ぜています。おこうこは大根のビール漬けですね。かんなちゃんと鈴花ちゃん用に普通のたくわんも用意していますか。

我が家の家訓である〈**食事は家族揃って賑やかに行うべし**〉。

カフェの夜営業を始めてからは、それができるのはほぼ朝ご飯だけになってしまいましたので、ますます朝が賑やかになっています。

猫たちも犬たちも人間と一緒に朝ご飯が出るのはわかっていますから、もう台所で食事の支度をしている最中にも猫たちが足にすりすりしてくるのですよね。

人間の朝ご飯が出来上がる頃に、皆のそれぞれの餌入れに、それぞれが好みの餌を入れてあげると先を競うようにして集まってきて食べ始めます。我が家の犬たちはそれほど好みにうるさくないので助かりますが、猫たちはそろそろ違うものが食べたいと言い出すことが多いですね。

そして人間も皆が揃ったところで「いただきます」です。

「今朝はちょいと暖かかったよな？　起きたら布団蹴飛ばしていたぜ」

「もっと梅のマヨネーズ作っていい？」

「このエリンギ、でかいねぇえ。笑っちゃうぐらいでかいねぇえ」

「亜美ちゃん、今日午後からカットに行くでしょう？　ヘアオイルも買ってきてもらえる？」

「ここ二、三日は少し気温が高いって言ってましたね天気予報」

「鈴花ちゃん、この梅干し先に使ってくれる？　そう、それ」

「エリンギって、ふしぎですよね。たべるたびになんかふあんになります」

「あー、今日の夜ご飯はババロア食べたいなー」

「マヨネーズ取ってください」

「あ、そうだった。すずみちゃん大丈夫よね午後から」

「え、不安ってどういうことでしょう？　何がですかマードックさん？」

「このサラダ、梅マヨ美味《おい》しいですね。他に何か入ってます？」

「ババロア？　かんなそれデザートだよ？」

「全然オッケーですよー」

「あ、亜美ちゃん私も欲しいあそこのヘアオイル。芽莉依ちゃんと一緒に使うから」

「これは梅が違うの。ハチミツ入りの梅干しなの」

「ちがった。ラザニアだ！」

「こう、たべものではないものをたべているようなかんかくですかね」

「了解。じゃあ三本ね。買ってくる」

「私もそろそろ髪切りに行こうかな」

「カタカナで四文字ってだけだったね。合ってるの」

「あぁ、歯応えがですか。それは確かに」

「おい、マーマレードあったよな。取ってくれねぇか」

「ハチミツですか。それですねほのかな香り」

「髪の毛でいつも思うけど、オレのこの天パーは誰譲りなんだろうね」

「はい、旦那さんマーマレードです」

「親父《おやじ》の若い頃はくりくりだったらしいぞ？　お前のひいひいじいさん」

「ラザニアいいわね。しばらく作ってないし、晩ご飯はそうしましょう」

「旦那さん！　豆ご飯にマーマレード混ぜるんですか!?」

「いや旨《うま》いぞ？　やらねぇか？」

マーマレードをご飯の上にトッピングですか。確かに甘酸っぱいマーマレードはお肉料理のソースに使ったりして、味が濃いめのものならば意外と何にでも合わせられるものだとは思いますが、白い熱々のしかも豆ご飯に直接かけますか。

まぁ蜜柑《みかん》の炊き込みご飯というのもあるそうですし、それほどおかしくもないのかと思っておきましょうか。

「そういえば花陽、和《かず》ちゃんって麟太郎さんのいる病院に実習行ってるんだって？」

「あー、そうなの偶然。でもまだ一回も顔合わせたことないって」

花陽の医大の同級生の君野《きみの》和ちゃんのことですね。二人とも臨床実習というもので病院に通っているのですが、たまたま和ちゃんは花陽の彼氏である麟太郎さんのいる玉地川《たまちかわ》総合病院に行ってるのですよね。

「青ちゃん〈アートウ〉ってもう全部手続き終わったの？」

研人が青に訊きました。

「手続き自体はね。後は書類をちょっと提出するぐらいで終わるから、もうあの建物も土地も堀田家のものになるよ」

「そうなんだ！」

「そうなんだよ！」

何故か嬉《うれ》しそうにかんなちゃん鈴花ちゃんが反応しましたね。

藤島さんに紹介してもらった不動産屋さんとその方面の専門家に頼んで、きっちりやってもらっています。親しい仲とはいえこういうことはきちんと法に則《のっと》ってやっておかないと、後々面倒なことになっては困りますから。

堀田青の名義で青が土地持ちになるよりも、隣地である我が家の土地も含めた堀田勘一名義にしておいた方がいろいろと便利だとかどうとかで。実質、隣は土地も含めて一続きで我が家になるわけです。

「そう、それでさ。皆に相談しようと思っていたんだけど、名前をどうするかなーってさ」

「おう、名前な」

勘一もお箸をひょいと動かしながら、それだな、とばかりに頷《うなず》きます。お行儀が悪いですよ。

「書類の整備も含めて、早めに決めておけば全体のイメージも固めやすいし、進めるにしてもいろいろと話が早くていいんだけどさ。こればっかりは自分一人で決めるわけにもいかないなって」

「ネーミングのセンスがねぇとな、藤島みたいになるからよ」

それはもう死ぬまでネタにしますね勘一は。確かに隣のアパートが〈藤島ハウス〉だと知ったときには、それはどうなんだと皆が思いましたけれど。

「いや、僕は普通だと思ってるんですけど。でも確かに名前はすぐにでも決めた方がいいですね。計画を進める上で、仮称であってもあるとないとでは伝わるイメージが全然違います」

「ひょっとしたらいちばん大事かも知れねぇぞ。なんたってそいつの背骨みたいなもんだからな。小説だってそうだろ紺。タイトルひとつで売り上げが伸びる伸びないってのがあるんじゃねぇか？」

「一概には言えないけど、あるとは思うね。タイトルは本当に悩む。悩み過ぎて決められなくて、編集さんに決められちゃうこともあるし」

「歌だってそうじゃん。タイトル大事だよー。歌詞はすらすら出てきても、じゃあこの歌のタイトルどうするってなったときいちばん悩む」

紺に続いて研人も言います。

確かにそうですね。その昔に我南人たち〈LOVE TIMER〉のシングル盤のタイトルをわたしが考えたことがありましたよ。あれは意外と売れたはずですからわたしもネーミングに関しては意見を言いたいぐらいですけれど。

「青ちゃん今考えちゃおうよ。ここに十代から九十代までの老若男女が揃っているんだから、皆が、うん！　それだ！　って頷くようなものが出てくれば、いちばんいいんじゃないの？」

花陽です。

まだ勘一は八十九歳でかんなちゃん鈴花ちゃんは九歳ですけれど、確かにこれだけバラエティに富んだ年齢層の皆が納得できるものが出てくれれば、それがベストですね。

「せんとうだったというのをのこしたい、といういみで、〈ARTOU〉《アートウ》はがいこくじんのぼくからみても、ぜつみょうのわせいえいごのnaming《ネーミング》でしたね」

「銭湯ね。英語ではパブリック・バスであってるわよね?」

「あっています。bathhouse《バスハウス》もありますけど、public《パブリック》 bath《バス》のほうが、せんとうっぽいとぼくはおもいます」

銭湯は別名公衆浴場ですから、確かにパブリック・バスですね。

「バスって、乗る車のバス?」

鈴花ちゃんです。

「違うの。お風呂を英語でバスっていうのよ」

「あぁ! だからバスクリンっていうの」

「そうよ」

「じゃあクリンってなに?」

それはメーカーさんに訊かなければわかりませんね。

鈴花ちゃんはお風呂に入浴剤を入れるのが好きですから。我が家では二日に一回は入浴剤を使っています。毎日ではないのは、湯船が大きいものですから入浴剤が一回分では足りないのですよね。通常の二倍も三倍も必要になってしまって、それはかなりの贅沢《ぜいたく》というものになってしまいますから。

「いいんじゃないかなぁ。銭湯だったからバスっていうのぉ」

我南人です。

「同じ音でぇ、乗合自動車のバスっていう意味で使うの有りじゃないのぉ？　ほらぁ、公衆浴場は皆が入るものでぇえ、バスも皆が乗るものだからさぁあ」

「あ、〈バンドワゴン〉は、元々パレードの先頭を行く楽隊の車のことですよね！　それとも通じるものがあるんじゃないですか、車のバスっていうのは！」

芽莉依ちゃんです。そうです、バンドワゴンとはそもそもがそういう意味です。おそらく名付け親の坪内逍遥先生も、東京の古本屋の中でも常に先頭を行くようにという意味合いを込めての命名だったと思いますよ。

「確かにな。それとよ、元々の銭湯と、パレードの先頭ってのも語呂合わせで掛かってるんじゃねぇのか？　バスを使うのは確かに有りじゃねぇか」

「いいね。そうだね」

青も頷きます。

「あ、じゃあさ〈ステージバス〉ってどう？」

研人が思いっきり人差し指を立てながら言いました。

「〈ステージバス〉？」

「そう、ステージ裏へのバックステージパスってのと語感も繋がるし、全ての芸術の舞台はステージじゃん。そのステージへ向かうバスはここだ！　って感じで、このバスに皆乗ってこい！みたいな」

「〈ステージバス〉か。それ、いいな!」

青が言って、すぐに紺がiPhone《アイフォーン》を出して検索しています。

「うん、日本語での〈ステージバス〉は検索にはまるで引っ掛からない。誰も使っていないな。英語では、あぁちょっとあるけれど、これは海外で本当にステージに使うバスみたいな車を作っている会社だ。使うのは問題ないね」

今はこうやってすぐに使われていないかどうかを確かめられますから便利ですよね。紺などは小説に使う架空の学校名とか会社名などは、まずは検索して確かめてから書くそうです。小説家もなかなか大変ですよね。

「いいんじゃない? ステージってわかりやすいし、バスっていうのがカワイイし。マークとかイラストとかすぐに思いつきそう」

すずみさんも大きく頷きながら言って藍子も亜美さんも、いいいい、と頷いていますね。

「がいこくじんにも、すなおにつうじますよ。なるほどstage《ステージ》へのbus《バス》かって」

「どう、藤島さん」

「かなりいいと思いますよ。会社名としてもすぐに覚えられる。それに普段から使っている言葉なので馴染みやすい。社名ってすぐに覚えられるか反対に覚え難《にく》いか、どっちかに振った方がいいそうですから」

「教育関係だとわかるように、正式にはエデュケーションとか、アーティストスクールとか、そういうのを後で決めて、ロゴには英語できちんと並記すればいいんじゃないでしょうかね」

藤島さんに続いて、美登里さんが言います。確かにそうですね。あくまでもクリエイター、そしてアーティストのための教育機関になっていくわけですから。

「決定！」

「決定！」

研人が言ってかんなちゃん鈴花ちゃんも一緒になって右手を上げます。

「決定だな。〈ステージバス〉だ」

青も、大きく頷きました。

「さっそくあちこちに宣伝しとく」

「いや、再来年の春だからな？　焦らなくていい」

「え、来年の春じゃないの？」

違う違う、と青も紺も手を振りました。

「〈アートウ〉のギャラリースケジュールはまだ入っているんだよ。それが終わるのは十二月いっぱいかかる。それから整理して改装なんかしていたらとても来年の春には間に合わない」

そうですよね。教育機関ですから春に、三月とか四月から始めるのがいちばんいいと、青がやると決まったときに話しました。生徒の募集期間も必要ですものね。

「だから、ほぼ一年間じっくりゆっくり内容の詰めと改装と募集期間なんかを設けて、バスが出発するのは再来年の春。やっぱり四月だろうな」

「でも、言っておく分にはいいじゃん。再来年の四月からって」

「まぁ、そうだ。やることは決まったんだからいいんじゃねぇか？」

「いっておくのはタダですからね。ぼくのほうでも、びじゅつかんけいにはこくないかいがいふくめて、ぜんめんてきにこくちしておきますよ。こんなのやるからきょうりょくしてって」

いいですよね。始まるときが決まっていれば、参加してくれる方々もそこに向けて準備ができますから。

本当に朝ご飯の席で決まっちゃいましたね。

でも〈ステージバス〉。いい名前ですよ。


朝ご飯が終わると、それぞれに朝の準備が始まります。

カフェは藍子と亜美さんという我が家のいちばん古い看板娘二人がカウンターに入って開店とモーニングセットの準備をしていきます。

皆の朝ご飯を作るときに、一緒にカフェメニューの仕込みも既に済ませていますから、この辺りは長年の経験で余裕ですよね。藍子がイギリスに行っている間はちょっと亜美さんが忙しかったですけれど、戻ってきて二人の見事なコンビネーションも復活しています。

台所ではマードックさんと我南人も加わって、朝ご飯の洗い物や片づけなどもさっさと済ませていきます。マードックさんはイギリスに行く前には美術系の大学で講師などもしていましたが、帰ってきてからはまだ何もしていません。そこに〈アートウ〉いえ〈ステージバス〉の話が来たので、おそらくこのまま青と一緒に仕事をすることになりますよね。なので、今のところは余裕があるのです。家事は何でもできる人なので、すごく助かっていますよ。

洗濯物は、起きてすぐに回した洗濯機がもう既に止まっていますので、乾いたものを取り込みながら、同時に干していくのはすずみさんと青の連携で。

乾いた洗濯物をきちんと畳んで片づけていくのは意外に面倒なものですし、何せ住んでいる人数が多い我が家。それをきっちり一人でやっていくと本当に時間が掛かってしまうので、乾いた洗濯物はある程度仕分けすると、そのまま畳まずに仏間に置いておきます。

皆、自分の洗濯物は時間があるときに自分で持っていって畳んで、自分でタンスに仕舞うというのが我が家のルールとして定着しています。かんなちゃん鈴花ちゃんの分も、もう自分でやるようにさせていますから、二人は学校から帰ってくるとさっさと片づけますよ。ときどき忘れていますけどね。

犬の散歩には紺が行ったり、我南人が行ったり、その日によっていろいろです。だいたい小一時間ぐらいは歩いてきますから、基本的にはお店に出ない人が行くようにしています。今日は紺がアキとサチを連れて出ていったようですね。

花陽と芽莉依ちゃんは大学で講義がありますから、急いで支度してそれぞれに出て行きます。二人とも〈藤島ハウス〉に部屋がありますけど、古本屋の前まで走ってきて中に手を振るか、もしくは余裕のあるときには母屋の裏玄関まで回って「行ってきます！」と中に声を掛けてから向かいますよね。聞こえた家の中にいる誰かが「はーい、行ってらっしゃい」と応えるのもいつものこと。

自分の部屋から何も言わずに出かけてももちろん良いのですけれど、行ってきます、行ってらっしゃいがあると気持ちが違いますよね。それに、まぁちょっと物騒な話ですけれど、誰も気づかないまま学校に行って何かあって、確かに朝出ていったよな、というのもわからないなんてことにはなってほしくないですからね。

かんなちゃん鈴花ちゃんも小学校へ登校ですけれど、いつものようにモーニングにやってくるお客様に挨拶をしてからです。

学校へ行く支度をしてから、二人でカフェの方の雨戸を開けます。

「おはようございます！」

「おはようございます！」

「いらっしゃいませ！」

いつもやってくる常連の方々は、ほとんどがお年を召した方ばかり。かんなちゃん鈴花ちゃんのことをまるで孫でも見るように可愛がって迎えてくれます。その他にも常連の方は学生さんや出勤前のサラリーマンの方も。大体、平日には毎日十人ぐらいの皆さんが、ほぼ開店と同時にいらっしゃいますね。

お休みの日には二人でお客様たちから注文を取ってくれるのですが、学校のある平日は二人はここまで。

裏の会沢《あいざわ》家の一人娘の小夜《さよ》ちゃんも一緒に行くので呼びに来てくれて、「行ってきます！」とランドセルを背負って二人で店から出ていきます。お客様も皆が「行ってらっしゃーい」と笑顔で手を振ってくれます。

皆さん、ここで二人の姿を見て朝ご飯を食べると元気が出てくるんだと言ってくれています。それはもう本当に嬉しいことですよね。

藤島さんと美登里さんの二人はもちろんそれぞれの仕事がありますが、社長である藤島さんもそれからＮＰＯ関連の仕事をしている美登里さんも定時出社はあまりないようで、その日のスケジュールに合わせて出ていくことが多いです。

今日はお二人とも朝から出勤することはないようで、藤島さんは我南人と一緒に古本屋の開店の準備を手伝います。

準備といっても雨戸を開けて、五十円百円の文庫本などが入ったワゴンを軒先に出して、後は軽く本棚やあちこちにモップをかけるだけです。

今日は昼からだという美登里さんは、カフェのホールに入ってくれました。

会沢家の玲井奈《れいな》ちゃんもバイトに入ってくれますが、会沢家と増谷《ますたに》家二家族で一軒家を構えて正式に我が家のお隣さんになりました。

家持ちになると朝の用事がいろいろ増えますよね。

朝食の後片づけをしてあちこち家の掃除をして、買い物するものを考えたりして、と、やることはたくさんあります。お母さんの三保子《みほこ》さんも一緒に住んでいますけれど、まだ現役で仕事をしていますし増谷夫妻も共働きですから、実質玲井奈ちゃんがあの家の主婦ですよね。

なので、朝の仕事が全部終わったランチの頃に、玲井奈ちゃんがやってきてくれます。今日はちょうど美登里さんと入れ替わりになる感じですね。

朝の家事を終えたすずみさんが古本屋に入ってきて、ハンディモップを持って古本が並ぶ書棚の間をすいと移動しながら掃除をしていきます。何せ我が家は古いですからね。埃《ほこり》や塵《ちり》というものが一晩ですぐに溜まっていきます。毎日掃除をしていても溜まるのですから、一体どこから降ってくるのかを確かめたくなりますよね。

勘一がどっかと帳場に腰を据えると、今日は美登里さんが熱いお茶を持ってきてくれました。

ホールにはマードックさんも入っていますね。

「はい、勘一さん。お茶です」

「おお、美登里ちゃんか。ありがとな」

年がら年中、朝のいちばんには熱いお茶を飲まなければ始まらないという勘一です。

でもお茶というものは適度な熱さで淹《い》れなければせっかくの良い香りや味なども飛んでしまうと思うのですが、本当に沸騰したお湯で淹れないと納得しないのですよ。持ってくるのも一苦労なんですよね。

からん、と土鈴の音がしてガラス戸が開き、近所にあります〈谷日《やにち》神社〉の元神主で勘一の幼馴染み、祐円《ゆうえん》さんが入ってきます。あら、その後ろには木島《きじま》さんもいらっしゃいます。

勘一に負けず劣らず元気な祐円さん。同い年なのでもうすぐ九十で多少病を患ったときもありましたけれど、頭も身体もしっかり動いています。

木島さんは藤島さんの会社と契約しているライターで記者さんでもありますね。音楽芸能芸術関係には相当に強く、我南人の長年の大ファンでもあります。そろそろ五十の声を聞く頃だと思いましたが、こちらも出会った頃から変わらず、いつまでもフットワーク軽くあちこち走り回っていますね。

「ほい、おはようさん」

「おはようございます！」

「おう、おはよう。なんだ朝から二人で」

祐円さんは毎日本当に計ったようにいつもの時間にやってきますよね。何の約束も予定もなく、こうして毎朝やってきては勘一と話をして小一時間、ときにはお昼までずっといてお昼ご飯まで一緒に食べていったりするんですよ。

木島さんが朝からこられたのは、こっちに何か仕事の用事でもあるんでしょうか。

「おはようございます祐円さん、木島さん。コーヒーにしますか？」

「美登里ちゃんおはようさん。じゃあ今日はコーヒーにしておくか」

「金取らねぇんだからコーヒーいただきますだろ」

「あ、俺はちゃんと払いますんで、コーヒーで。ちょいとアメリカンでお願いします」

木島さんはいつものスーツにトレンチコートという、いつでも取材できるような出《い》で立《た》ちですが、祐円さんは大体いつもお孫さんに貰ったという若者の着るような服で現れます。

でも、今日はシンプルに上下ともモスグリーンのフリーストレーナーとパンツですね。近所ですから、寒いといっても外套を着る必要はないと言えばないのですけれど。

「祐円、その格好じゃあ外は寒くねぇか？　確かにフリースはあったかいけどそれ一枚きりでよ」

「一枚じゃないんだよ勘さん。この下はな、ほら、あれだ」

「なんだよ。腹巻きでもしてんのか」

「それよ、腹巻きじゃなくヒートなんとかってのよ。これがもう暖かくってな。最高だぞ」

なるほど、と美登里さんも木島さんも微笑《ほほえ》んで頷きます。近頃よく出回っている、保温機能のある下着ですよね。

「俺も着てるぜそれなら」

「お、そうなのか」

着てますよね。上下で。特に勘一は動かずに帳場にずっと座っていることがほとんどですから、秋から冬にかけては人より厚着になります。その昔は股引《ももひき》に腹巻きは普通でした。

「俺も持ってますよ。今日は着てませんけどね。あれは本当に暖かくてこの時期に外を回るときなんか助かりますよ」

「だよな。で？　木島はどうした今日は朝っぱらから」

「いや、午前中に赤羽《あかばね》の方で人に会う約束があるんですよ。じゃあ早めにこちらにお邪魔して、コーヒー飲んでのんびりしてから行こうかなと」

「で、そこで俺とばったり会ったんだよな」

「会うだろうと思っていましたよ時間的に」

それはそうですね。木島さんもほとんど我が家の親戚みたいになっていますから、何でも事情はわかっています。

「はい、祐円さん、木島さん。コーヒーですよ。こっちがアメリカンです」

すずみさんが持ってきましたね。

「ありがとうです」

「すずみちゃん、ありがとね。しかし毎日思うがよ。どうして堀田家には美人が集まるのかね」

「いやだ祐円さん正直過ぎます」

すずみさんが笑いながら言います。気持ちのないお世辞にはとことん冷たい我が家の女性陣ですが、今のはちょっと本気で言っていましたね。

「でも、亜美さんは別にして私も美登里も別に美人って顔じゃあないですよ」

「私もかい！」

「あんたもよ！」

ツッコミ合って笑います。美登里さん、普段は大人しいきちんとした話し方ですが、すずみさんと話すときには学生時代からの親友ですからそういう話し方になりますよね。そのギャップがおもしろいと皆が言ってました。

「あ、そういや、美人っていえば勘さんよ」

「なんだよ。俺ぁ美人にはサチ以外縁がねぇぞ」

「ジジィの惚気《のろけ》はいらないよ。堀田家の美人の一人の芽莉依ちゃんだよ」

芽莉依ちゃんですか。芽莉依ちゃんもどちらかといえば、可愛らしい方の顔立ちですけれどね。それにわたしも美人ではなく至極平凡な顔立ちです。若い頃にはカワウソみたいって言われたこともありましたよ。

「芽莉依ちゃんがどうしたよ」

祐円さんが首と身体を伸ばして居間の方を覗《のぞ》き込むようにします。

「研人はいないか」

「さっき部屋に行きましたよ」

研人がどうかしましたか。

「いや昨日よ、芽莉依ちゃんが東大んところでイケメンと一緒に歩いてるのを見たんだよな、もちろん研人じゃなくてな」

イケメンとですか。

「なんでおめぇは東大に行ってたんだよ」

「上野東照宮《うえのとうしょうぐう》に行ってたんだよ。そこの宮司にちょっと用事があってな」

上野東照宮は上野公園の中ですから、確かに東大には近いですね。ふぅん、と勘一が首を少し捻ります。

「そりゃあおめぇ、芽莉依ちゃんだって学校に友達はたくさんいるだろうしよ。それに東大にだってイケメンの一人や二人はいるだろうよ」

一人二人ではなく、もう少しぐらいはいるのではないかと思いますがね。

「いや、それがよ。そのイケメンくんはどっかで見た顔だったんだよな。東大生に知り合いなんて芽莉依ちゃん以外いないしなぁ、って考えてたらさ、テレビに出てる男だったんだよ」

「テレビ?」

テレビに出てる東大生ですか。

「あ、あの人ですか」

すずみさんが、ポン、と手を打って言います。

「〈東大クイズマニアック〉の人だったんじゃ?」

「そう、それよそれよ。その中でもいちばんのイケメンくんよ」

「品川智基《しながわともき》って男ですね?」

木島さんです。さすがに詳しいですね。

個人名までは知りませんでしたが〈東大クイズマニアック〉というのは聞いたことありますし、

テレビのクイズ番組で観《み》たこともあります。東大生だけで組んでいるクイズ専門のチームなのですよね。確か、五人ほどメンバーがいて、あちこちのクイズ番組に登場して、なかなかに人気があるとか。

「それよそれよ。その品川って男がさ、芽莉依ちゃんと一緒に歩いて何やら話していてよ。ちょいと気になるそぶりだったんだよなぁ」

「なんだよその〈東大刑事コジャック〉ってのは」

「イとックしか合ってませんがね。〈東大クイズマニアック〉ってのは要するにクイズ制作集団ですよ。東大生というブランドとその頭脳を生かしておもしろいクイズを作って提供して、あるいはクイズ番組に解答者として出場する学生タレントってわけですよ」

そういう人たちだったのですね。

「自分で作って解答してちゃあ世話ねぇぞ?」

「それはもちろん別々のところで、ですよ」

「芽莉依ちゃんは同じ東大生なんだから、その品川さんたちと知り合いになっていても全然おかしくはないですね」

「そうね。別に不思議でもなんでもない。友達になってたまたま一緒に歩いていたとしても、ねぇ?」

美登里さんとすずみさんです。そうですよね。芽莉依ちゃんは研人の妻ですが学生でもあるわけです。普段大学に行っていれば、他の皆と同じように友達と話してお昼も一緒に食べたりどこかへ寄って買い物をしたりもするでしょう。

勘一が、ちょっと首を捻りました。

「その気になるそぶりってのは、なんだよ祐円」

「いやそりゃあれよ。男と女よ。誘っている感じだったよいろんな意味でな？　もちろん、その品川って男が芽莉依ちゃんをだぞ？」

ふぅん、と勘一、眼を細めます。

「気のせいじゃないですか祐円さん。いつもカップルをそういう眼で見てるから」

「どんな眼だよ。変態じゃないよ俺は」

「いや、祐円のそんな眼は昔っから信用はできるんだよなぁ」

「だろう？　しかも立派な元神主だぞ俺は」

神主はそういうことにまるで関係ないとは思いますが、確かに祐円さん、昔から何かというと男女云々《うんぬん》の話を我が家に持ち込んできたりしていましたが、的外れなことは言ってきませんでしたよね。

「祐円が、品川か？　その男の方が芽莉依ちゃんを誘ってる気満々だっていうのが見え隠れしてたってんなら、間違いなくそうだったんじゃねぇかなぁ」

「でも、芽莉依ちゃんは結婚してるのは隠していませんよね。友達なら知っているだろうし、音楽好きな人だったらもちろん〈TOKYO BANDWAGON〉の研人の奥さんってこともわかっているんじゃないですか」

美登里さんです。

「それを知ってて誘うっていうのはろくな男じゃないのが確定ですね。その品川って男は」

すずみさん、怒るとすぐに眉間に皺《しわ》が寄るのですよね。その様子が全然怖くなくて可愛らしく見えてしまいます。

「あぁ、いや」

木島さんがちょっと、って感じで手を広げました。

「男女の云々かどうかは別として、〈東大クイズマニアック〉の連中が芽莉依ちゃんに声を掛けたってんなら、ちょいとわからねぇでもないですね」

「それはなんでぇ。何か思い当たるのか」

うん、と、木島さん顎を動かします。

「堀田さんは知らないでしょうが、ちょっと前にその〈東大クイズマニアック〉メンバーの一人が引退しましてね。女子学生だったんですが、その子がまぁ才色兼備を絵に描いたような女の子でしてね」

「あ、知ってます！　ミーナちゃんって呼ばれていた子ですね？」

すずみさんが言って美登里さんもあぁ、と頷きます。

「ものすごく可愛い子で、しかも東大に首席合格だったとか聞きましたね」

「そう。そのミーナが〈東大クイズマニアック〉の実質エースでしてね。とんでもなく可愛いしクイズもまたすごい正解率だったので大人気だったんですよ。その子の後釜として、可愛い東大生を新たに探して参加させたいって考えが〈東大クイズマニアック〉にあるんなら、芽莉依ちゃんはもうドンピシャですぜ」

「つまりはスカウトってわけね？」

「なーるほどな。それならまぁ、祐円が誘っていたって感じたのもわかるっちゃあわかるな」

確かにそうです。芽莉依ちゃんはテレビに出ているアイドルたちと比べても遜色ないほど可愛いですから。

「でも、芽莉依ちゃんは別にクイズに興味はないわよね」

首を傾《かし》げてすずみさんが言います。

「頭は確かに良いし知識量も半端じゃありませんけど、それとクイズはまた別物、違いますよね」

美登里さんも続けます。

「今日、大学から帰ってきたら本人に訊いてみればいいですよ。祐円さんがそういう人と一緒にいるのを見かけたって言ってたけど、何かあったのって」

それでいいですね。

「あ、もう知ってるかもしれないけど、一応研人くんにはまだ聞かせないようにしましょうか。何でもなかったら言えばいいだけで」

すずみさんです。その方がいいかもしれませんが、たぶん、大したことではないと思いますよ。

二

平日のモーニングの時間が終わるとカフェはようやく落ち着き、少しのんびりとした時間が続きます。

カウンターに入っている藍子と亜美さんは片づけ物をしながらも、ランチの準備に入っていますね。とはいえ、そもそもがフードメニューはそれほど多くはないのです。

ランチにしても、今は日替わりパスタと日替わり炊き込みご飯の二種類になっています。最近はこのランチの日替わり炊き込みご飯が好評で、我が家のお昼ご飯もそれで済ませてしまうことも。

日替わりパスタにはサラダとスープが付き、日替わり炊き込みご飯には具沢山のおみおつけと卵焼きが付きます。残念ながら、炊き込みご飯のセットは売り切れごめんなさいになっています。小さなカフェですから、常にご飯を炊いておくわけにはいきませんからね。

古本屋はそもそもがそんなに人が入ってくることはありませんから、こちらも勘一が一人帳場に座り本を読み、ときには破損した古本の修繕作業をしています。すずみさんは買い取った本の整理や、古本の確認をしていきます。

直接持ち込まれた古本を買い取るときには、もちろん状態を見てから買い取りますが、時間が掛かり過ぎるのですべてのページを一枚一枚チェックはできません。ですから、後から一枚一枚本を読むようにしてチェックする作業があるのです。たまにですが、ページが破れていたり、書き込みがあったりする場合もありますから、そうなるとちょっと買い取った金額で損をしてしまうこともありますね。

美登里さんはお仕事に向かう準備のために部屋に戻ったので、すずみさんが、カフェにお客さんが来るとすぐにホールに回れるようにします。

居間には我南人と研人、青に紺にマードックさんと我が家の男性陣が集まっていました。それにまだ仕事の予定まで時間があるのか、木島さんも藤島さんもいますね。

「〈ステージバス〉！　いい名前じゃないですか！」

木島さんですね。さっそくその話をしていましたか。青は買い取ることを決めた日からもうずっと〈ステージバス〉の準備をしていますからね。居間の座卓の上にもいろんな書類や〈アートウ〉の平面図、様々な資料がもう並んでいます。

実は古本屋の仕事とも関係しているのですよ。

何せ音楽に美術、小説に演技に映像とほとんどすべての芸術を網羅するつもりでいますから、その資料本を揃えるのも仕事になります。芸術関係の本は本当にたくさんありますから、古本屋である利点を生かして、参考資料となるそれぞれの最高の資料本をオープン前に揃えていくのも青の仕事です。

我が家にあるものは自前でいいとして、その他に必要になるであろう本も、他の古書店さんのリストを確認しながら手配をしています。本を置いておく場所は山ほどありますからね。

「すぐにその名前であちこちに宣伝しておきますよ。〈ステージバス〉の日本語表記にはナカグロは入りますかい」

もうメモをしていますね。

「まだ仮称だけれども、入れない方がすっきりするからそのままで。いいよね？」

「その方がいいよぉお。二つの単語じゃなくて、カタカナだとひと繋がりの方が見やすいしわかりやすいからぁ」

「了解です」

ナカグロというのは単語と単語の間に入る点のことですね。何かに書くときに〈ステージ・バス〉にするか〈ステージバス〉にするかという話です。

「じゃあ〈ステージバス〉代表は青くんで、〈ＦＪ〉がサポート企業として入る、と。そうですね藤島社長？」

「もちろん。我が社からはＣＧや映像といったコンピュータ関連だね。その辺りはうちにもセミナー形式のものがあるから、それを上手《うま》く融合させてもらおうと考えている。うちにしてもそれらには絶対に絡んでくる音楽やアート方面に力を入れていきたいから、強化ができて、正直うちにとってもかなりいい話なんだ」

「他には？　堀田家からは誰が一緒にやるんですか」

「マードックさんにやってもらおうと思ってる。基本になるメインのコンテンツは音楽と美術だからね。マードックさんがものすごい適任。講師もやっていたんだし、海外ともたくさん繋がれるし」

「やるきまんまんです。ほんとうにもう、ねがってもないはなしになっちゃいました。ぼくはこうしとしてもうごきますけど、はばひろくart《アート》をひろげるかつどうがしたかったんですよね」

マードックさんが以前から言っていましたよね。できれば自分の絵画教室みたいなのを含めて、アートというものを幅広く展開していきたいと。

「ですよねぇ。それはもう最強の布陣じゃないですか。音楽は我南人さんと研人くんでね」

「マードックさんには経営の方にも参画してやってもらうけど、親父と研人はあくまでもアーティスト契約だね。録音スタジオは当然作るから、そこでアルバムも作ってもらうし、ライブも出来るようにしたいから。〈ステージバス〉はアーティスト事務所としての機能も持たせることになるんだ。もちろん藍ちゃんにも兄貴にもそこには画家や小説家として所属してもらう」

そういう話でしたよね。そもそも我南人に音楽以外のことを、特に真面目なお仕事関係をやらせようとしても基本的に無理ですからね。メインの看板として表に立つぐらいは充分できるでしょうけれど。

紺は実務みたいな細かいことなら何でもできますけれど、そういう仕事をさせてしまうと、とにかく真面目に細部にまで目を通したがりますから、小説家としての活動に支障をきたすのですよね。

藤島さんが、うん、と頷きながら言います。

「それなんですけれど、青くん。アーティスト事務所としても動かすのであれば、うちの方から人員を出向させることはできるんだけど、マネージメントの一人として美登里はどうかなと思って」

「え、美登里ちゃん？」

美登里さんをですか。

「彼女は元々大学は経済学部。そして今の仕事では国内はもちろん海外との渉外担当でもあるからマネージメントには向いている。いや、この話が出たときに本人も凄《すご》くやりたそうなことを言っていたんだ」

「それ！　いいです！」

すずみさんの声が響きます。店で作業しながら話を聞いていましたね。居間での話は帳場にいるとほとんど聞こえてきますから。

「そもそも美登里はすっごい仕事ができるんですよ！　ゼミきっての才媛と言われていたんです。絶対〈ステージバス〉の仕事に向いてると思う！」

以前からそう言っていましたよねすずみさん。美登里さん、いろいろありましたけれどものすごく頭も切れて優秀な人間なんだと。

勘一もずずい、と身体を動かして、居間の方に顔を覗かせました。

「いいんじゃねぇか？　他のところから人を雇うより話が早くてよ。青とマードックと美登里ちゃんと三人が揃えばそれで運営の一通りのことはできるだろうよ。サポートには、紺も大御所の藤島社長もいるんだしよ」

「それはもう、美登里ちゃんがそう言ってくれるならぜひともだね。できればうちの人間で固めたいって思っていたけど、亜美さんやすずみは動けないし、藍ちゃんも兄貴もあくまでもアーティスト契約になってくるから実務はやらせたくないし。あ、もちろんマードックさんにはアーティストとしての契約と運営の両方をお願いするんだけど」

花陽は医者になりますし、芽莉依ちゃんもまだ学生ですからね。そうなると、美登里さんがやってくれるなら申し分ないでしょう。

「今の仕事の整理をつけるのには充分時間があるから。後で帰ってきたら本人と話してください。喜びます」

そうすると、と木島さん頭を巡らせます。

「ひょっとして、池沢さんも引退を撤回して来ますかい。舞台芸術も範疇《はんちゅう》に入れるんなら」

「引退は撤回しないよ。でも、そういうことならいつでも馳《は》せ参じますって言ってくれた。看板として名前を使ってもらっても構わないってさ。必要な人材もいろいろ紹介してくれるって」

表舞台に立つのは引退したとはいえ、文字通り往年の大女優ですよ。池沢さんが看板になって演技指導や舞台芸術の指導をしてくれるのなら、たくさんの人が集まってくるに違いありません。

「それはもう劇団作っちゃったりできるんじゃねぇですか？　青くんだって映画俳優なんだしねぇ」

「俺には無理だけど、演技集団みたいなものを作ることはできるかもね。ミュージシャンのＰＶなんかに出演することもできるだろうし」

「そこにはダンス欲しいよねー。そういうのも必要でしょ」

「研人誰かあてはあるか？」

「ないんだよねー。好きなダンサーはいるんだけど、ただ見てるだけだし。でも決まれば声を掛けてみてもいいかもな」

踊りですね。今のところ我が家近辺にダンスの専門家はいませんが、池沢さんや、ひょっとしたら我南人などにも知人はいるでしょう。必要になれば探してみればいいですよ。

「その辺は具体的に決まればぁ、僕の方であてはあるよぉ。大丈夫だねぇ」

「しかし、確かに〈アートウ〉の敷地は広いですけど、結構な改装が必要ですねぇ。全部突っ込むんなら縦に延ばさないとならねぇんじゃ」

「その辺りの計画はこれからだね。銭湯の形はそのまま残すから、そこをベースに予算と図面と計画案とにらめっこしながら、どこまで何ができるか、何を残して何を残さないか、だね」

研人が話に参加しながら、さっきからiPhoneで何かをしていますね。たぶんLINE《ラ イ ン》とか、あるいはメールで、誰かと話しているようですけれど。

「じいちゃん、これどう思う。いや、どう思うって事前にいいよって言っちゃったから決まってることなんだけどさ」

「なにをぉ？」

研人がiPhoneを我南人に向けます。我南人が眼を細めて読んでいますね。

「へぇええ〈Color No.7〉がうちに来るんだぁあ。それはまた随分と賑やかに華やかになるねぇえ」

〈カラーナンバー7〉と言いましたか？　その名前の通りに、可愛い女の子七人組のアイドルグループですよね。以前に歌番組で研人たち〈TOKYO BANDWAGON〉とも一緒に出たこともありましたよ。

「〈カラーナンバー7〉ってアイドルの？　え、研人くんまさか何か関係したの？　〈カラーナンバー7〉に」

木島さんが身を乗り出しましたね。お好きですかアイドル。

「まだ内緒だよ。知ってたのはじいちゃんだけなんだから。あ、これ皆にも初めて言うけど発表するまでマジ内密でヨロ」

青も紺もマードックさんも藤島さんも、皆がそれは何事かと顔を見合わせながらも頷きますね。ヨロとはよろしくという意味ですね。

「オレ、〈カラーナンバー7〉の新曲を作るから」

「ええっ!?」

すずみさんの声も響きましたね。古本屋まで聞こえていましたね。

「そりゃあ、初耳だな」

「今初めて言ったもん。じいちゃんしか知らなかったからね依頼が来てるの」

「あれだろ研人? 俺ぁテレビでお前たちと一緒に出てるのしか観てねぇけど、随分と人気のアイドルなんだろ?」

「そう」

「いやもうアイドルもアイドルですよ! 今現在最も勢いも人気もあるアイドルグループと言っても過言じゃないですよ! そういやぁインタビューとかで言ってましたよね〈TOKYO BANDWAGON〉みたいなロックの曲とかが大好きだって」

木島さんがものすごく興奮していますね。やっぱりアイドルお好きなんですね。それもかなり。

「それは、作詞作曲研人くんになるってこと?」

藤島さんが訊きます。

「いや、作曲だけ。作詞はね、今回の新曲は、言ってわかるかな、ナンバー7の〈本間《ほんま》ハルカ〉って子がするんだってさ」

「本間ハルカ! それは待ってましたですよね!」

待ってましたなんですか。木島さんの熱の籠《こも》った口調に皆がちょっと引いていますよね。

「いやぁ皆さん知らないでしょうから説明しますよね。〈カラーナンバー7〉ってのは、あ、正式には英語表記ですけどね。ナンバー1からナンバー7がいて、本間ハルカはナンバー7でカラ

―は紫なんですよ。ちなみにナンバー1から言うと蜷川エリンが赤、甲田翔子が緑、田中詠美は黄色、佐々木夢実が白、遠野海が青、水元ありんがピンク。この七色の七人。その中でも本間ハルカは、この子、紺さんなら知ってるんじゃねぇですか？」

随分と早口になりましたよ木島さん。

「僕が？　あ、本間ハルカって、あのアイドルで集英社からエッセイも出している子かな？　まだ十九とか二十歳ぐらいの」

「そうなんですよ！　知ってますよね。ハルカちゃんは小説も書いているんですけどあの文才にはぶっ飛びましたよね？」

紺以外は知らないようでして、さてどうなのかと皆が紺を見ますね。

「確かに、エッセイは視点が、捉え所がものすごくユニークなのに、それでいて硬質で瑞々《みずみず》しい文体にはちょっと驚いたな。才能はすごくあると思う。小説はまだ読んでいないからわからないけれど、あの感じで書かれているのならそれはおもしろいと思うな」

なるほど、紺がそう言うのですから、間違いなく文才に溢れた、しかも可愛いアイドルなのですね。

「でしょう？　今度長編小説も、しかもけっこうシリアスな恋愛小説を単行本で出版するらしいんですけど、あ、紺さん集英社さんからけっこう出してますよね？　もうゲラまで進んでるとかどうとからしいんですけど、なんか聞いていませんか評判とか」

「いや」

紺が苦笑しましたね。

「大御所や売れっ子作家さんなら、そういう有望な新人さんをプッシュするためにゲラ読んで一言もらうとかあるけどね。僕なんかにそんな話や情報は入ってこないよ。担当編集が同じなら、それこそ評判とかを聞くかもしれないけど」

「紺さんの集英社の担当編集さんって、黄松田《きまつだ》さんですよね？」

「え、どうして知ってるの」

「ハルカちゃんの担当編集は、その黄松田さんですよ」

「いや何でそこまで知ってるの」

「腐っても出版業界を渡り歩いた敏腕記者ですからね。この辺の情報ならちょいちょいと入ってくるんですよ。っていうのは冗談で、実は黄松田は大学の軽音楽サークルの後輩でしてね、大分前から知っているんですよ」

木島さん、元々音楽、そして芸能畑にはそうとう詳しいとはわかっていましたが、そこまで詳しいなんて、あれですね、ひょっとしてアイドルオタクというものなんじゃないでしょうか。

「ということは、大人気の今度の〈カラーナンバー7〉の新曲は、そのメンバーの一人ハルカが作詞して、既に世界にもその名が届いている〈TOKYO BANDWAGON〉の研人が作曲した曲、ということになるんですか」

藤島さんです。ネットやIT業界の雄である藤島さんはきっとよく知っていますよねアイドルたちのことも。

「それは、うれますねーきっと。ぱくはつてきなすうじになるんじゃないですか。でも、けんとくん、なんでまたidol《アイドル》のさっきょくいらい、うけたんです？　そういうのは、やらないようなきがしてましたけど」

マードックさんに言われて、うん、と研人は微妙な表情を見せますね。

「別に、アイドルはダメとかイヤとかそんなことは思ってないけどさ。でもまぁ確かに全然興味はなかったけど、堀田研人じゃなくて〈TOKYO BANDWAGON〉でもいいって言うからさ」

「〈TOKYO BANDWAGON〉でもいい？　とはなんですか？」

「うちは全員作曲できるんだよ。甘《あま》ちゃんもナベもさ。今まで出したものも、オレのが半分ぐらいだけど残り半分は甘ちゃんとナベの曲もあるんだ。それに〈TOKYO BANDWAGON〉名義で三人で共同で作った曲もさ」

そうですね。それは皆が知っていますよ。

わたしも〈TOKYO BANDWAGON〉の全曲を聴いていますけれど、ＰＯＰさに溢れた研人の曲想に比べて、甘利《あまり》くんはジャジーで、渡辺《わたなべ》くんはロック色の強いものが多いですね。三者三様でバラエティに富んだアルバムになっていて、それが〈TOKYO BANDWAGON〉の魅力にもなっています。ヒットしているシングル曲はほぼ研人のものなので、それしか知らない方がライブに来ると驚きますよね。こんなにいろんな曲想を奏でるバンドなんだと。

「三人で共同作曲するとさ、けっこう別のラインでいい曲が仕上がることはわかってるんだ。だから、作曲〈TOKYO BANDWAGON〉でものすごいヒット曲が出れば、作曲印税が均等に入ってくるじゃん。将来のことも考えて、五十年後にも残るような大ヒット曲があれば潤うからさ」

なるほど、と皆が頷きます。

バンドで作詞作曲を手がけてヒットするのは、大抵はフロントマンのものです。〈TOKYO

BANDWAGON〉の場合は研人ですね。すると、どんなにその曲が売れてもその人以外に曲の印税が入ってくることはありません。バンドが解散したら、フロントマン以外のメンバーは食っていけなくなる、などという話はよくあります。

研人はそこまで考えて、間違いなく確実に売れるであろう、アイドルの作曲依頼を受けたのですね。

「でもぉ話が来たときにすぐいいと思ったよぉ。研人たちの作る曲は時代を超えるPOPだからさぁ、それこそ彼女たちのカラーにも合ってるしぃ。アイドルだろうとなんだろうと、いい曲を作って世に送り出すことに何も変わりはないんだからさぁあ」

「そうですよ。いやそれに〈カラーナンバー7〉はそこらのアイドルよりもはるかに高い音楽性を、アーティスト性を兼ね備えてますからね。メンバーの中には楽器経験者もいて、それこそバンド組んでもいけるっていうアイドルなんですよ」

そうなのですか。それは知りませんでした。可愛くて歌って踊れるだけではないのですね。

「そうなんだよ木島さん。それで、こんなのが決まったからいいよって言っちゃったんだけどさ。大じいちゃん」

「うん？　なんでぇ」

「いいよね？　これ」

これ、と研人がiPhoneを勘一に渡しました。見えねぇんだよ、と言いながら受け取って、眼を細めて読んでいきます。

「なになに。あん？　こりゃあ要するにその作詞をする本間ハルカってアイドルの子たちが、一緒に曲を作るためにそして研人たちにバンド演奏を教えてもらうために、うちに来てしばらく過ごすってことなんだな？」

そうなのですか？

アイドルの子たちが、うちに来るのですか。

「そういうこと」

「え、どういうことなんです？」

木島さんが眼をぱちくりさせてますね。

「木島さんの言ったことがめっちゃ鋭いの。まずね、向こうの事務所としては、今度の新曲はバンド体制でやりたいんだってさ。〈カラーナンバー7バンドバージョン〉って感じでね」

「おお！　やっぱりそうですか！　それで作曲を〈TOKYO BANDWAGON〉に依頼ってことですね！　いや納得ですよ！　ゼッタイにいい！」

「で、言ってた楽器経験者は、これ偶然にもよく揃ったよね。ホーンセクションは甲田翔子ちゃんと田中詠美ちゃん。二人は中学高校で吹奏楽部だったんだってね。それでＯＫ。で、佐々木夢実ちゃんは小さい頃からピアノ習っていてキーボード担当、遠野海ちゃんは中学校の頃からガールズバンドやっててギターが得意」

「そうですそうです」

なるほど、偶然にしてはよく揃いましたね。

「それで、残るは今回のセンターボーカルで作詞も担当する本間ハルカちゃんにはギター、蜷川エリンちゃんにはベース、そして水元ありんちゃんにはドラムをやらせると。三人は他のメンバーと違って楽器はまだほぼ初心者だけど、曲が上がったら〈TOKYO BANDWAGON〉のギターとベースとドラムのセンスやバンドとしてのニュアンスみたいなものをぜひ教え込んでほしいってさ」

「うちに来るってことは研人のスタジオで練習するってことか？」

紺です。

「メインは曲作りだね。完成させること。ハルカちゃんと〈TOKYO BANDWAGON〉ってことになるけど作詞作曲をやって新曲を仕上げてほしいと。ついてはその練習や普段の様子を動画で押さえておいて、新曲ＰＶの素材にさせてほしい、って。動画関係はありんちゃんが普段からYouTubeとかやってていろいろ得意なので、iPhoneで充分なので撮らせますってさ」

「え、それなんでうちでやりたいって言ってきたの？　本格的なプロが使うスタジオでやった方がいろいろと都合がいいんじゃないの？」

すずみさんが古本屋から顔を覗かせます。それはそうですよね。研人のスタジオも確かにバンド練習には使えるぐらいの広さですが、何といっても普通の家の部屋です。

「あーそれは歌詞の世界観が合ってるからだって。ハルカちゃんが書いた歌詞はラブソングだけど、若いアマチュアミュージシャンのバンド仲間同士の恋や別れを描いたような歌詞なんだってさ。まだ未完成だけどね」

「なるほどね。ＰＶの素材にわざわざそういう世界観のセットを借りてやるより、どうせ曲作りを一緒にやるなら、研人のところで撮っちゃった方が早くて安上がりってことだ」

「作曲者として〈TOKYO BANDWAGON〉が入るんだから、研人たちを出すのがいちばんイメージとしては合うだろうね」

青と紺が納得したように言って、青が続けます。

「それはもちろん、その辺りのギャランティも〈TOKYO BANDWAGON〉に対して上乗せでってことだよな？」

当然、と研人も頷きます。

「タダでそんなことはやらないよ。オレたちもそんなにヒマじゃないんだし」

ふぅん、と、我南人が上を向きながら少し考えます。

「ただの作曲依頼だけと思っていたけどぉ、随分とぉきっちりがっちりコミコミで依頼してきたもんだねぇえ。方向性としては合ってるけどぉ、向こうの事務所がかなり考えてきたんだねぇえ」

紺も頷きます。

「もし僕がマネージャーとかそこの事務所の社長だとしても、研人に依頼しようと思ったらそこまで考えるだろうね。年齢もほぼ一緒だし、実質的に飛ぶ鳥を落とす勢いの〈TOKYO BANDWAGON〉とのコラボとかクロスオーバーとかジョイントとか、その辺りで最終的に押し出して話題性もガッチリってところかな」

「でも大丈夫なの？　アイドルなのに、〈TOKYO BANDWAGON〉なんて男ばっかりのところに放り込んでくるなんて。や、もちろん研人くんたちは紳士だけどさ。周りがそういう眼で見ちゃったら噂《うわさ》になったり」

すずみさんです。確かにそんなふうな眼で見ちゃう人はいますか。いやいや、と木島さん首を横に振りました。

「まぁ〈カラーナンバー7〉の事務所は別にアイドルは恋愛禁止とかそういうのはあまり言ってませんからね。あ、それに本間ハルカちゃんなんかは研人くんの大ファンだって前から随分言ってましたぜ。前に共演したときに聞いてなかった？　研人くん」

研人、苦笑いしましたね。

「聞いてる。楽屋にオレらのCD持ってきてさ、サインしたもんあのとき」

そうだったのですね。以前からの〈TOKYO BANDWAGON〉ファンでしたか。それは嬉しいかもしれませんね。

「まぁ他の皆もそうやってあの人のファンだとかいろいろ公言してる上に、そもそも研人くんは結婚してるからその辺りも心配なしってとこでしょうよ」

「いや心配されても困るし、向こうもそんなことは警戒しないでしょ。甘ちゃんもナベも彼女いるし。それにうちはカフェも古本屋もやってる誰でもウエルカムの客商売の場所じゃん。変なのがやってきてもすぐにわかるし。向こうだって事前にバレないようにちゃんとやってくるんじゃない？」

「まぁそうだろうよ。それこそ普通に客として来たっていいんだからな」

そうですね。そこまで考えるのはさすがに邪推というか、なんとかの勘ぐりになってしまうでしょうね。

それにしても、三人ものアイドルが我が家に来るわけですね。

「それ、鈴花とかんなによく言って聞かせなきゃならないな。アイドルのお姉ちゃんたちが来ているのは内緒だよって」

　青です。

　二人とも音楽が大好きですよね。我南人たち〈LOVE TIMER〉や〈TOKYO BANDWAGON〉もしっかり聴いて楽しんでいますし、テレビに出てくるアイドルたちも好きみたいで、よくテレビを観ながら二人で踊ったりしていることだってありますよね。

「内緒にして、〈カラーナンバー7〉の皆には平日に来てもらえるスケジュールにすれば大丈夫じゃないかな。基本は〈藤島ハウス〉にいるって、ダメか」

「ダメだろう。絶対にバレるだろうよ。それにその本間ハルカちゃんってのは小説も書いてる文学少女って感じで売ってるんだろ？　だったらこっちの古本屋に来たり紺と話したりしてるようなシーンも一応押さえとして撮らせてください、なんて話になるんじゃねぇか？」

　勘一の言う通りですね。

　そもそもあの二人に内緒になんかできませんよ。ましてや勘の鋭さは超能力者並みのかんなちゃんを誤魔化せるはずがありません。

「だよねぇ。頼むね親父に青ちゃん。二人にゼッタイ発表するまで内緒だからねって言い聞かせてね」

　うーん、と二人とも唸《うな》ります。無理のような気もしますが、ここはお仕事ですからね。きっちり言い聞かせましょう。

「スケジュールは後からまた送ってくるから、皆に回すよ。向こうも忙しいアイドルなんだからそんなに長居はしないだろうし。せいぜい二、三日とか長くても一週間ぐらいじゃないかな通って来るのは」

「曲作りはそんなに早くできるのかい？」

「曲作りはあらかじめ進めておけばいいだけの話で、もぅ進めてるからさ。ぶっちゃけ、イメージできるフレーズさえ浮かんでくれば、後はすらすら出てくるし。三人で固めていくと一人で作るより早いんだよね」

そうですね。よく歌詞が先か、曲が先かという話になりますが、研人はそのどちらもやっていますから特に問題はないのでしょう。三人での共同作曲もいつもやっていることでしょうから。後はそのハルカさんの歌詞の方でしょう。どういうふうに作詞をしていくのか。

でも、ちょっと楽しみですね。テレビでしか見ないアイドルが我が家にやってくるというのは。

「しかし、〈カラーナンバー7〉ですかぁ。〈TOKYO BANDWAGON〉がねぇ、アイドルとコラボって」

木島さんが何か感慨深げにそう言って、でもすぐにちょっとおかしな表情をしましたね。何かを考えるようにしてから、時計を見ます。

「おっ、いけねぇ。すみません、じゃあ行きますわ」

「おう、仕事してこい」

「青くん、〈ステージバス〉の内容の進捗状況は逐一教えてくださいよ。ばっちり宣伝するから。それと、えーとすずみさん、あの件も後から教えてくださいよ！　ＬＩＮＥでもいいですから」

あの件？　と一瞬すずみさんが怪訝《けげん》そうな顔をしましたが、すぐに気づきました。芽莉依ちゃんのことですね。

＊

夕方になりました。

かんなちゃん鈴花ちゃんが元気に小学校から帰ってきて、家の中が少し賑やかになります。もちろん、まだアイドルの女の子たちのことは教えていませんよ。スケジュールが決まってからですね。

帰ってくると必ずカフェに出てきて、手伝いはいらないか、と訊くのですが、この時間はそれほど混むことはいつもないのですよね。

ですから、エプロンを着けて、テーブルをきれいに拭いてもらったり、洗い物をちょっとしてもらったり。お客様が来ないと暇ですから、そのうちに家の中に戻っていきます。宿題とかあればそっちを先にやってもらいますけど。

二人とも、カフェの仕事が好きですよね。まだそんなことを考えるのは早過ぎるのですが、将来はどんなことに夢中になって、どんな職業に就くんだろう、などといつも考えてしまいます。

わたしはこの身体になって、孫である藍子や紺や青はもちろん、曾孫の花陽と研人がそれこそ思いもしなかった医者とミュージシャンへの道に進んでいるのを見られて、本当に嬉しく幸せだなと思っているのですよ。勘一じゃありませんけれども、できればこのままかんなちゃんと鈴花ちゃんの行く末もこの眼でしっかりと確かめたいものです。

でも、そんなことを考えると、高齢の勘一は致し方ないとして、息子の我南人が亡くなるのをこの眼で見てしまうのかもと思ってしまい少し悲しくなるのですが、既に死んでいる身であまり贅沢は言えませんね。

亜美さんも美容室から戻ってきていて、藍子がそろそろ晩ご飯の支度を始めますか。すずみさんは、じゃあお任せね、と、かんなちゃん鈴花ちゃんにホールをお願いして、古本屋へ向かいました。お客様がたくさん入ってくれば、すぐに戻ってきますよ。

マードックさんと青は、執筆作業をしている紺も交えて、引き続き居間であれこれ〈ステージバス〉の計画を練っていますね。

そういう景色がこれからしばらく、〈アートウ〉の整理がついて向こうで打ち合わせができるようになるまで続くのでしょう。

からん、と古本屋のガラス戸の土鈴が鳴って、男性のお客様が入ってこられました。ご年配の方ですね。勘一よりはずっと若いでしょうけれども、六十、七十代と見えます。

革の手袋に年季の入ったコート。重そうな紙袋を持っていますから、買い取りのご希望でしょうか。

「いらっしゃいませ」

白髪交じりの髪はきちんと整えられています。どこかでお会いしたような気もしますが、どなただったでしょうか。それとも以前によく来ていたお客様でしょうかね。まっすぐ勘一の座る帳場までやってきます。

「すみません。古本の買い取りをお願いしたいのですが」

「はい、じゃあどうぞこちらにお座りください」

すずみさんが言います。勘一はお客様の顔を見て、はて、と首を捻りましたね。

「お客さん、以前も来られていましたかね」

初老の男性、にっこりと微笑み頷きましたね。

「ご無沙汰しております。もう二十年以上も前になりますでしょうか。以前、区立図書館で館長をしておりました浜崎《はまさき》といいます」

「おお！」

勘一が手を打ちます。わたしも思い出しました。区立図書館の館長さんでしたね。すずみさんは、うちに来る前のことですから、まったく知らないでしょう。

「そうでしたな。あの頃、うちにも何度かいらっしゃっていましたな」

「お世話になりました。本の修復のコツなども教えていただきました」

やりましたね。あまりにひどいものは図書館さんでは廃棄になってしまうのですが、まだ読めるのに捨てるのには忍びないと、この浜崎館長さんが個人的にいらっしゃいましたね。

「あ、じゃあ真央《まお》ちゃんの」

「そうそう、今ですな、うちの裏の庭隣の家にお宅の図書館司書のお嬢さんがいるんですぜ。もう親戚付き合いみたいなもんでして」

「そうでしたか。それはまた偶然ですね」

増谷家の裕太《ゆうた》さんの奥さん、真央さんですね。浜崎元館長とはおそらく直接の面識はないですね。今の館長さんは真田《さなだ》さんで、前任は笠原《かさはら》さんでしたか。そうですね、浜崎さんはその前の館長さんでした。

「二十年以上も前となると、浜崎さん、お幾つになられました」

「七十五になりました。堀田さんから見ればまだ若造かもしれませんが」

「いやまだ充分お若い様子ですよ。今日は、この本の買い取りですかい」

たくさんの古本をお持ちくださいましたね。紙袋の中に十冊ほどもあるでしょうか。

「そうなんです。実は、ちょっと整理をしていまして。終活というんですかね」

「いやぁその年で終活されちまうと俺なんか困っちまうんですが。ひょっとしてどこかお悪いんですかい」

そうですよね。七十五なんてまだまだお若い。見たところ、細身ではありますが決して不健康な様子は感じられないのですが。浜崎さん、苦笑されます。

「私は、実は妻も子供も、他に家族もいない独り者でしてね。もちろんまだ死ぬ気はありませんが、正直ぽっくり逝ってしまったときに、いろいろ荷物があるのは迷惑を掛けてしまうだろうと、少しずつ整理しているんです。それで、本を整理するのなら、〈東京バンドワゴン〉さんに持っていこうと以前から決めていたので」

「そうですかい。それはまぁありがたいことです」

まったくの独り身でしたか。それは確かに、死んだ後残すもののことを考えてしまっても仕方ありませんね。

すずみさんが受け取った紙袋から本を出して文机に置いていき、勘一が手に取ります。

「どれも状態がいい本ばかりで結構ですね。池波正太郎《いけなみしょうたろう》に開高健《かいこうたけし》に北杜夫《きたもりお》、片岡義男《かたおかよしお》となかなかバラエティに富んでいますな。ほぉこいつぁ梶井基次郎《かじいもとじろう》、いやこんなのをお持ちでしたか」

丁寧にハトロン紙に包まれていますね。梶井基次郎の『檸檬《れもん》』じゃありませんか。しかもこれは戦前に出されたものですよね。

勘一が丁寧に開いて確認しますが、初版ですね。すずみさんも眼を丸くして喜んでいますよ。

「この時代のこんなに状態が良い本は久しぶりに見ました」

「こりゃあもう、十万出しても欲しいって言うのがいますぜきっと」

売値にするともっとするかもしれません。この状態の良さは本当に奇跡ですね。長年古本屋をやってきましたが、初めて見るほどの状態の良さかもしれません。

「これほどの古いものは少なく、ほとんどは現代作家のものですね。まだ一部なのです。あと百や二百ぐらいはあるかと思うんですが、この後、段ボールに詰めて直接こちらに送っても構いませんか」

「それは全然構いませんがね。配送料も掛かります。それほどあるのなら、うちが車で引き取りに行ってもいいですぜ」

いえいえ、と笑みを見せます。

「今は、千葉に住んでいるのでわざわざ来てもらうまでもないです。詰めて送りますのでゆっくり査定していただいて結構です。連絡先を置いて行きますし、また改めて伺いますので、買い取りのお金もそのときで構いませんので」

名刺ではなく、名刺サイズの紙に手書きで住所と電話番号が書いてあります。浜崎正一《しょういち》さんと仰《おっしゃ》るのですね。

「了解しました。では、この本はお預かりしておいて、後から届く本と一緒にということでいいですな?」

「はい、よろしくお願いします」

頭を下げて浜崎さんが店を出ていこうとしたときに、ガラス戸が開きました。誰かが来ましたか。入ると出るを譲り合いでもしましたか、笑みの混じった声が少し響いて浜崎さんの後ろ姿が消えて、代わりに入ってきたのは、あら芽莉依ちゃんですね。

「ただいま帰りました」

「おう、お帰り」

「あら、お帰りなさーい」

今日は少し早いみたいですが、休講にでもなりましたかね。それに、いつもはいったん部屋に戻ってからこっちに顔を出すのに店に来ましたね。

「少し早いんじゃねぇか?」

「休講になっちゃって、帰ってきました」

やはりそうでしたか。どこか寄ってきたり友達と遊んできたりしてもいいのに、芽莉依ちゃんも基本が真面目で大人しい子ですから、ほぼ毎日講義が終わるとまっすぐ帰ってきますよね。

「どうして店に来たの?」

「あぁ、これなんです。古本を預かっちゃって」

「古本?」

そういえば、紙袋を提げていますね。

「同じ学校の人に頼まれちゃったんです。こういう古本を買い取れるかどうか訊いてほしいって。いつでもいいからって」

それでまっすぐこっちに顔を出しましたか。

「てめぇで持ってこないで友達に持たせるってのもなぁ」

勘一がちょっと苦笑しましたね。

「あ、いえ、訊かれたんですよ。こういう古本も引き取ってもらえるのかなぁって。それで、じゃあ今日持って帰って訊いてみますよって私が言ったんです」

優しいですね芽莉依ちゃんは。どれどれ、と勘一が本を出します。

「ほう、洋書か。小説じゃあねぇな」

サイエンスですとか、マーケティングとかいう英単語が並んでいるものが多いですね。どうやら科学関係の技術書や経済学とか、そういうお勉強のための本が三冊ですね。勘一がパラパラとめくっていきます。

「こんなのを原書で読むたぁさすが東大生ってか。読み込まれてはいるが、書き込みも欠損もたぶんねぇな。状態はそんなに悪かないか」

「そう思いましたけど、おそらくこの類《たぐ》いの本はそんなに高くは買い取れないよって話はしておきました」

そうですね。何せこういう専門的な、しかも洋書の古本はあまり需要がありませんから。

「確かに、電車賃程度にしかならねぇな。しかしまだ新しいし、友達割り増しでせいぜい頑張って三冊で千と五百円ってところかな。それでもよければ引き取っておくって伝えてくれよ」

「わかりました」

「ところでよ、芽莉依ちゃん」

勘一がちらりと奥の居間を確かめました。研人はいませんね。

「今朝、祐円がな、昨日東大の近くへ行ったときによ、芽莉依ちゃんがテレビに出てる男と一緒に歩いてたって言ってたんだがよ」

あぁ、と芽莉依ちゃんがちょっと苦笑いしました。

「歩いてました。え、祐円さん近くにいたんですか？」

「上野東照宮に行く途中で偶然見たらしいな」

「そうなんですか。確かにテレビに出ている人です。一緒にいたのは、〈東大クイズマニアック〉ってグループの品川さんですね。そう、その本、品川さんのものなんですよ」

「これかよ？　あ、じゃあ、この本君んところで売れるかなって訊かれたところを祐円が見たのかい」

ううーん、と芽莉依ちゃんちょっと困ったような表情を見せましたね。

「ちょっと前に、いきなり声を掛けられたんですよね。〈東大クイズマニアック〉に参加して、東大生解答者としてテレビに出ないかって」

やっぱりそうでしたか。

「え、芽莉依ちゃん出ちゃったりしちゃうの？」

「出ませんよ。私、クイズなんか全然得意じゃないです」

「いや、芽莉依ちゃん頭は良いだろ」

芽莉依ちゃん、ブンブンと頭を横に振りますね。

「勉強の成績が良いのと、クイズができるのとは全然別ものです。知識、という点では同じ土俵ですけれど勉学の知識とクイズの知識は似て非なるものです。クイズだったらお義父さんの方がずっと凄いと思います」

芽莉依ちゃんがお義父さん、と呼ぶのは紺のことなのですけれど、一緒に暮らしていてもあまりそう呼んでいるのを聞く機会がないのでいまだに慣れませんね。一瞬誰のことかと思ってしまいます。

「あーそうね。お義兄《にい》さん、クイズ得意だものね」

「あいつは無駄な知識をやたら頭ん中に溜め込んでやがるからな」

得意なことはいいことなのにひどい言われようですね。

「でも、なんで芽莉依ちゃんのことを知ってたの？　その品川って人」

「古本屋にいることも知っていたから、やっぱり研人くんと結婚してるってことが結構知られちゃっているんだと思います」

そうでしょうね。芽莉依ちゃんは一般人なので公表しているわけではないですが、研人はもう若者たちの間ではミュージシャンとしてかなりの有名人になってしまっています。まだ二十歳なのにもう結婚していて奥さんは東大生、なんていうのはあっという間に知れ渡りますよね。

「もういきなりでびっくりして、クイズにもテレビに出ることにも興味はないのでごめんなさい、って言ったのに、それから今日で三回目かな？　大学で話しかけてくるんですよね。今日も、その本を持ってきて、こういう本〈東京バンドワゴン〉さんで売れるかなぁって」

「それで、なんとかクイズ一緒にやらない？　うちに入らないかって誘ってくるのね？　ちょっとやそっとじゃ引き下がらないぞって」

「そんな感じがありありです。本も、わかりませんから自分で持ってってくださいって言うのもなんだか突き放す感じになっちゃって、お店や研人くんの評判を落とすようなことになったらイヤだなぁと思って」

「あー、そうね。一応その品川くんっていうのもテレビに出てる有名人だもんね」

なるほどな、と、勘一も頷きます。

芽莉依ちゃんが冷たくというか、常識の範囲内で本のことを断ったとしても、向こうがどう思うか、そしてなんて言われるかわかりませんからね。ＳＮＳなんかで悪口を書かれて拡散しちゃったりするんですよね今は。向こうも有名人でしょうし、芽莉依ちゃんも有名人の家族ですからね。

「まぁそうか。わかった。あれだ、連絡先とか交換したのか？」

「してません。なんかイヤだったので。向こうもまた会ったらそのときでいいって言いました」

「賢明だな。どうせまた声を掛けてくるんだろうからよ。本はうちに預けてあるから一冊五百円だってことだけ伝えてよ、後は自分で金を受け取りに来るか本を引き取りに来るかしてくれって言っとけよ」

「そうします」

それでいいですね。

芽莉依ちゃんが〈藤島ハウス〉に戻っていって、すずみさんは自分のスマホで何やら打っていますね。

あれですか、木島さんにさっそく今の芽莉依ちゃんから聞いたことを伝えているんですね。

「あら、木島さんまた来るそうです。もう駅にいるって」

「なんだ。どうしたんだ」

「芽莉依ちゃんの件をさっそく教えてあげようと思ってLINEしたら、もう着くから直接聞きますって」

そう言っている間に、土鈴が鳴りましたね。木島さんが戻ってきました。ささっと動いて、帳場の前の丸椅子に座ります。

「わかったんですね？　何でした芽莉依ちゃん？」

「暇なのかよおめぇは」

「違いますよ。たまたま予定より早く終わったんで、帰る途中に寄っただけです。話聞いたらすぐに帰って家で飯を食いますよ」

これで木島さん、愛妻家ですからね。家庭を何より大事にする男性なのですが、お子さんはもう年も年だし作る気もないそうで、奥さんの由子《ゆうこ》さんと二人で仲良くやっているんですよね。

「で？　どうでした」

「かくかくしかじかでよ。やっぱり〈東大クイズマニアック〉に入らないかって誘ってきたらしいぜ。もちろん断ったって言ってたぜ」

「かくかくしかじかじゃあわかりませんが、そうだったんですねやっぱり」

ふぅん、と木島さん、何故か少し顰《しか》め面をしましたね。

「今日はね、古本を持ってきてこれ売れるかな、って芽莉依ちゃんに訊いてきたんだって。芽莉依ちゃん優しいから預かってきてた」

すずみさんが言います。

「古本をですか」

「わかんねぇけど、また誘いに来るための繋ぎにしたんじゃねぇのか。連絡先交換なんかはしてこないっていうから、なかなか押しと引きを心得た奴《やつ》じゃねぇか。クイズの専門家ってんならそういうふうに頭も回るんかな」

なるほどね、と木島さん納得するように頷きます。

「まぁわかりました。それで、あっちの方はいつ来るとかは」

「あっちってなんだよ」

「〈カラーナンバー7〉ですよ！」

そちらですか。

「そりゃあまだわかんねぇよ。スケジュールは研人に入るんだから、自分で訊いてくれ」

「了解です！　じゃあまた！」

さっと手を振って帰っていきました。

仕事はできるしとてもいい人なんですけれど、多少騒がしく慌ただしいのが玉に瑕《きず》ですよね。

＊

秋になってからは、カフェの閉店時間は九時半から十時にしていました。夜に来られるお客様は、基本的にご近所の方が多いのですよね。我が家の前は駅への近道になっていますから、仕事帰りに寄っていかれるのでしょう。

でも、やはり寒くなると早く家に帰ろうと思いますよね。季節によって閉店時間が変わるのも、きちんと告知しておけば問題ないだろうとそうしています。九時を回ってお客様が誰もいなくなれば、九時半には閉めてしまいます。また暖かくなる春になれば、午後十一時ぐらいまでにしていきますよ。

カフェの夜営業を始めて一年以上が経ち、晩ご飯を順番に食べるのもすっかりあたりまえになりました。

古本屋の営業が終わる七時過ぎには、カフェに立つ人を除いた皆が集まって居間で晩ご飯を食べます。カフェに回るのは多くて三人ですから、そもそも人が多い我が家では三人減ったところで賑やかさにはそう変わりはありません。

でも、食卓の賑やかさがあまりにもカフェに聞こえてしまうのはよろしくないということで、きちんと居間と店を繋ぐ扉は閉めるようになりました。

今夜は、かんなちゃんのリクエストがあったので晩ご飯はラザニアです。ラザニアは一品でもう主食になってしまいますけれど、それだけでは淋《さび》しいと、あるだけの野菜を切ったサラダも作ります。スープは簡単に野菜たっぷりのコンソメスープです。いつもならそこにソーセージを入れたりしますが、今日はラザニアにお肉たっぷりなので、野菜だけですね。

最近、すずみさんがどこかのお店で食べたという美味しいドレッシングを自分で作ってみたのです。醬油《しょうゆ》とオリーブオイルにレモン果汁、ガーリックパウダーに粉マスタードに少しの塩。これだけでとても美味しい和風ドレッシングになっていました。すっかり皆も気に入って、サラダのときは必ずこのドレッシングを作っています。

我が家のラザニアはほぼミートソースなのですが、このごろごろのお肉のミートソースが美味しいというので、白いご飯も炊いておくのが定番です。ラザニアの取り皿に白いご飯を入れて、ミートソースの残りと混ぜて食べるのですよね。ちょっとお行儀が悪く見えますけど、本当に美味しいのですよ。

勘一などはそれを焼海苔で包んで食べるのです。それはまたどうかとも思うのですが、藤島さんなどは意外と美味しいなどと言っていました。今日は美登里さんだけで藤島さんはいませんね。お仕事の会食などで遅くなるのでしょう。

「えーとね」

研人です。

「既にお聞き及びの方も多いですが、我が家に〈カラーナンバー7〉というアイドルグループの子がやってくる件ですが」

「え!?」

「なに!?」

かんなちゃん鈴花ちゃんがすぐに反応しましたね。まだ聞いていなかったのは二人だけだったのですね。

「研人にぃ、〈Color No.7〉？　って言った？」

鈴花ちゃん英単語の発音が素晴らしいです。かんなちゃんもですけど、マードックさんや芽莉依ちゃんが英会話は教えていますから。

「はい、言いました。かんなも鈴花も好きらしいアイドルですけれど、お仕事でうちにやってきます。研人にぃたちの〈TOKYO BANDWAGON〉と一緒に曲を作って、演奏を練習します」

「新曲!?　ねぇ〈Color No.7〉の新曲を研人にぃが作るの!?」

かんなちゃんの興奮度がマックスになっていますよ。落ち着いてください。口からラザニアが飛び出しそうです。

「そういうことですが、いいですか、かんな鈴花。聞いてください。これは、研人にぃのお仕事です。しかも、秘密のお仕事です」

「秘密？」

「そうです。もしもこの新曲の発表前に〈カラーナンバー7〉がうちに来てることや曲を作っていることがバレてしまっては、研人にぃたちはギャラを一銭も貰えません。ただ働きになってしまいます。わかりますね？　お金貰えないことがどんなに辛《つら》いことか」

わかります、と二人してこくこくと頷いていますけれど、本当にわかっているのでしょうか。

「なので、このことは研人にぃが言っていいよと言うまで、ゼッタイに家族以外の人に言ってはいけません。約束してください。ゼッタイに誰にも言いません！　と。はい、Repeat after me.」

「ゼッタイに誰にも言いません！」

「ゼッタイに誰にも言いません！」

「よろしいです。で、大人の皆さん早速ですが彼女たちからスケジュールが入ってきました」

研人がiPhoneを見て言います。

「明後日《あさって》の日曜日から、月火水の四日間、本間ハルカちゃんと、蜷川エリンちゃん、そして水元ありんちゃんが我が家に来ます。当然甘ちゃんとナベもね」

「え、そんなに早く」

「曲、できるの？」

花陽や亜美さんがちょっと心配そうに言いました。

「まぁ早い方がいいよ。そもそも新曲のイメージは歌詞を書く本間ハルカちゃんが持ってるんだ。そのイメージは貰っているけれど、さっさと話し合って練った方がいいからさ。で、当然だけど周囲にバレないように、三人はうちに来たら一歩も外に出ないようにするんで、すみませんがその四日間、お昼ご飯を甘ちゃんとナベの分含めて五人前追加でお願いします」

なるほど、家の中で済ませてしまうのですね。

「そういうのは全然構わないけれど、送り迎えは大丈夫なの？　うちの前は車なんて軽しか入ってこられないし昼間だとそれもほぼ不可能よ？」

藍子です。そうなんですよね。軽自動車ならば入っては来られるのですが、ほとんど人が歩いていない早朝とか深夜とか限定ですよね。昼間はけっこう人通りがあるので、車が入ってくると相当通るのに苦労します。

「誰が乗ってるか全部丸分かりだよな」

「あ、なんかそれは大丈夫だって。全員普通の格好していればその辺の女の子にしか見えないんだってさ。普段もほとんどバレることはないので、普通に電車でやってきて電車で帰るって。事務所もその辺は考えてるだろうから」

向こうがそういうのであれば、大丈夫なのでしょう。でも、意外とそういうものですよね。うちには池沢百合枝さんに折原美世《おりはらみよ》さん、本名脇坂佳奈《わきさかかな》さんという女優二人が出入りしていましたけれど、ほとんどバレることはありませんでしたから。

「まぁわかった。あれだ、仕事とはいえ、若いアイドルのお嬢さんたちが出入りするんだ。皆も普段よりも周りに気を配っておこうや」

「それがいいね。会沢家と増谷家にも言っておこうよ。裏からうちに入ろうと思ったらあそこを通るんだからさ」

あ、そうですね。

「楽しみだー！　サインとかもらえるかな？」

かんなちゃんです。

「二人とも、それで学校お休みにするとかダメだからね」

わかってます、と二人ともこくこくと頷きます。

「そんなに好きなら、サイン入りのグッズ二人分を山ほど持ってきてって言っておくよ」

まぁそれぐらいは、役得というものでしょうか。

三

日曜日です。

いつもの日曜日ですと、かんなちゃん鈴花ちゃんは朝ご飯が終わるとすぐにエプロンを着けて、カフェのお手伝いに入ります。

うちのカフェの常連さんは近所に住む一人暮らしのお年寄りなどが本当に多いのです。ですから、日曜でもモーニングセットはやっているのですが、通勤や通学の皆さんがいませんので、やはり客足は落ちます。なので、朝でもわりとのんびりと仕事ができるのですよね。それでかんなちゃん鈴花ちゃんにホールをやってもらえるというのもあります。

おはようございます！　と雨戸を開けて元気に皆さんに挨拶して、オーダーを取りに回るのですよね。三年生、九歳になっていますからその様子もすっかり堂に入り慣れたものです。

オーダーされたものをトレイに載せて運ぶのも、少し前までは危なっかしくてとても任せられなかったのですが、今は一人分のオーダーならまったく問題なく運ぶことができます。

でも、今日は二人ともそわそわしているのが、誰の目から見ても明らかですね。お客さんが来る度に、来たか！　なんていう表情をして、違った、とちょっとがっかりしています。

アイドルの子たちがひょっとしたらカフェから入ってくるかもしれない、と待ちかまえているのでしょう。

「おはようございますー」

「おはようございまーす」

「いらっしゃいませ！」

九時になる前に、カフェの戸が開いて、研人の仲間〈TOKYO BANDWAGON〉のベーシスト渡辺くんがベースを背負い入ってきました。ドラムの甘利くんも一緒ですね。あら、のぞみちゃんもいますね。

「のぞみちゃんおはよう。一緒になったの？」

亜美さんに、のぞみちゃん頷きます。

「来る途中で会いました」

ご近所の春野《はるの》のぞみちゃんは、文才溢れ、個性的な美しさを持った女の子。実は〈TOKYO BANDWAGON〉の曲の作詞も一度やっています。研人の後輩でカメラマン志望の水上兵衛《みずかみひようえ》くんとは家が隣同士で、水上くんの撮ったのぞみちゃんの写真はその美しさにちょっと騒動を巻き起こしましたよね。

甘利くんがショルダーバッグひとつにドラムスティックだけなのは、ドラムセットは研人のスタジオにありますからね。それも、音の出ない電子ドラムです。ドラムの音は大きいですからね。本格的なスタジオでなければ近所迷惑になってしまうので音は出せません。

普通のドラムとどちらがいいのかと以前に話していたのを聞きましたが、甘利くん曰く、慣れればどっちでも構わない。でも、ライブのときにはやっぱり普通の音が出るドラムじゃないと少しノリが悪くなっちゃうような気がするかな、と言っていました。

「甘ちゃんナベちゃん、久しぶりだ」

「そうだねー。かんなちゃんも鈴花ちゃんも元気だった？」

「かんなはいつでも元気だよ！　鈴花はちょっとかぜひいたりしたけど」

甘利くんも渡辺くんも弟や妹がいますから、小さい子の扱いには慣れていて、そして基本的に子供好きですよね。

「おはよう二人とも。研人、部屋にいるわよ？」

藍子が声を掛けます。

「あ、久しぶりにカフェの朝ご飯食べたくて早く来たんです。なのでこっちで」

「あら、そう。甘利くんも？」

「お願いします！　二人ともバタートーストプレートで」

厚切りのバタートーストと、チーズたっぷりのオムレツ、香辛料やレモンが効いたロングソーセージが普通は一本ですけど、二人ともまだ食べ盛りですからおまけできっと二本にしますね。それにキャベツや胡瓜《きゅうり》、トマトやレタスの入ったサラダと飲み物が付きます。

藍子と、甘利くん渡辺くんは、こっちにいるときに直接話したりすることはそれほど多くなかったのですが、この間の〈TOKYO BANDWAGON〉のイギリス滞在ですっかり仲良くなりましたよね。

のぞみちゃんは食べてきたそうで、そのまま古本屋に向かいました。本好きなのぞみちゃん、いつもお休みの日にはやってきて本を読んだり、紺や研人たちと話をしています。

「いらっしゃいませー」

またお一人お客様が入ってきましたね。

まだ若いお嬢さんです。短めの茶色に染めた髪に黒縁眼鏡、学生カバンのようなデザインのカバンを持っていて、どこかの大学生でしょうかね。

軽くお辞儀をして、その子が空いているテーブルに座ると同時に、古本屋の土鈴も鳴りましたから、向こうにもお客様が入りましたか。

失礼します、という静かな声が聞こえてきて、勘一が応えています。

「ごめんください」

裏玄関からも、声が聞こえましたね。こちらも若い女性の声ですよ。はーい、という紺の声が聞こえてきました。

三人の若い女性というと、これはひょっとして。


居間の座卓に三人のうら若きお嬢さんたちが、挨拶にと並びます。やはりあれですね、一人一人を見ているとそれほど感じることもなかったのですが、三人並ぶとどこか輝くような雰囲気を醸し出します。

カフェに入ってきたありんさんに、かんなちゃん鈴花ちゃん最初は気づきませんでしたものね。オーラみたいなものを消すのを心得ているんでしょうか。

「水元ありんです。ドラムをやります」

「蛯川エリンです。ベースです」

「本間ハルカです。ギターとセンターボーカルやります」

カフェから水元ありんさん、古本屋には蛯川エリンさん、そして裏玄関から来たのが本間ハルカさん。皆さん年齢は二十歳前後ですから、ほぼ研人や芽莉依ちゃんと同学年ですね。

実はそれぞれ大体は本名だそうです。ありんさんは安里、エリンさんは絵鈴という漢字、ハルカさんは悠と書いてはるかと読ませるそうです。皆さんなかなか良いお名前で、雰囲気によく合っています。

ありんさんはショートカットで茶髪、エリンさんはボブカット風の金髪、そしてハルカさんは長い黒髪とそれぞれ個性的でこれまた良くお似合いですよ。そして皆さん、愛らしいですね。さすが、アイドルです。

研人たち〈TOKYO BANDWAGON〉はもちろんですが、勘一は家長なのでそこにいるのはわかるとしても、我南人に紺に青にマードックさんと男性陣もずらりと並んでしまっていますがなんでしょうね。我が家の男性陣は本当に若い女性に弱いですよね。紺と小説についていろいろ話していたのぞみちゃんも、びっくりしながら一緒にいます。

研人がのぞみちゃんを紹介したときに、〈TOKYO BANDWAGON〉のアルバムで作詞をした女の子だと言うと、ハルカさんがあの曲の作詞家さんですか！　と驚いていました。よく知っていたんですね。

あの曲『空へ届く花』が大好きだとハルカさん、本当に感激していました。のぞみちゃんも嬉しそうでしたね。連絡先を交換していましたよ。

バラバラに入ってきたのは、同じ電車で来たのですが、三人一緒だとバレる可能性が高くなるので離れて歩いていたのと、ちょっとしたイタズラ心だったそうです。

そしてマネージャーさんが来ないのも、実は自分たちよりマネージャーさんはファンの方に顔バレ率が非常に高いのだとか。

「私たち一人一人だとほとんどバレないのに、うちのマネージャーさん、あ、望月《もちづき》っていいます。ちょっと個性的なのでほとんどの人にわかってしまうんですよね」

エリンさんです。声が少しハスキーです。

「個性的ってぇのは？　姿形がってことかい？」

「そうなんですよー。身長一九八センチでムキムキで、しかももっのすごいカッコよくてー、あのジョージ・クルーニーにそっくりなんですよー」

この子はありんさんですね。甘い声が可愛らしいです。しかし、その望月さん、ハリウッドスターのジョージ・クルーニーさんにそっくりなんですか。それはまた随分と良い男ですね。今はイケオジと言うんでしたっけ。

「本当に顔がよく知られてしまっているので、望月さんは仕事帰りに一人で買い物していても、あの人は〈カラーナンバー7〉のマネージャーだ！　ということは近くにメンバーがいる？　と騒がれてしまうのが毎日なんです」

「それは、ちょっと辛いね」

青です。青も一応は俳優をやったりしてファンもいましたから、騒がれる辛さはきっとわかりますよね。

「なかなか困るねぇえ。かといって理由もなくマネージャーを代えちゃうと変に騒がれるしねぇ」

「そうなんです。それで、今回も私たちだけでご挨拶するという不作法で申し訳ありません。改めて、今回は〈東京バンドワゴン〉さんにお世話をおかけしますが、どうぞよろしくお願いします」

ハルカさん、さすがに小説も書く文才をお持ちの子ですね。言葉をちゃんと知っていますね。態度も三人とも本当にきちんとしています。

「いやぁそんなのはなんでもねぇよ。仕事なんだからな。きっちりやっておきゃあその他のことはなんてことはねぇからさ」

その通りですね。ハルカさんが続けます。

「あの、それで研人さんには既にお願いしてあったんですが、まだ正式に決まったわけじゃないんですけど、PVの素材として、今回の練習風景や話しているところをiPhoneで撮っていくんです。それで、ひょっとしたらカフェとか古本屋の風景とか、皆さんと話しているところなんかも撮ると思います」

皆がうんうん、と頷きます。事前に聞いていますよね。

「最終的に使うときには、改めてスタッフから映像を確認してもらって使っていいかどうかの許可を取ってからにしますので、お願いします。主に私が撮っていきますのでー」

ありんさんがバッグから自分のiPhoneを取り出しました。これは知ってますよ。撮影用に手ブレしない手持ちハンドルみたいなものを取り付けているんですよね。甘利くんが持っているのを前に見ました。そういえばありんさんも甘利くんもドラム担当ですね。ドラムの人は撮影好きが多いんでしょうか。

紺が頷いてから言います。

「きちんと確認してから使うんだろうから、撮るのは全然構わないよ。ただ、カフェとか古本屋に来ているお客さんが映らないように注意してね」

「はい、もちろんです！」

「じゃ、そういうことで、時間もったいないからさっそく籠るね」

研人たちが立ち上がります。

「あぁ、研人よ。あれだ、マードックよ。今、おめぇと藍子のアトリエは昼間はほとんど空いてるだろ？」

「あいていますよ。あ、ひかえしつとかにですか？　ぜんぜんいいですよ。つかってください」

「控室？」

「ただ練習と曲作りするだけっていってもよ。若いお嬢さんが三人もだ。ちょっと休憩するとか、化粧直しするとか女の子はいろいろあんだろ。そのときに別の部屋があった方がいいだろうよ」

その通りですね。

「そうだね、今は他に空いてる部屋もないし、アトリエはスタジオの隣だし、そうしよう。オッケー案内しておく」

「じゃまなものは、てきとうにどけておいてください」

「了解です」

今は藍子もマードックさんも、昼間はほとんどカフェか居間で仕事をしていますからね。ちょうどいいですよ。

お行儀が悪いとわかってはいますが、どんなふうに曲を作ってそして練習するのか、ちょっと気になりますよね。

研人はわたしの姿を見ることはできますけど、大体は同時に驚いたときとか強い喜怒哀楽を共有したときに見えることが多いようです。かんなちゃんが一緒にいるときは別ですけれどね。常に後ろに回ればいざというときも見つかりませんよね。

以前は管理人室で会沢家が使っていた部屋は、研人がスタジオにしています。椅子とテーブルぐらいしかない部屋に、ドラムセットにアンプ、キーボードとバンド練習ができるものがすべて揃っています。

あぁ、もう始めていますね。テーブルの上に楽譜とどうやら歌詞をプリントアウトしたものが載っています。

研人がアコースティックギターを抱えて椅子に座り、その隣にハルカさんとエリンさん、渡辺くんはキーボードのところにいます。ベースですけどピアノも弾けますからね。甘利くんもギターを抱えていますね。以前も見たことありますけれど、三人で曲作りをするときにはこういうふうにギターとキーボードを弾きながら作っていました。

立って iPhone を構えて、早速その様子を撮ったりしているのは、ありんさんですね。手慣れている感じです。研人とハルカさんの二人を重点的に撮っている感じですけれど、やはりメインの二人だからですかね。

「ここのフレーズさ、〈遠くからー〉のところから、ちょっとハルカちゃんもう一回歌ってみて」

研人が譜面を指差しながら言います。譜面や歌詞を見る限り、歌詞も曲ももうほとんどできあがっているのですね。

ハルカさんは頷いて、渡辺くんがキーボードで伴奏します。ハルカさんがちょっと背筋を伸ばして歌います。

本気で歌ってはいませんが、ハルカさん可愛らしい顔からはちょっと想像がつかないほどに分厚い声を出しますね。これは本気で歌うとかなりの声量がある方ですか。

「あー、やっぱりバランス悪いよな」

「つっかえる感じだね。ちょっとメロディ変えてみる?」

研人と渡辺くんですね。

「いえ、歌詞を変えてみましょうか? もう一文字二文字かそれとも一言増やして少し舌足らずなぐらいの方がメロディには乗りますよね」

「うん、メロディ変えない方がいいー。ここのメロディラインとっても好きだー」

「ちょっと考えます」

ハルカさんがペンを持って、歌詞が書かれた紙に向かい合います。

わたしは我南人を始め〈LOVE TIMER〉の皆、そして小説家の紺、研人たち〈TOKYO BANDWAGON〉と何かを創る人たちのすぐ傍《そば》にいることが多かったのですが、集中したときの創作者から醸し出される何かにはいつも圧倒されます。普段の様子とはまるで違うものが滲《にじ》み出てくるのですよね。

ハルカさんもそうです。明るい笑顔に柔らかな空気をまとい、少し大人の雰囲気を漂わせるお嬢さんでしたが、やはり創作者、ものを作り出す人なのですね。

「これでどうですか。〈胸の奥からのそのフレーズ〉じゃなくて〈心の奥から遠く遠く伝わる響く〉」

研人がちょっと顔を顰めましたけど、すぐに頷きます。

「じゃ、歌ってみよう」

研人が合図して渡辺くんと甘利くんが曲を弾き出します。それに合わせて、ハルカさんが歌い出します。ありんさんもエリンさんもその歌詞を見ながら歌っていますね。ありんさんは器用ですね。iPhone を遠くに構えながらその様子も撮っています。

「いいんじゃない？〈遠く〉は一回でいいかな？」

「いや、少し早口で歌い込めば二回繰り返しの方がインパクトあるかも」

「通しで歌ってみよう。ありんちゃんもエリンちゃんもユニゾンで歌って、サビからハモれるところは自由にハモってみたらいいよ」

「じゃあベースもドラムも入れるから、まず動画回しておけばいいよ」

そうしよう、と渡辺くんがベースを構え、甘利くんがドラムセットに回ります。ありんさんもiPhone をスタンドに付け替えました。三人が並んでハルカさんを真ん中にマイクの前に立ちます。全員がヘッドホンを付けました。電子楽器で表に音が出ませんから、これで聴くのです。

「お願いします」

甘利くんがカウントして、〈TOKYO BANDWAGON〉の演奏が始まります。置いてある小さなスピーカーから音が響いてきますが、やはり、この三人から流れ出す音色が心地よいです。いいですね。こういうのは。若いエネルギーに満ち溢れ、新しいものが生まれていく瞬間。何度経験してもいいものです。

今夜は水炊きの鍋にしました。寒い季節に鍋は本当に美味しく感じますよね。勘一が、そろそろ練習が終わるという頃に、もしもこの後スケジュールが空いているんなら晩飯も皆で囲んでいかねぇかと誘ったのです。

三人とも明日はスケジュールが入っているそうですが、今日はこのまま帰るだけだったそうで、じゃあお言葉に甘えますと、食卓についています。

藍子とマードックさん、亜美さんがカフェに立っていまして、花陽は麟太郎さんとデートで、藤島さんも用事で外出していてまだですね。

それぞれに帰ってきたら、すぐそのまま食卓につけるのが鍋のいいところですよね。すずみさんに芽莉依ちゃんに美登里さん、そしてハルカさん、エリンさんありんさんと若いお嬢さんが増えて一気に食卓が華やいでいますね。渡辺くん、甘利くんもじゃあどうぞと一緒です。

我が家の水炊きはたれをたくさん取り揃えるので、全年齢対応型なのです。ごまだれにポン酢、キムチにニンニク、レモン汁もあります。たれを入れる小鉢がほとんど座卓全面に並んでしまうのが難点なのですけれどもね。

猫たちは自分たちのご飯を食べると、わりと座卓の周りで寝転がったり誰かにくっついてきたりしているのがいつもなのですが、今日は三人も知らない人がいるのでかなり警戒しています。遠巻きに眺めていますね。

「ニンニクはまずいんじゃないかな？　仕事に差し支えない？」

甘利くんです。

「全然大丈夫ですよー！　平気です」

かんなちゃん鈴花ちゃんは、もうハルカさんたち三人にべったりくっついて、いろいろ話しかけています。三人とも優しく笑顔で接してくれていますよ。優しい子ばかりですね。

「私は二人と同い年の妹がいるんですー。もう可愛くて可愛くて毎日溺愛してますー」

ありんさん、やっぱり妹さんがいるんですね。最初からすごく慣れているふうでしたからね。

「あれかな、ハルカさんは研人の大ファンだって言っていたらしいけど、今回のはそれもあって決まったの？」

青が訊きました。ハルカさん、すごく恥ずかしそうに照れ臭そうにします。

「いえ、あ、そういう話は前からメンバーにしていましたけれど、私の願いが叶ったわけじゃなくて、事務所の方で決めたんです」

「びっくりしましたよね。次の新曲は誰に作ってもらうんだろうって、ハルカと研人さんたち〈TOKYO BANDWAGON〉だったらスゴイね！　って話していたらもうすぐ決まったので。それもバンド形式でみんなでやるって」

エリンさんが続けます。

「あ、うちに〈LOVE TIMER〉のアルバム全部あるんです！　お祖母《ばぁ》ちゃんが大好きで親もずっと聴いていたので」

「そぉお、嬉しいねぇえ」

我南人のファンはもう六十代から八十代が中心ですから、皆おじいちゃんおばあちゃんですよね。

「わたしー、青さんのファンですー。映画のＤＶＤ持ってますー」

「え、マジで？　いやそんなに気を遣わなくていいからね」

ありんさんが言って皆が笑います。一応ですが、我が家には芸能界に所属するのが三人もいますからね。

「あれだろ？　お嬢さんたちみたいなグループはその歌ごとにメインボーカルが代わることが多いんだろ？」

「はい、そうです」

三人揃って頷きます。

「今回ハルカちゃんがメインボーカルになったってぇのは、作詞をするからってことだったのかい？」

「そうです。作詞して自分で演奏して自分で歌うっていうシンガーソングライターみたいなスタイルでやってみたいってずっと思っていて、でも私は他の皆みたいに楽器が得意じゃなくて」

「じゃあ、楽器苦手な三人で、ギターとベースとドラムを練習したら完璧なバンドができるから！　って話で、ハルカとわたしとエリンに決まったんですー」

「〈TOKYO BANDWAGON〉さんが練習も見てくれることになったって、他の皆も一緒に来たいって言ったけどそれは無理だって。曲が出来上がって、皆でスタジオで練習するときには、〈TOKYO BANDWAGON〉さんにも来てもらえるようにするからって」

うんうん、と研人たちも頷いていますね。それはもう作曲者ですからね。練習も録音のときにも参加するかもしれませんよね。

「あれ？　じゃあ歌詞のイメージはもう随分前から出来上がっていたの？　バンド練習しているようなイメージの歌詞だからってわざわざうちに来たんだよね？」

紺が訊きました。ハルカさん、ちょっとだけ言い淀《よど》むように考えましたね。

「そう、ですね。けっこうたくさん歌詞は書き溜めていたので、その中で今回は、それこそ〈TOKYO BANDWAGON〉さんのようなバンドを彷彿《ほうふつ》とさせるようなこの歌詞がいいねって」

なるほど、と皆が頷きます。ずっと歌詞を書いていて今回は待望の、ということだったんですね。

研人がちょっと何か考えるような顔をしていましたが、何でしょうね。

＊

火曜の夜です。

十時を回って、かんなちゃん鈴花ちゃんはもう自分たちの部屋で眠っていますし、花陽に芽莉依ちゃん、美登里さんもお風呂を済ませたりしてもうそれぞれの部屋にいます。カフェを最後までやっていた藍子と亜美さん、手伝っていたすずみさんはこれからお風呂ですね。

勘一と我南人、紺に青が居間にいて、マードックさんと研人と藤島さんがちょうどお風呂から上がってきました。

我が家のお風呂は三人ぐらいは楽に入れる広さがあるのです。人数が多いからそれぐらいじゃないと困るのですよね。広くていいのですが、掃除はちょっと大変です。〈藤島ハウス〉の各部屋にはもちろんユニットバスが付いているのですが、そっちに住む皆も広い方がいいと、いまだにこっちのお風呂に入りますよ。

誰かのスマホが鳴りましたね。あれはＬＩＮＥが来た音ではないでしょうか。紺ですか。自分のiPhoneを手にして、ちょっと顔を顰めました。

「どうした」

「木島さんからＬＩＮＥなんだけど、これからお邪魔していいかって」

「珍しいなこんな時間に。まぁ来るならどうぞってな。お茶の一杯も出すぞって」

「それがね、子供たちは寝ましたよね内密の話があるのでって。あと五分で着くってさ」

子供たちには聞かせたくない内密の話ですか。どのみちかんなちゃん鈴花ちゃんは寝ていますからいいのですが。

「何だろうねぇ」

「ないみつって、おだやかじゃあないですね」

どうしたのか何かあったのか、と言っているうちに、またＬＩＮＥです。

「着いたって」

「あ、鍵を開けるか」

青が立ち上がって裏玄関に急ぎます。ずっと居間にいたるうが青の後を追いますよ。るうは、青によく懐いていますよね。やはり若い女の子ですからイケメンの青が好きなのかと皆で話していました。

ガラス戸の向こうに影が見えますね。鍵を開けると、どうも、と小声で木島さんです。夜分すみませんとコートを脱ぎながら、炬燵になっている座卓に入ってきます。

「いや、すみませんね。もう〈カラーナンバー7〉のお嬢さんたちは帰りましたよね？」

「とっくにな。こないだはうちで飯食っていったけどよ」

楽しい食卓でしたよね。皆、本当に良い子だと思いました。

「女性陣は、部屋ですか」

「藍ちゃんと亜美さんとすずみがこれからお風呂かな。他の皆はそれぞれの部屋にいるよ」

うん、と木島さん頷きます。

「ちょうどいいですね。女性陣にはまだ聞かせない方がいいかもしれませんので」

「何があったんだよ」

「ところで研人くんは、あの芽莉依ちゃんの件は知ってるんですよね？」

研人がうん？　という顔を見せます。

「〈東大クイズマニアック〉の話？　それはもう最初に声を掛けられたときに聞いてたよ」

そうですよね。皆がちょっと気を遣っていましたけれど、芽莉依ちゃんが研人に話さないはずがありません。

「じゃあオッケーですね」

それでですね、と、木島さん頭を寄せてきて声も潜めます。周りに座った皆も釣られて顔を寄せてきます。

「なんか、企《たくら》みを仕掛けられてるんじゃないかって思えるものが出てきましてね」

「企み？」

「仕掛けるって、誰にだよ」

「研人くんたち〈TOKYO BANDWAGON〉ですかね、メインは」

「オレたちに？」

研人たちに、誰が何を仕掛けるというんでしょうか。メインということはサブもあるのですか。

「最初から話しますね。まず、芽莉依ちゃんに粉かけてきた〈東大クイズマニアック〉は学生ながら〈パンドーラ〉っていうタレント事務所所属なんですよ。知ってました？」

皆が首を横に振る中、藤島さんだけが頷きました。

「知っていましたよ。他にもタレントさんはいるけれども、ほとんどが大学教授とか弁護士とか、いわゆる知的産業に従事する人たちばかりですよね」

「さすが藤島社長よくご存じで。そして〈カラーナンバー7〉は〈アテーナイ〉っていう音楽事務所なんですけどね。これは知ってるでしょ我南人さんも」

「名前はねぇえ。けっこう昔からあるところでぇ、わりと面白いミュージシャンもたくさんいるねぇ」

「そうなんですよ。大手ではねぇですけど、中堅どころって感じですかね」

「そういえぇばぁあ、かなり昔に僕たちも誘われたかなぁ。研人たちにも声を掛けてきたよねぇ所属しないかって」

「来た来た。まだ高校生の頃だったよ。断ってるけどね」

「やっぱり接触してきたことがあったんですね。実はね、〈パンドーラ〉も〈アテーナイ〉も元を正せばひとつの同じ会社なんですよ。たとえりゃレーベルが違うっていうだけで」

「ほう」

タレントとミュージシャンを分けて所属させている、ということでしょうかね。

「それで、〈東大クイズマニアック〉が芽莉依ちゃんに声を掛けたってのは、こないだも言ったようにまぁわかるかなと思ったんですが、それとほぼ同時に研人くんに〈カラーナンバー7〉の作曲依頼じゃないですか。大本は同じ事務所なのに、偶然とするのはなんだよなぁ、と話を聞いたときにすぐに思ったんですよ」

なるほど、と勘一も頷きます。

「その〈東大クイズマニアック〉の品川ってのが個人的に勧誘したんじゃあなきゃな」

「そうなんですよ。ほとんど同じ時期に両方の事務所が動いたってことはきっと何か理由があるんだろう。それは何だ？　とちょいと勘ぐっちゃいましてね。勝手に動いて申し訳なかったんですけど、品川くんってのに接触してみるかと思って東大に行ってみたらですね、変な野郎が芽莉依ちゃんを盗撮していたんですよ」

「盗撮？」

「マジ？」

それは、穏やかではない話ですね。

「いわゆるユーチューバーってのですね。それもしょうもないもんばっかり撮って流してるような奴なんです。しかも品川くんがまた芽莉依ちゃんに声を掛けて何やら親しげに話しているところを撮ってるわけですよ」

皆の顔が歪《ゆが》みましたね。

「芽莉依ちゃんなんか言ってたか？」

「何も。盗撮ってことは、気づかれないようにしていたってことでしょ」

「そりゃあ、木島。あれか？　ひょっとして、火のないところに煙を立てようって腹だってことなのか？」

「そう思いますよね！　俺も思いました。なので、芽莉依ちゃんや品川くんにはわかんねぇようにそのユーチューバーを尾行して取っ捕まえました。名前は〈キャンボーイ〉ってんですがね」

「取っ捕まえて、どうしたんだよ」

「向こうはこっちを知りませんし、俺が芽莉依ちゃんに関係している人間だってことも知られたくなかったんで、その場でヤクザを演じましたよ」

ヤクザですか。でもその気になると木島さん、強面《こわもて》ですからね。声もドスが利いていますから、充分というかかなり怖く演じられると思います。

「今おめぇが撮ってた向こうに俺んところの人間がいるんだぞ何してたんだ！　ってね。嘘《うそ》ついて脅したら、もうすぐに吐きました。『違います違います！』って泣きそうになって、『頼まれて東大生のカップルを撮っていただけです！』って」

「頼まれたのか。誰にだよ」

「〈パンドーラ〉の社長にだそうです」

〈東大クイズマニアック〉が所属する事務所の、ですか。

「何でそんなの撮ってたんだってさらに突っ込んだら、あの二人が交際してるとかなんとか、とにかくそういうような動画に見えるように撮っておけって言われてたってね」

「マジか。事務所の社長がそんな依頼していたのか」

青です。他の皆も、ええ？　という顔をしていますね。やっぱり、火のないところに煙を立てようと思っていたのでしょうか。

「安心してください。動画は全部その場で消去させました。ネットには繋がっていないビデオカメラで撮っていたんでデータもないですよ。今度やったらタダじゃ済まねぇ！　って充分脅しときましたんでとりあえずは大丈夫でしょう」

「しかし、なんでそんなことをしようと考えたんだそこの〈パンドーラ〉の社長は」

勘一が首を傾げて顰め面します。

「わけわかんないよね。仮にその動画をネットに上げたところで、まぁ品川くんっていうのはちょっとした有名人だから多少騒がれるかもしれないけれど、そもそも芽莉依ちゃんは一般人だからマスコミだって顔出して騒げるはずもないよね」

青が言って木島さんも頷きます。

「そうなんですよ。〈パンドーラ〉には何のメリットもないんですよ。芽莉依ちゃんをぜひ〈東大クイズマニアック〉に欲しいってんならそんなことをしても何にもならない。じゃあ、火のないところに煙を立てようってんなら、人妻の芽莉依ちゃんに品川くんが接触したってことは不倫って煙ですよね。それなら芽莉依ちゃんの夫である研人くんはどうなるんだ？　ってことで研人くんにも接触してくる女がいるのか？　と」

「それは、ひょっとしてハルカちゃんのこと？」

紺です。

「そう思いませんか？　ほとんど同時に〈パンドーラ〉と〈アテーナイ〉は芽莉依ちゃんと研人くんに接触してきたわけです。そしてハルカちゃんは以前から研人くんのファンだと公言していました」

「火のないところの煙ってぇいうのが、芽莉依ちゃんと研人のW不倫騒動って話になるのかよ？」

W不倫。

「ありえませんよね。けんとくんとMaryちゃんには、もっともにあわないことばですね」

その通りですね。

「しかし今回、〈カラーナンバー7〉も動画をバッチリ撮っていますよね？　しかも作詞作曲でコンビを組むハルカちゃんと研人くんを中心に撮ってるんじゃねぇですか？」

「確かに、そう」

研人です。それは、間違いありません。わたしたちも居間に来ているときなどにその現場を見ていますけれども、それはPVに使うかもしれないっていう話でしたよ。

「俺が勘ぐり過ぎてますかね？　けれども材料は揃ってますぜ。しかも、向こうの事務所の社長が指示したって証言まである」

「いやそれにしてもメリットがないですね。そんな噂を立てたところで〈カラーナンバー7〉の、いやハルカちゃんですか。アイドルの彼女にとっては本当にデメリットにしかなりませんよね。むしろ研人くんと噂が立ったらアイドル生命にもかかわる事態ですよね。しかも〈TOKYO

BANDWAGON〉が作る〈カラーナンバー7〉の新曲の邪魔にしかならない」

藤島さんがそう言ったところで、紺がふいに顔を上げました。

「あ」

何かを思いついたように口を開け、木島さんを見ます。

「研人と噂になっても、いや、なった方がハルカちゃん、ひいては〈アテーナイ〉にメリットがあるんだ、と判断する材料を木島さんは手に入れたんだね？　それは、ハルカちゃんが書いているという〈恋愛小説〉ってこと？」

木島さん、そうです、と、ゆっくり頷きます。

「ひょっとしたらあれか、とさっきまで黄松田と会っていたんです。今話したことを全部聞かせて、黄松田にも納得させました。そっちの会社もひょっとしたらとんでもない不義理なことに加担させられるかもしれないのを、未然に防ぐ観点からってことでね」

「黄松田ってのは、前に言ってた紺とハルカちゃんの担当編集さんだな？」

「そうです。本間ハルカが出す予定の〈恋愛小説〉単行本のゲラ、いやまだ入稿する前の最終の直しが入る原稿ですかね？　建前としてはあくまでも、今回本間ハルカに大いに関係する小説家である堀田紺に読んでもらって一言貰う、という体でコピーを預かりました。もちろん要返却です。読んでみてくださいよ紺さん。これはなかなかの小説だと思いましたよ俺は。読んだ人は発表するまでどこにも内緒ですからね」

読み始めます。

長編ですから多少時間は掛かります。紺が一枚読んではめくり、一枚読んではめくっていくのを後ろで勘一と青も読んでいきます。三人とももちろん読書家ですからね。きっちり読めていますよ。一枚一枚回していくので研人もマードックさんも藤島さんも読んでいきます。我南人はもう何かを察したのか、ただ眺めていますね。

読み始めて半ばぐらいで紺がなるほど、と呟いて頷き、勘一も青も、そういうことか、と同じように頷きました。

わたしも、わかりました。これは確かに恋愛小説ですね。

奥さんのいるミュージシャンを好きになったアイドルの女の子が、その人と恋に落ちるためには、奥さんがその人と別れてくれればいいんだなどと考えています。それには奥さんに近づいてくれる男の人が必要で、と、話が続いていきます。

これは、そのまま、今回の状況ですよね。

「ちょっと前に流行ったな。略奪愛なんてぇのが」

「しかも、新曲の歌詞ともイメージが被《かぶ》るというか、同じ世界観で違う内容になっているんだ」

「でも、そんなの抜きにして、いい小説じゃないか。ハルカちゃん本当に文才があるんだな」

青がいいます。わたしもそう思います。紺がハルカさんのエッセイを〈硬質でいて瑞々しい文体〉と言っていましたが、その通りですね。とてもまだ二十歳前後の女の子とは思えない優々たる格式まで感じさせます。

「確かに、これは充分に動機になるかな。もしも芽莉依ちゃんと品川くん、そして研人とハルカちゃんが噂になって、その後にハルカちゃんのこの小説が世に出たとしたら」

「そりゃもう爆発的に売れますね。これはほとんどノンフィクションじゃないかって思われます。

実に効果的な営業作戦じゃないですか」

紺に続いて、感心したように藤島さんも言います。

「それ以前によ、充分にいい小説だしアイドルが書いたってんだから、そりゃあ余計に売れるさ」

「そう思いますよね」

ふぅむ、と勘一が腕を組んで考えます。

「するとその社長とかプロデューサーか？　ハルカちゃんのこの小説を出すってのがあったから、こんなことを思いついたってことか？　そもそもその〈アテーナイ〉てぇのは、研人たちの〈TOKYO BANDWAGON〉に声を掛けてきてたんだったよな？」

「研人たちが高校時代にインディーズで出てすぐだったよねぇ。そういう意味ではいい眼を持ってるよねぇ。ずっと狙っていたのかなぁ。研人たちが事務所に入ればそりゃあ売れっ子だもの。事務所も儲《もう》かるよぉ」

「上手くいくはずもないけど、マジで火のないところに煙が起きて、研人がハルカちゃんとどうにかなったらじゃあそのままうちの事務所へどうぞって？　しかも万が一芽莉依ちゃんが〈東大クイズマニアック〉にでも入ったら、一石二鳥どころじゃなくて一石三鳥になるわけだ」

青です。あり得ませんけれども、もしもそうなってしまったら、確かに話題になりそうですね。

「随分とまぁ都合の良過ぎる話だが、それもこれもこのいい小説と、才能あるハルカちゃんがいたからこそ描いた絵だってことか。木島、そこの社長はなんていうんだよ。我南人は知らねぇのか」

「〈パンドーラ〉も〈アテーナイ〉も代表は遠間《とおま》って男ですね。遠間一広《かずひろ》。元々は〈アテーナイ〉の事務所にいたマネージャー出身で、十年ぐらい前に社長になってますね。そして〈カラーナンバー7〉のプロデューサーも兼任ですよ」

「その前の社長ってのは誰でぇ」

「表には出てませんがたぶん会長みたいな立場になってますね。宇条滋平《うじょうしげひら》って名前の男です。そもそも〈パンドーラ〉も〈アテーナイ〉もこの男が創業者でしょうね」

「どっちも全然知らない名前だねぇえ。まぁ僕のことは知っていたんだろうけどもぉ」

わたしも、以前は〈LOVE TIMER〉のマネージャーもしましたが、聞いたことのない名前ですね。

藤島さんが首を傾げます。

「それにしても、ちょっと気持ち悪いですね。ユーチューバーにその遠間社長が指示したのは間違いないとしても、他に誰かいそうな感じじゃないですか？」

「他ってぇ？　どういうことぉ？」

「描いた絵が広過ぎるように感じますよ。本間ハルカちゃんの小説をガツンと売りたいなら、何も研人くんを相手にしなくてももっと安全にきれいに話題を投下する方法があるし、健全な経営者ならそうしますよ」

「あぁ、たしかにそうですよね。Maryちゃんもけんとくんもねらうって、しかもえんじょうしょうほうなんてきけんすぎますすね」

「我南人さん、〈アテーナイ〉が〈LOVE TIMER〉に声を掛けてきたのは、その遠間が社長になるずっと前の話ですよね？　彼が社長になったのはたかだが十年前ですが」

「そうだねぇえ。覚えてないけどぉ、もう三十年以上も前のことだろうなぁあ。誰だったかなぁその頃に言ってきたのはぁ。ひょっとしたらその創業者の宇条滋平だったのかなぁ」

そんなに前の話ですか。言われてみれば、そういう話を聞いたような気もします。

「そういう危ねぇ橋を渡るような広過ぎる絵を遠間ってのが描いたんじゃなくて、描かせたのが他にいるように感じるってか。前の社長の宇条滋平かもって」

「気がするだけかもしれませんが」

藤島さんも、同じ経営者ですからね。仕事として考えたときに何か違和感のようなものを感じるのかもしれません。

「どうしますかねこれ。まぁまだ実質堀田家には何の被害もないし迷惑も掛けられていないんですが、放っておくのも気持ち悪いと思いませんか？」

木島さんが言います。

「そうだねぇえ、確かに放っておくのは嫌だねぇえ」

「まぁなぁ。実際に芽莉依ちゃんを盗撮したっていうだけでも、どういうつもりなんだと問い詰めてちょいとお灸《きゅう》を据えてやりてぇ気になるがな」

「その遠間社長に渡りを付けて、〈パンドーラ〉に乗り込んでみます？　俺と我南人さんで行ってやれば」

「いや、待ってよ」

紺です。

「確かに気持ち悪いけれど、今の段階で証拠と言えるのは、ユーチューバーに依頼したことだけ。他は全部推測に過ぎないんだ。こんなことを考えたのか？　って問い詰めたところで想像力豊かですねぇ、って笑われて終わりになるのは目に見えてる。そんなことをしても何にもならない」

「これ、ハルカちゃんたちはしらないことなんでしょうか」

マードックさんです。

「もしも、ハルカちゃんたちがそのじむしょのしゃちょうに、ひとことでもそんなようなことをきかされていたとしたら、それはしょうこのひとつになるんですけど」

皆がうーん、と顔を顰めます。

「知らねぇだろう、ってのを信じたいところだな。その品川って男だって盗撮なんか何も知らずによ、ただ『東大生で研人の奥さんでもある芽莉依ちゃんをスカウトしたら？』って社長に言われただけかもしれねぇぞ？」

「そうかもしれないよね。品川くんにしたってそんな噂立てられるのは全然彼にメリットがないよ。その社長の遠間さんってのが本当に頭の中だけで考えて上手くいけば儲け物って思っただけかもしれない。指示したのはそのユーチューバーにだけでさ。ハルカちゃんたちは、ただ純粋に仕事として来ているだけでしょう」

勘一に続いて青が言います。

「いや」

研人が何か考えるように下を向いていましたが、顔を上げました。

「いや？」

うん、と頷きながら研人が皆を見ます。

「皆には言ってなかったし、まぁ別に言わなくてもいいかって思っていたんだけどさ。今、こうやって企みだったんじゃないかって聞かされたら、ちょっと思い当たる節はあるんだ」

そうなのですか？

「それは、ハルカちゃんが、その辺のことを知っていたかもしれないってことか？」

勘一が訊いて、こくり、と研人が頷きます。

「そうかー、そんなのがあったとしたらなー、うん、わかるか」

何か自分で言って自分で納得しています。

「木島さん」

研人が顔を上げて言います。

「そのユーチューバーを脅したときにさ、木島さんのことだからしっかり後で証拠にできるものを残してるんでしょ？」

木島さん、にやりと笑みを見せます。

「もちろん。盗撮している場面も撮ったし、動画は消させたと言いましたが俺のカメラのメモリに移しておいたし、『頼まれて東大生のカップルを撮っていただけです！』って言ったのも動画で撮ってあるぜ」

「完璧だね。じゃあ芽莉依の方はどうせ何もできないんだから放っておくとして、オレの方にも企んでいたとしても、そのまま乗っかってひっくり返してやろうかな」

乗っかってひっくり返すとは、どういうことでしょうか。

「何をどうやるんだ？」

「ハルカちゃんたちと腹割って話すだけだよ。最終日の明日は何もスケジュール入ってないって聞いたから打ち上げしようって言ってたんだ。〈はる〉さん予約しておいてよ。皆で晩ご飯食べに行って、そこで話そう。まぁ仕上げをご覧《ろう》じろかな」

細工は流々《りゅうりゅう》仕上げをご覧じろ、ですか。

花陽もですけれど、研人も古本屋の曾孫。門前の小僧なんとやらで古い言葉をいろいろ知ってますよ。

＊

我が家の前の道を駅へ向かって道なりに歩くと、三丁目の角に小料理居酒屋〈はる〉さんがあります。

元々は千葉勝明《ちばかつあき》さんと春美《はるみ》さんが鮮魚店から小料理居酒屋に転業したお店でした。魚を扱っていたのですから、魚介類の料理の新鮮さと美味しさは天下一品で、我が家でもずっと通っていました。

今は、藍子の高校の後輩である娘の真奈美《まなみ》さんが後を継ぎ、京都の料亭で花板候補だったコウさんと縁があって一緒になり店をやっています。一人息子の真幸《まさゆき》くんの名付け親は勘一なのですが、来年はもう小学生になりますよ。かんなちゃん鈴花ちゃんと一緒に通うのもすぐですね。

〈はる〉さん、この春空き家になっていた隣の角地の家を買って改装し、店の広さはほぼ倍近くになりました。うちでバイトしていた花陽の同級生君野和ちゃんと、我が家とは縁の深い大学生の坂上元春《さかのうえもとはる》くんがそこの二階を借りて同棲《どうせい》を始めて、そのまま〈はる〉さんでバイトをしています。ランチも始めましたし拡《ひろ》げたお店も好調のようです。

居酒屋さんですからもちろんお酒も出しますが、お食事が本当に美味しいので、ご近所の方々が家族連れで晩ご飯を食べに来ることも多いんですよ。

研人たち〈TOKYO BANDWAGON〉と、ハルカさん、ありんさん、エリンさんの〈カラーナンバー7〉三人の曲作りと練習も終わり、皆で打ち上げ代わりにご飯を食べに来ました。

〈TOKYO BANDWAGON〉と〈カラーナンバー7〉の三人ずつ、それに勘一に我南人、紺に青、そして木島さんです。人気バンドとアイドルが一緒にいると目立ってしまいますので、この時間だけは貸し切りにしてもらいました。かんなちゃんと鈴花ちゃんも一緒に行きたいというのを、なだめるのが大変でしたけどね。

「すまねぇな急に大勢で」

「いいえぇ、アイドルに来てもらえるなんてお店に箔《はく》がついていいわって」

真奈美さん、笑って言います。これは本気で言ってますね。

「僕はいつも来てるねぇえ」

「ゴッド・オブ・ロックは別よ」

夕方六時過ぎなのですが、和ちゃんはまだ帰ってきていないらしく、バイトに入っていません。元春くんも白甚平の和装がなかなか似合っているのですが、今はわたしたちだけの貸し切りなので、挨拶だけして二階へ戻りました。真幸くんが寝る時間までのシッターですよね。幼稚園の年長さんですしすぐ下にご両親はいるのですけど、やっぱりずっと一人では淋しいですからね。

「はい、まずは〈干し柿の網焼き〉と〈鴨《かも》の黒胡椒ロースト〉です。お召し上がりください」

コウさんが厨房《ちゅうぼう》から出してくれます。うわぁ、とハルカさんたちが声を上げますね。

「美味しそう！」

「ここはなんでも旨いんだよ。こういう小料理屋なんかにはあまり来たことねぇんじゃねぇかな」

「ないですー」

「すごく美味しい！」

嬉しそうですね。こちらも嬉しいですよね、美味しいと笑顔になってもらえるのは。

「あれだ真奈美ちゃん。和ちゃんも病院の実習で忙しくてバイト時間短くなってんだろ」

「そうなの。花陽ちゃんも帰り遅いでしょ？」

そうなのです。医大生の二人はもう臨床実習でしたか、何やらそういうので病院に通うことが多いのですよね。まだ四年生なので期間は短いそうですが、これから五年六年になるとますますそういうもので忙しくなるとか。

「バイトの手、足りないんじゃないのぉお？」

うん、と真奈美さん頷きます。

「嬉しいことにランチもかなりお客さん入ってくれているのよね。正直、私もコウさんも近頃はオーバーワーク気味」

「誰かもう一人料理人雇えねぇのか。ランチの厨房に入ってもらったら随分楽だろう」

「いや、そうなんですけどね。なかなかこれといった人を見つけるのは難しくて」

コウさん顔を少し顰めて頷きます。和食のお店ですし、コウさんは京都の一流料亭の板前を務めた人ですからね。その味をしっかり表現できる腕の料理人でなければなりませんものね。

「それに、もう一人料理人もバイトも雇うなら、それこそモーニングまで始めて、しっかり夕方まで営業できるようにしないと今度は賃金が払えなくなっちゃう」

真奈美さんも言います。そこはなかなか難しい問題ですよね。店を拡げてお客様が入るようになっても、人を雇うお金ばかりが多くなってしまうとどうしようもないですから。

コウさんの美味しい料理が続いて、会話も弾みます。

「ところでさ、ハルカちゃん」

研人です。話を始めるようですね。どういう話をするのか何も聞いていないので、皆がちょっと身構えました。

「ハルカちゃん、ギター弾けるよね」

ギターの話ですか。ハルカさんの表情が一瞬ですけれど、固まりました。

「いや、まだ全然ですよ？」

笑顔を見せます。

「そういうんじゃなくて、ギターはまだ全然初心者っていうのは嘘だよね。この四日間、一生懸命初心者っぽく見られるようにやっていたけどさ」

隣にいる渡辺くんも甘利くんも、ちょっと肩を竦《すく》めるようにしてハルカさんを見ます。研人から既に話を聞いているのか、それとも二人ともわかっていたのか。

「ギターやってる奴なんか、ネック持ったその姿を見た瞬間に、あ、こいつギターやってるってわかるよ」

「そうそう」

渡辺くんです。

「そういう意味ではエリンちゃんは本当に初心者だったけどね。おっかなびっくりベースのネック持ってた」

「ありんちゃんもね。スティック持つ指に力入り過ぎ。本当に初心者」

そうなのですね。ギターに関しては、わたしもそれは理解できます。普段ギターを持ったことない人はその雰囲気ですぐにわかりますから。

「それなのにハルカちゃんは初心者のふりしているからさ。何か理由があるのかなって、エリンちゃんとありんちゃんと一緒に来るために合わせたのかなとかさ。それはまぁいいんだけど」

研人が、肩から斜め掛けしていた小さなカバンから紙を取り出して、広げます。ハルカさんがそれを見て少し眼を細めます。

「ハルカちゃんから最初に貰った歌詞。そしてこっちは話し合って合わせながら曲を作って、ハルカちゃんが歌詞を少しずつ変えたのを書いたもの」

二枚あります。同じ歌詞をプリントアウトしたものですね。一方には何も書き込みがありませんけれど、もう一枚の方には歌詞の一部に線を引き、歌詞が書き直されています。

ハルカさん、少し表情が硬くなりましたね。

「書き直したものの方がずっといい歌詞になった。な？」

甘利くんと渡辺くんに同意を求めて、二人とも大きく頷きます。

「でもさ、まるで書き直したこっちの歌詞が最初から本当の歌詞だったみたいにスラスラ出てきたよね。才能かもしれないけど、あまりにも素直に出てきてた。そしてさ、直した歌詞って、これはもうミュージシャン同士の、バンド仲間同士の恋って部分がほとんど消えちゃってるんだよね。普通の若い女の子と男の子のラブソングになっちゃってる。や、いいんだ。それでもすっげえいい曲になったと思ってる。そうだよな？」

「思う。いい曲。ハルカちゃんどんどん歌詞書いて、自分でも作曲した方がいいかもね」

「作詞家って線でもいけるかもよ」

甘利くんも渡辺くんも言います。皆がそう思うのですからハルカさんは本当に才能があるんですね。

「でもさ、この歌詞になっちゃうとうちで曲作りしたり練習したりする意味がまったくなくなるんだ。動画も撮らなくていい。だって全然ミュージシャンやバンド仲間と関係ない歌詞になっちゃうんだからさ」

研人が回した歌詞を読んで、なるほどと勘一や紺が頷いています。わたしも読みましたけどその通りです。

ハルカさん、唇を真一文字に結んでいます。

「それは、私の方からプロデューサーに言って大丈夫なようにしますから、平気です。動画も、使わなければそれはそれでいいんですから」

「でも、ずっと撮っていた。歌詞が決まった後もね。そしてさ」

またカバンから出します。これは、木島さんが持ってきたハルカさんの小説のコピーです。

ハルカさん、本当に驚いて声も出ません。

「この小説と合わせて考えると、すっごく今回の状況にぴったりなんだハルカちゃん。あんまりにも合い過ぎて、この小説のためにハルカちゃんはうちに来たんじゃないかって思えるぐらいに」

眼を丸くしたまま、ハルカさんは自分の小説のコピーを見ています。

「どうしてこれがここにあるか、どうしてオレたちがこれを読もうとしたのか説明するとちょっと長くややこしくなるんだ。だから、説明する前にまず答えてほしい。簡単に訊くね。この小説があったからハルカちゃんはうちに来たの？　わざわざ本来の歌詞を変えて送ってきて、今回の新曲プロモーションにピッタリだからなんて嘘をついて」

研人は、真剣な真面目な表情で訊きます。

怒っているわけではありません。ハルカさん、少し身体を震わすようにして息を吐きます。

「ごめんなさい」

声も震えていますね。

「いや、謝らなくてもいいんだ。別に怒ってるわけじゃないし、そもそも悪いことしてるわけでもないでしょ。ただ知りたいだけ。うちに来た本当の理由を」

ハルカさん、皆を見回してから、こくん、と頷きます。

「読んだんですよね」

「読んだ。アイドルの女の子があるミュージシャンを好きになって、でも、彼には奥さんがいる。

もしも、奥さんがいなくなったら彼は自分の方を向いてくれるんじゃないだろうかって考えるような恋愛小説。すごくいい小説だった。親父も、堀田紺も褒めてた」

少し笑みを見せます。

「でも、あの、私は確かに研人さんのファンですけど、本当にそんなことをしようなんて考えてないです。それは本当なんです！　でも、この小説はまだ足りないっていうか、気持ちというか、登場人物たちのそれぞれの思いというか、そういうものがもっともっと強くなれば、きっとまだもっとちゃんと書けるはずだって思ってしまって」

「わかるよ」

紺が微笑んで言います。

「登場人物たちへの共感度、思いの強さ、そういうものがもっとあれば彼らはもっと物語の中で生きてくれるはずだってね。何作書いても、書く度にそういう気持ちが湧いてくる。まだ足りないんじゃないかと思ってしまうんだ」

そういうものなのでしょう。それは物語を書いている人にしかわからない気持ちなのでしょうね。

「プロデューサーも読んでいるんです。それで、そういう話をしたら『じゃあやってみたらいいんじゃないか』って。研人さんたち〈TOKYO BANDWAGON〉に作曲依頼するつもりだったから、小説のことは伏せておいて、そういう恋愛を疑似体験するみたいな感じでやってみればって。研人さんの家の〈東京バンドワゴン〉で一緒に曲作りや練習をさせてもらえば、すなわちそれは君が書いているこの物語の一種の疑似体験だろうって。それでもっといい作品になるなら、とてもいいことだって」

なるほどね、と皆が頷きます。

「確かにひとつの方法論としてはありだね。誰に迷惑を掛けるものでないし」

「堀田家に行きゃあ、研人の妻である芽莉依ちゃんがいる、か。妻のいる前で研人と仲良くするっていう、なるほどまさしく小説の登場人物の気持ちを追体験みたいにできそうではあるわな」

「それで、わざわざ研人のスタジオに、他の音楽スタジオじゃなくてうちに来るためのちょっとした仕掛けが、歌詞を少し変えて送るだったってことか。それもプロデューサーの発案?」

紺が訊くと、ハルカさん頷きます。

「一緒に曲作りしながら、直していけばそれでいいし、逆にもっと良くなるのならそれでもいいんだからって」

そういうことだったのですね。

「それだけだったんだよね?」

研人が訊きます。

「それだけ、って?」

「嘘というか、仕掛けはその歌詞を用意したっていうだけ。他に何かある?」

ぶんぶん、と頭を横に振ります。

「それだけです！　動画の件も、使えなくなったとしてもこの先にまた違う曲で一緒にできたときに使えるかもしれないんだから、迷惑を掛けることにはならないしって」

「なるほどぉ、LOVEだったんだねぇぇ」

我南人です。ここで言いますか。

「ハルカちゃんはぁ、すっごいLOVEの形をもっともっと広げて大きくしたかったんだよねぇ。それは僕たちもいっつもやってることだからぁ、別にしょんぼりしなくてもいいからねぇえ」

「いっつもやってるって何だよ」

「僕らが作って届けるものはぁ、全部LOVEだよぉお。その形をもっともっと良くしたい、大きくしたいって思うのはミュージシャンならあたりまえのことだねぇえ」

創作への渇望、渇求でしょうかね。確かにそれは皆そうなのでしょう。

「ところでハルカちゃんはぁ、クイズ番組に出てる品川さんって人は知ってるぅ？」

我南人が急に訊くと、ハルカさん、きょとんとした顔をしました。

「〈東大クイズマニアック〉のですか？　知ってますけど、会ったことはないです。別会社の事務所なので」

ありんさんもエリンさんも、こくこくと頷いています。

そっちの方は全然何も知らないのがはっきりわかりましたね。これが嘘だったら、ハルカさんは名女優にもなれます。

研人が、頷きながら木島さんや紺を見ます。皆もなるほどな、と頷きますね。

どうやらやはり社長でありプロデューサーの遠間さんという方が、ハルカさんのそういう思いも利用して一人で考えたものなのでしょう。

「よし、ハルカちゃん、ありんちゃんエリンちゃん。いい？　よく聞いて」

研人が三人に向かって、噛《か》んで含めるように言います。

「オレたちがどうしてハルカちゃんのこの小説のコピーを手に入れたかとか、何でそんなふうにしたのかとか、そして歌詞のことも全部バレてしまったとか、ここで起こったことはもう何も考えないで、全部忘れて」

「え？　忘れるんですか？」

そう、と、ゆっくり頷いて研人が続けます。

「何かがあったんだ。それは、確かなこと。でもそれは三人ともそして他のメンバーも知らなくてもいいことだから。こういう話をしたことも全部プロデューサーとか他のメンバーにも言わないで。順調に曲作りも終わって練習もして、美味しいもの食べて帰ってきました、で、終わり。いい？　ちょっとした嘘をついた罰として約束してほしい。その代わりに、これから、そうだな一二、三日後にハルカちゃんたちのプロデューサーから聞かされるであろう、すっげえ楽しいことを教えておく」

「楽しいこと？」

楽しいこと。皆も何だそれは、と思わず研人に向かって身を乗り出します。研人は、最初の歌詞のコピーを手にしました。

「オレら〈TOKYO BANDWAGON〉はこっちの歌詞でシングルを〈Color No.7〉と同時に出す。つまり、この曲『インサイド・ラブ』は〈Color No.7〉version と〈TOKYO BANDWAGON〉version で出すんだ。楽しいでしょ？　どっちもハルカ作詞で」

勘一が、パン！　と自分の腿《もも》を叩きます。

「なるほど！　ひっくり返すてぇなぁそういうことか！」

ハルカさん、ありんさんエリンさんも驚いて、それから顔を見合わせて笑顔になりました。

「いいかも！」

「すごい！　ステージでジョイントできる！」

＊

何せ古い日本家屋です。夜のこの時間になって人気《ひとけ》もなくなると居間は本当にすぅすぅとしてきます。

それでも、ホットカーペットやオイルヒーターは安全な範囲で入れっ放しにしてあるので、猫や犬たちもたまに寝ていることもあります。大抵は、猫たちはそれぞれ好きな人のところの布団に入っていったりしています。暑いときにはまったく近寄りもしないのですけどね。アキとサチも自分たちのクッションの上に丸くなって寝ています。

紺が二階から下りてきました。台所に行きましたから、寝る前に部屋で使っていたコーヒーカップでも片づけに来ましたかね。

そのまま仏間に入ってきました。仏壇の前の座布団に座り、おりんを鳴らします。

話ができますかね。

「ばあちゃん」

「はい、お疲れ様。ハルカさんたちはちゃんと送ってきたんだろうね」

「大丈夫。青が一緒に乗って、全員家までタクシーで送っていったから」

「木島さんにはあれだね。走り回ってもらって、そのうちに何かお礼でもしなきゃならないね」

「まぁ勝手に動いてはいるんだけどね、考えておくよ」

「研人のあの計画は大丈夫かね。ハルカさんたちには見えを切るように言い切っていたけど」

「大丈夫じゃないかな。明日にでも親父と研人と木島さんも連れて、あの証拠を持っていってきっちり話をすればね。あくまでも、お互いに売れるものを出し合いましょうっていうビジネスの話だし」

「そうだね。向こうにとっても悪い話じゃないだろうしね。変なことをしようとしたのを、それで相殺しようっていう提案なんだから」

「そうそう。しかし研人はますます親父に似てきたんじゃないかな」

「音楽の才能だけかと思ったらね」

「案外、収めるところに収めるのに長《た》けてるっていうのは古本屋のDNAなのかな」

「それは、ありえますね」

「あれ、終わりかな」

話せなくなりましたか。紺が微笑んで、またおりんを鳴らして手を合わせてくれます。はい、おやすみなさい。かんなちゃん鈴花ちゃんが、布団を蹴飛ばしていないか見てから寝てくださいね。

世の中の大抵のことはお金で全部丸く収まると言いますし、それなりに生きてきた方々なら、確かにそうだよな、と、実感として頷けるでしょう。

お金で解決できないことなどない、と言い切ってしまう人もいますよね。それはまぁ暴言に近いとも言えますが、そんなことは決してない、とも言い切れません。その言い切れない、言いたくない、というのは何かというのを、我南人たちが以前歌っていました。

世の中の大抵のことはLOVEで解決できるのだと。

それは、恋とか、愛というものです。

恋する気持ちは大きなエネルギーになって人を動かしていきます。愛というものは大きな力になって人を支え続けます。

だから、恋は動ける若者の特権のようなものになっていて、愛というのは大人になって覚えるものなんだと。ときに恋も愛もその大きな力ゆえに問題も引き起こしてしまいますが、それはなんであっても同じことですよね。

もちろん、何でもそう簡単にはいかないことが世の中の常なのですが、いつも心に太陽を、ではありませんが、いつも心にそういう気持ちを持ち続ければいいのだと思いますよ。

冬　愛とは航海をする旅

一

わたしの幼い時分、昭和の一桁台の頃には、東京も冬の雪景色というものはわりと頻繁にあったように思います。

もちろん、同じ東京でも、今でも冬は雪景色になるところはまだあるのでしょうけれども、この辺りが雪で真っ白になるのは冬の間にほんの数日といったところでしょうか。

冷たい空気に頬を刺す乾いた風、目を楽しませてくれる緑も花もその色を失い、何もかも春まで我慢という、何か辛さしかないような冬という季節ですが、実は冬は何かとイベントが多い時期でもありますよね。

そもそも師走という言葉を聞くと誰も彼も気ぜわしくなってしまい、いつもよりもたくさん動き出す気がしてしまいます。

師走十二月はクリスマスという一、二を争う冬の大きなイベントのための準備を行う人もいるでしょう。

我が家でも毎年クリスマスパーティを行っています。ついこの間まではまだ子供だった花陽と研人が主役と思っていたのに、いつの間にかかんなちゃん鈴花ちゃんが主役になって何年も経ち、さらには今年は二人揃ってそんなに張り切らないでいいよ、なんて言っていました。

それもこれも、カフェが夜営業をやっている関係もあります。

夜営業を始める前までは両方の店を閉めたその後に、たくさんの人に集まってもらって美味しい料理とクリスマスプレゼントを楽しむというものだったのです。

けれどもカフェが夜営業している以上、いくら居間と店舗の間の戸を閉めたとしても、騒ぎ声はカフェに聞こえてしまいます。いえ、そんなに大騒ぎなどはしないのですが、二十人近くも集まれば自然と会話している声が大きくなって、カフェに聞こえてしまうのです。それはよろしくありません。

ましてや、カフェでクリスマスの夜を一人静かに過ごす、などという方も来ていらっしゃるかもしれないのです。そういう、クリスマスの夜にカフェに来てくださる方のために、小さなケーキをサービスしていますよ。あまり甘くはないチーズケーキなのですが、とても美味しいと評判です。

もちろん、クリスマスはそういうのでもいいのですよね。パーティなどしなくても、どんなふうに楽しもうがそれはその人の自由です。

その昔にイギリスの出版社が〈クリスマスにクリスティを〉というキャンペーンをやったそうです。クリスティとは、言わずと知れたミステリの女王アガサ・クリスティのことですね。クリスマスのプレゼントにはクリスティの本を、ということなのでしょうけれども、昔の知人にはそれに倣《なら》い、クリスマスの夜には一人紅茶とケーキを用意して、クリスティのミステリを読み耽《ふけ》る、という行事を長年やっていた人がいましたから。

それで、今年はちょうど二十五日からかんなちゃん鈴花ちゃんの冬休みが始まるので、その日は一日中クリスマスパーティということにしたのです。

クリスマスツリーの飾り付けを前日までに済ませて、二十五日のお昼ご飯からマードックさんの作るイギリスの伝統的なクリスマス料理であるローストチキン、それにドライフルーツやナッツや香辛料たっぷりのクリスマスプディングなどを居間の座卓に並べました。もちろんクリスマスケーキも。

それで、庭隣の増谷家や会沢家の皆さん、研人とかんなちゃんのお祖父ちゃんお祖母ちゃんである脇坂さんご夫妻にも好きな時間に来てもらって、好きなようにつまんで食べてもらい、お話ししてプレゼントを交換して過ごしてもらうのです。これならば、騒がしさがお店に伝わることもありません。

交代でお昼ご飯を食べてカフェで働く藍子も亜美さんたちも、これで気兼ねなく仕事とパーティを楽しめました。

〈はる〉さんの真奈美さん、コウさん、真幸くん。そして和ちゃんと元春くん、木島さん夫妻も空いている時間に来てくれました。そうそう、研人たちの後輩で〈TOKYO BANDWAGON〉の専属カメラマンもやっている水上兵衛くんに、同じアパートの隣に住んでいる春野のぞみちゃんも顔を出してくれましたね。

同じように各所のクリスマスパーティへの出席などで忙しい藤島さんと美登里さん夫妻は、帰りが夜遅くなってしまうので、出かける前にかんなちゃん鈴花ちゃんへのプレゼントをそっと置いていきました。

残念ながら神奈川の三浦《みうら》にある施設で暮らすかずみちゃんと池沢さんは、年末年始に泊まりにくるのを楽しみにしているということで、ネットで繋がったiPadを使い皆とメリークリスマスの挨拶をしていました。なんでも施設の方でもかなり大掛かりなクリスマスパーティをしているそうですよ。

亜美さんの弟の修平《しゅうへい》さんと妻の佳奈さんも以前はよく来てくれていたのですが、今年は佳奈さんに赤ちゃんができたことがわかったばかりですから、控えてもらいました。冬の寒い中外出するだけでも身体に負担が掛かりますからね。新年の挨拶なんかにも来なくていいからな、と勘一が電話で言っていました。とにかく、安定期に入るまでは充分に気をつけなければ。

我南人と研人たち〈TOKYO BANDWAGON〉の皆は、今年もクリスマスライブで忙しそうでした。ボンさんが抜けた〈LOVE TIMER〉はいまだ後釜を据えての活動再開はしていませんが、三人でアコースティックライブをやっています。研人たちと一緒にやるこのクリスマスライブも、これで三年目ですから恒例になってきました。

〈東京バンドワゴン〉の年末の営業は、事情によって多少変更がある年はあるものの、カフェも古本屋も基本は二十八日までです。

二十九、三十、三十一日は完全休業しまして、二十九日と三十日は大掃除、そして三十一日はお節作りに忙しくなります。明けて三が日には何もせずにのんびりと過ごし、四日から通常営業いたします。

何せ古い家ですし、大掃除には蔵も含まれます。家こそ毎日掃除はしていますが、蔵の中の本格的な掃除は夏の虫干しとこの年末の大掃除だけです。埃が随分と溜まりますし、本棚に掃除機を掛けるわけにもいきませんからなかなか手間なのです。

埃を被ってもいいように帽子や防塵《ぼうじん》用のゴーグルをつけたりマスクをしたり。天井も含めて上から順にはたきとハンディモップで埃を落としていって、棚に積まれた本も少しずつどかしながら埃を取っていきます。ハウスダストにアレルギーがある人は絶対にできませんよね。幸い我が家にはそういうアレルギーの人がいないので助かっています。

毎年この大変な蔵の大掃除を嬉々として手伝ってくれた茅野《かやの》さんは、奥様のご実家がある岡山に引っ越してしまいました。代わりにと言っては何ですが、やはり同じように嬉々として掃除をしてくれる藤島さんと木島さんがいます。それに、増谷家と会沢家の皆さんも手伝ってくれるのですよね。本当に我が家はいい友人たちに恵まれています。

大晦日《おおみそか》とそして今年のお正月は、池沢百合枝さんがかずみちゃんのいる老人ホームに引っ越してから初めての年越しになります。

三十一日の午前中、池沢さんとかずみちゃんが連れ立ってやってきてくれました。

「ただいま」

「ただいま、戻りました」

裏玄関が開く前から、かんなちゃんがわかっていましたよね。「来たよ！」って嬉しそうに叫んでいましたから。

「お帰りなさい！」

皆も笑顔になって迎えます。

かずみちゃんの眼の様子は、決して良くはなりませんがそれほど悪くもなっておらず、昼間の太陽の光の下ではレースのカーテン越しのように薄ぼんやりとは見えるそうなのですが、夜の灯《あかり》の下ではそのぼんやりさが激しくなり、誰かがいるのはわかるけれども、声を聞くまで誰かもわからないという状態です。

それでも、勝手知ったる我が家ですから、一人で台所にも立てますしトイレにも行けます。こうやって、久しぶりにやってきてお客さんとして泊まるのは毎年の楽しみになっていいと言ってましたよね。

それは池沢さんも同じでして、〈藤島ハウス〉にいるときには本当に特別な何かがなければ我が家にご飯を食べに来ることもほとんどなかったのに、年越しと正月三が日も泊まって行ってくれるのですからね。

「さて、まだお節作りは終わってないんでしょう？　私もやるよ。料理する分には眼がしっかり見えるからね」

普段から和服を着ていることが多いかずみちゃんに、そして池沢さんです。お正月らしい松竹梅の和柄の着物の上に割烹着《かっぽうぎ》を付けて台所に立ちます。

もう何年もそういう姿を見ていたのに、いまだに池沢さんがそうしているとどこかにカメラがあるような気がしてしまいます。本当に所作が美しいのですよね。

二人がずっと過ごしていた〈藤島ハウス〉に空き部屋はなくなっているので、かずみちゃんと池沢さんにどこに寝てもらうかを事前に話し合ったのです。

我が家では仏間が常に空いているので、普段ならそこに泊まってもらうのですが、三日間毎日皆と別々の部屋に泊まってもらおう！　と、かんなちゃん鈴花ちゃんが言い出しました。

鈴花ちゃんにとっては、池沢さんは血の繋がったお祖母ちゃん。もちろんかんなちゃんにも同じように接してくれてはいますが、実は我が家にお祖父ちゃんは勘一と我南人と二人もいるのに、お祖母ちゃんは一人もいないのですよね。

〈藤島ハウス〉に来る前も、いるときも、池沢さんは一度も我が家に泊まったことはありませんでした。ですから、鈴花ちゃんはまだこっちの家でお祖母ちゃんと一緒に寝たことがなかったのです。〈藤島ハウス〉のかずみちゃんや池沢さんの部屋に寝に行ったことはあるんですけどね。

それで、三十一日は二人ともかんなちゃん鈴花ちゃんの部屋で一緒に寝ることになりました。他の二日間はどうするのかと思えば、かんなちゃん鈴花ちゃんが組み合わせを決めてしまいました。

「一日は亜美ママとすずみママと芽莉依ちゃんと百合枝おばあちゃんが一緒です」

四人分も布団を並べるのですか。まぁ紺と亜美さんの部屋なら充分余裕で敷けますね。

「それは、どうして？」

「お嫁さん同士で語り合うんですよ。せっかくの機会だから」

皆が笑ってしまいました。

お嫁さん同士ですか。確かに、結婚こそしていませんが池沢さんもお嫁さんの仲間ということですか。せっかくの機会などと、かんなちゃんは絶対に勘一で言葉を覚えていますよね。

「私はどこだい?」

「かずみちゃんは、花陽ちゃんの部屋にいっしょに。これは元医者と医者の卵でこれからの日本の医療を語り合うんです」

本当にこれぐらいの子供って、何を考えるかわかりませんよね。特に二人は女の子ですから、急におしゃまさんになっていく頃ですよね。

「かんな、お父さんはどこに寝るんだ?」

「紺パパは、青パパとねるんですよ。兄弟で」

二人が笑います。兄弟で一緒に寝るなんて、それこそ一緒の部屋で寝ていた小学生や中学生の頃以来何十年ぶりでしょうかね。

二日の夜はどうするかと思えば、かずみちゃんは勘一の部屋で、池沢さんは我南人の部屋でと言い出しましたので、それはちょっと遠慮しておくよとかずみちゃんが笑い、かずみちゃんと池沢さんで、普通に仏間で寝てもらいましょうということになりました。

明けて一月一日。

皆様、明けましておめでとうございます。

お正月ですから朝ご飯はお雑煮にお節料理になります。いつもの朝ご飯ではないのが新鮮でいいと毎年誰かが言いますが、三日も続くと飽きてしまって四日からはいつもの朝食が始まるのですよね。

堀田家のお雑煮は醬油仕立てで、角餅に鶏肉に小松菜というごくシンプルなものです。ですが、特にそれに決めているというわけではなく、この三が日毎日違うパターンのお雑煮が出てくることもありますよ。日本全国でお雑煮というのは本当にたくさんの違ったレシピがありますからね。毎年今年はこれを作ってみようかと、藍子や亜美さんたちが話し合ったりもします。

神棚に供えていたお神酒《みき》を勘一が開け、全員分のお猪口《ちょこ》に注ぎます。もちろんかんなちゃん鈴花ちゃんのお猪口には注ぐ真似《まね》だけですが、この間まで真似だった研人と芽莉依ちゃんにはしっかり一口分注がれるようになりました。

お酒の強さというのは、どうやって決まるのですかね。我が家の男たちは、勘一も我南人も強いのですが、紺はそれほど強くはありません。息子の研人はどうなのかと思っていましたが、相当に強いみたいです。亜美さんも実は我が家ではいちばんの酒豪なので、その血を受け継ぎましたかね。そして、生まれもバラバラのお嫁さんたち、亜美さんを筆頭に我が家の藍子もすずみさんもそして芽莉依ちゃんも、かなり強いみたいです。

朝ご飯が終われば、毎年の初詣。歩いて三分のところにある祐円さんの〈谷日神社〉へお参りです。

全員晴れ着を着て出かけるという習慣も、芽莉依ちゃんの受験のときをきっかけにしてなくなりました。着たい人は着る、もしくは着せたい人に着せるという形にしています。一年に一回ぐらい晴れ着を着るのもいいものなのですが、女性陣が全員着付けをするとなると、とにかく時間が掛かって大変というのもあったのですよね。

今年は勘一は羽織袴《はかま》になりましたが、他の男性陣はもう全員が普段着。女性陣は、ちょっとおめかし、最近は勝負服なんていう言い回しもありますか。要するにお洒落な外出着に着替えて出かけていきました。

その元日の夜でした。

三十一日に夜更かししたかんなちゃん鈴花ちゃんはすぐに自分たちの部屋で眠ってしまい、誰がどこに寝ようがわかりもしないのですが、二人がそういうのだからと池沢さんもかずみちゃんもかんなちゃん鈴花ちゃんの決めた通りにしました。

わたしも普段はほとんど入ることのない、それぞれの部屋です。

紺と亜美さんの部屋に布団を四つ並べて、亜美さんとすずみさんに芽莉依ちゃん、そして池沢さんです。

今までしたこともない組み合わせに、一体どんな話をしながら寝るのかと、お行儀悪いですけどわたしもちょっとお邪魔してしまいました。

「そもそもすずみちゃんと一緒に寝たことってあった？」

亜美さんです。

「ないです。えーと皆で温泉行ったときは別として」

「そうよねー。すずみちゃんがお嫁に来てから十年？　十一年？」

そんなになりますか。そうですよね鈴花ちゃんが九歳になるんですから。

「私たちも初めてだから」

芽莉依ちゃんが言って微笑みます。それこそ年数で言えば芽莉依ちゃんは小学校一年生の頃から古本屋に出入りしていて、もう十四、五年になるんですよね。お嫁さんになってからほんの二年も経っていませんが、亜美さんの次に我が家にずっといる女の子ですよね。

「かんなじゃないけど本当にせっかくの貴重な機会だわ」

皆で笑います。常にほぼ全員が家で仕事をしている我が家です。いつも誰かが一緒ですけれども、寝るときにはそれぞれの家族単位でしたからね。

「池沢さん」

「はい」

すずみさんの表情が少し真面目なものになりましたね。

「あの、こんな機会もうないかもしれないから、ずーっと訊いてみたかったことを訊いていいでしょうか？」

ちょっと小首を傾げて、池沢さん微笑みます。

「何でしょう」

「お義父さんとの出会いって、どんなふうでどうしてそうなっちゃったのか」

それでしたか。

確かにそれは、紺と亜美さんの結婚に次ぐ我が家の謎のひとつですよね。広い意味では同じ芸能界にいたとはいえ、ロックをやっていた若き日の我南人と、既に大女優の片鱗を見せていた池沢百合枝さん。その出会いがいつで、どうして我南人と愛し合い青を産むことになったのか。

我南人は何も言いませんでしたし、青を我が子として育てた秋実さんも何も訊きませんでしたから。

「あの、青ちゃんにも誰にも話していないことなんでしょうけど、改めて言うのもなんですけど、私は池沢さんの義理の娘です」

池沢さん、少し眼を大きくさせました。それは、間違いありません。池沢さんは青の産みの母親ですから、青と結婚したすずみさんは義理の娘になりますよね。

「いいんです。お二人が愛し合って青ちゃんが生まれてそして私と結婚して、すごく幸せなんです。だからお二人が出会ったことに感謝しているんです。それでいいんですけど、縁起でもないですけどお二人がいなくなってしまった後に、誰もその、お義父さんと池沢さんのことを知らなかったっていうのは、何か悲しいと思うんですよね」

それは確かにそうですよね。おそらく我南人は死ぬまで何も言わないでしょうし、青も訊きはしないでしょう。

池沢さん、少し困ったような、含羞《はにか》んだような笑みを見せ頷きます。

「そんなに、とんでもないことではないんですよ。単純に、私が我南人さんのファンだったんです」

ファンですか。我南人の。そりゃあ子供を産むまでのことになったのですから、愛していたのでしょうが。

「世に出てはいないのですが、実は私、我南人さんに歌を作ってもらっていたんです」

「え！　歌ですか？」

芽莉依ちゃんが驚きましたね。

「芽莉依ちゃんは知らないか。池沢さん、歌手でもあったのよ。レコード何枚も出してるものね」

亜美さんが言ってすずみさんも頷きます。そうです。あの頃の女優さんはけっこう皆さんレコードも出していたんですよ。今でいうアイドルみたいなものです。

そうすると、この間の研人とハルカさんみたいに、我南人と池沢さんも歌が出会いだったのですね。

「それは、池沢さんが希望したからですか？」

「いいえ、私の出る映画の主題歌を、我南人さんたちの〈LOVE TIMER〉に作ってもらって私が歌うという話だったんです。それで、我南人さんが曲作りのためにと撮影現場に来てくれたんですよ。映画の舞台は横浜でした。我南人さん、十日ほどもずっと撮影隊と一緒にいたんですよ。そのときが、初めての出会いでした」

十日間も横浜にですか。何十年も前ですし、あの男はちっとも家に居着きませんでしたから、まるで覚えていませんね。

「じゃあ、十日間、ずっと一緒に？」

「二人きりというわけでは。映画の内容をプロデューサーや監督さんたちと打ち合わせしたり、出演する俳優さんたちといろいろお話ししたり。我南人さんも何か楽しく過ごされていましたね」

「そこで初めて出会って、でも曲が世に出なかったっていうのはどうしてですか」

「お義父さん、何かやらかしたんですかそこで」

池沢さん、困り顔でちょっと下を向いて考えます。

「そうですね、やらかしました」

やらかしましたか。

「我南人さんが、ある卑劣な実力者をぶっ飛ばして私を救ってくれたんです。その結果、我南人さんが私に作ってくれた歌はお蔵入りになり、映画は完成しましたけれども別の方が作った歌を、私は歌いました」

「ぶっ飛ばしたんですか」

「大昔の話です。とにかく、あのとき我南人さんがその人をぶっ飛ばしてくれたお蔭《かげ》で私は救われたんです。それで」

恥ずかしげに微笑みます。

「今、こうしているんです」

その出来事があって、ここにこうして青の産みの親としている、ということなんですね。細かいことはいいでしょうと。

亜美さんもすずみさんも、うんうんと頷きます。

「とにかくぶっ飛ばすのは堀田家の男の血筋なのよね。おじいちゃんもお義父さんも青ちゃんも。芽莉依ちゃん、研人もわりとそうだからね気をつけて」

「お義兄さんだけ違いますけどね」

すずみさんが笑います。

「あの人はぶっ飛ばされる方で、いや私がぶっ飛ばしたって！」

亜美さん、これはノリツッコミというものですね。亜美さんと紺の出会い方は聞かされたので皆が知ってますよね。亜美さんが北の地函館《はこだて》で、見事な跳び蹴りを紺に喰《く》らわしてぶっ飛ばしたって。

本当に、思わぬ形で池沢さんの話を聞けたお正月になりました。

＊

わたしたちの若い頃とは違い、今の天気予報の正確さには舌を巻きます。晴れると言えば晴れますし、雨が降る、しかもこの地点でゲリラ豪雨になると言えば本当にそうなっています。昭和の古い世代の人たちが、昔に夢見たような薔薇《ばら》色の未来は来なかった、などと言っていますが、そんなことはないですよね。小さなスマホひとつで世界中の天気どころか、誰がどこで何をしているのかがわかるのですから、凄い未来が来ていますよね。

昨日は、翌日朝方から少し雪になるので、通勤通学の皆さんは各交通機関の情報にご注意ください、と、どこの天気予報でも告げていたのが、もちろんぴったりと当たりました。

そろそろ降りだすのかな、とわたしは皆が寝静まった深夜の三時頃に縁側に座り見ていたのです。そこに、何をしているのか気になったのかポコもるうもやってきて、わたしの隣に座って庭を見ていたのですよ。玉三郎とノラはどこかで寝ていたようですが、そのうちに犬のアキとサチも来ました。るうはまだ子猫なので、誰かに遊んでほしくて仕方ないのです。猫たちよりも犬のアキとサチに向かっていくことが多いですよ。そのうちに犬っぽい仕草をする猫になるかもしれません。

犬猫は不思議です。わたしがいることがわかっているようなのですが、普段はまったく気にするそぶりを見せません。よく犬が吠《ほ》えたり、あるいは猫が何もないところをじっと見ていたりするのですが、うちの犬猫たちはわたしに吠えたりじっと見たりもしません。

でも絶対にぶつかってきたりしないのですよね。わたしと擦れ違うときには必ず避《よ》けて通ります。そしてわたしが座っていると、こうやって横に来て一緒に座ったりするのです。

予報通りに雪が降り始めて、皆が起き出してきた朝方にはうっすらと庭が白く染まりました。庭の一角にある観音竹《かんのんちく》の緑や、南天の赤い実が冷たそうな白い雪に映えて、とてもきれいに見えます。

積もった雪はほんの一センチもないぐらいでしょう。通勤通学の皆さんにもそれほど影響は出ないかと。

いつぐらいからでしょうね。庭には野鳥たちが時折やってきますから、餌台を作ろうという話が、子供たちが大きくなると必ず出てきました。

古くは藍子や紺や青、そして花陽に研人、最近ではもちろんかんなちゃん鈴花ちゃん。

その度に、我が家には代々猫がいますし今は犬もいますから、あんまり鳥たちが集まってもお互いのためにはならないだろうから止《や》めよう、という結論になります。

それでも、雪が降るような季節になると庭にやってくるツグミやスズメ、オナガにヒヨドリといった野鳥のためにと、半分に切ったミカンを細竹の先につけて、庭の桜の枝からちょうどいいところに刺しておきます。

雪が積もろうが雨が降ろうがいつでも元気で外に出たがる犬のアキとサチが、朝の用足しに庭に出て雪の様子に一段と元気に走り回ります。でも、雨雪の日に走った後にはきちんと拭かないと家の中が汚れてしまって大変なんです。

そんな一月も半ばを過ぎた土曜日。

お正月気分もすっかり抜けて、世間は日常の動きになっています。それぞれの会社はもちろん学校も始まってしばらく経ち、何もかもがいつも通りになっていますよね。

それに、新春という言葉の通り一月はもう春を待つ季節ですよね。冬至は既に過ぎ去って気がつけば昼が長くなっていっています。冬の寒さはまだこれからが本番ではあるものの、心持ちとしては軽く明るくなっていく季節ですよ。

また新しい年を迎えても、堀田家の朝の様子は相変わらずです。

かんなちゃん鈴花ちゃんは目覚まし時計は枕元にあるものの、それを一切使わずにパチッと眼を覚ましてむくっと起き上がります。どっちが先に起きるのかは、その日によって違うようですね。

そしてパジャマから普段着に着替えて、二人で競うようにして階段を駆け下りていきます。猫たちと犬たちもその音で起き出したりすることもありますね。

今日はかんなちゃんが〈藤島ハウス〉に研人を起こしに走ります。寒いですからちゃんとブルーのダウンパーカを羽織っていきます。

そうです、二人は同い年で体つきもほぼ同じ。最近は新しい服を買うときには亜美さんすずみさんが選ぶのではなく、自分たちで決めたがります。それでやっぱり好みみたいなものがわかってきますよね。

活発で明るいかんなちゃんは意外とブルー系や渋いアースカラーなどを好みます。その反対に性格的には大人しい方の鈴花ちゃんは、明るいイエローや赤系を好みます。面白いものですよね。

鈴花ちゃんはオレンジ色のエプロンを着けて、台所へ。亜美さん、すずみさんが二階から下りてきて〈藤島ハウス〉からは藍子に花陽に芽莉依ちゃんと美登里さんがやってきて、朝ご飯とカフェのモーニングの準備が始まります。

美登里さんもすっかり我が家の食卓に馴染みましたし、かんなちゃん鈴花ちゃんもなかなか手際がよくなり腕も上達してきているのですよね。なので、藍子と亜美さんはほとんどカフェのモーニングの準備に専念できるので楽だわーと言っています。

花陽などは、ひょっとして調理の腕が上がる方が将来外科医を選んだときに有利になるかしら、などと言っていましたが、それはちょっと誰にもわかりませんでしたね。でも、手先が器用であることはきっと外科医の先生方もそうなのではないでしょうか。どちらも刃物を扱うことには変わりありませんしね。

勘一に我南人、紺に青、研人にマードックさん、藤島さんもやってきて、座卓にかんなちゃんの選んだ箸置きが並んでいきます。

今日の朝ご飯は、白いご飯におみおつけ、具は大根に人参《にんじん》、牛蒡とさつまいもに豚肉も入っていますから豚汁風ということですね。目玉焼きはベーコンと一緒に焼かれています。カボチャとニンニクスライスをバターと蜂蜜で炒《いた》めたものと、蕪《かぶ》とブロッコリーとソーセージのコンソメ煮もありますね。焼海苔に納豆に梅干し、おこうこには我が家の定番になっている大根のビール漬け、ヨーグルトには冷凍のブルーベリーとドライフルーツが入っています。

皆が揃ったところで「いただきます」です。

「今朝はまた随分冷え込んだと思ったんだが、いきなりカラッと晴れたな」

「あ、今日は加湿器のフィルター交換とお掃除するからね。お水足さないでおいてね」

「研人ぉ、こないだのディストーション、買うつもりならあげるよぉお」

「今年はまだ雪だるまが作れないんだよね」

「あ、みどりさん、そこのしょうゆとってください」

「花陽、ちゃんと服出して掛けておいた？」

「四月並みの気温になるって言ってたよ。部屋の中暑くなるかもね」

「あ、マジ？　いいなら貰う」

「去年、雪だるま作るほど降ったっけ？」

「マヨネーズもですね？　マードックさん」

「大丈夫。出してある」

「青くん、今日矢野《やの》さん来るんだったよね。美登里と一緒に僕もいていいかな」

「でも今日は雪降らなくて良かったよね花陽ちゃん」

「作ったよ。庭にみっつ、三台？　作って帽子もかぶせた」

「マヨネーズと醬油はどうなんだよマードック。くどくねぇか？」

「うん、良かった。大変だもんね降ったら。皆おめかししてくるだろうし」

「もちろん全然オッケーですよ。むしろいてほしい」

「雪国に行って雪だるま百個ぐらい作ってみたいな」

「あ、じゃあ夏樹《なつき》くんも来ますよね。この間探していた本あったから」

「えぇー、かんいちさんにいわれますか」

「あれ、腹減ったペッパーあったよな」

「何かあるの？」

「あ、僕もぉいた方がいいよねぇ、矢野さんときぃ」

「腹減った？」

「ひょっとしてハラペーニョペッパーですよね。はい、どうぞ」

「おう、それそれ」

「うん、そうして。研人もいられるなら」

「バッグは出しておくね。後で持っていって」

「了解！」

「旦那さん！　ハラペーニョをヨーグルトにですか！」

「乳臭さが消えて旨味が増すんだよ。いいぞこれ」

確かにヨーグルトは健康に良いだろうけど乳臭いのが苦手という人がいますが、ヨーグルトもよもやハラペーニョペッパーを掛けられるとは思ってもみなかったでしょう。

「あ、花陽ちゃん結婚式行くのって今日だっけ？」

研人が思い出したように言います。

「披露宴ね。そう、Hホテルであるの。午後から行ってくる」

花陽の小中高とずっと一緒の同級生だった、古内羽須美《ふるうちはすみ》ちゃんが結婚するのですよね。花陽にしてみると、初めての友人の結婚式ですよ。

「へー、誰？　オレも知ってる？」

「羽須美ちゃんだけど覚えてるかな。背が高くていつもショートカットだった子」

「あ、バドミントンやってた人だ」

「そうそう、その子。古内羽須美ちゃん」

研人ももちろん花陽と小学校中学校が一緒でしたからね。お互いに仲の良かった友達には幾度か会ったこともあるでしょうし、うちに遊びに来ていた子もたくさんいますから。

羽須美ちゃんもよく遊びに来ていましたよ。運動好きで活発な娘さんでしたけれど、本を読むのも大好きで、よく古本屋の帳場に腰掛けて本を読んでいましたね。

「羽須美ちゃんな。覚えてるぜ。同級生なんだから二十二か。ちょいと若いっちゃあ若いか？」

「でも、羽須美ちゃんは高校出て就職して、もう社会人四年目だから、何も早くはないのよおじいちゃん」

藍子です。そうですよね。四年目ならば充分に会社にとって戦力となる働き手になっている頃ですから。

「お、そうか。それならな。仕事はなにやっているんだ」

「事務機器のメーカーさんかな。けっこう大きなところで、総務をやっているって」

羽須美ちゃん、以前にカフェにも来ていましたよね。久しぶりに会ったそのときにはもうすっかり社会人の顔つきになっていました。同い年なのに花陽と並ぶと、花陽が幼く見えたぐらいです。

「相手の男も同級生とかか?」

「ううん、会社の先輩。五つ上だから二十七歳かな。営業の人なんだって。だから披露宴はその会社の人ばっかりになるって」

同じ会社での結婚なら確かにそうでしょうね。

「冬の結婚式って、そんなになかったよな」

「基本的に、冬は結婚式のオフシーズンよね」

紺と亜美さんです。もう二人とも友人の結婚式のラッシュなどはとうに終わっていて、ほとんど出ることはなくなっていますから。

「でも、オフシーズンだからこそ、メリットがあるんだって」

「たとえば?」

「それこそ空いているから日程が取りやすいとか、貸し衣装が安くなっているとか、あと基本的に料金もお安くなっているんだって」

「なるほどねー」

花陽と研人です。うちで結婚式が控えているのはこの二人です。いえ、まだ花陽に関しては決めてはいないのでしょうけれど。

「参考になったろうから、研人と芽莉依ちゃんは冬にやってもいいわよ」

「それはわかんないな」

いつでもいいのですよね。でもきっと音楽がたっぷりの結婚式になるでしょうから、演奏ができる会場でやることは間違いないんじゃないでしょうか。

「あ、Hホテルならさ、水上いるじゃん。あいつのお姉さんがパティシエで厨房にいるんだよ」

「あ、そうなの？」

「水上くんってお姉さんがいたんだ」

花陽と亜美さんが続けました。研人の後輩で、カメラマン志望の水上兵衛くんですよね。もうずっと研人たち〈TOKYO BANDWAGON〉の写真は水上くんが撮っていますから、専属カメラマンとも言っています。ですから、表に出回る研人たちの写真はほぼ水上くんの撮影ですね。

「あれ？　Hホテルって、じゃあのぞみちゃんのお父さんと同僚なんじゃないか？　あの人も料理人だけど」

紺です。

「あぁ、そうだよぉお。彼もHホテルの厨房にいるよぉお」

うちに来ている春野のぞみちゃんのお父さん、正確には継父ですけれど、春野明彦《あきひこ》さんですね。以前に水上くんが撮ったのぞみちゃんの写真のことやらでちょっとあったときには、紺や我南人が行って話をしてきましたよね。

研人が眼をぱちくりさせましたね。

「そうか、同じホテルか。同僚になるのか。全然結びついてなかったけど、そういやそうだね」

知ってはいても友人たちのご家族のことなど、若い子はあまり深くは考えませんからね。

「春野くんねぇえ、実はいい腕してる料理人なんだよねぇえ」

「なんだ、おめぇそんなに知ってたのか、のぞみちゃんの親父さんのこと」

「あれから、よくパーティやらでばったり会っていたからねぇ。ほら、会場で眼の前で料理するやっとかでぇ腕を振るっていたねぇ、美味しかったよぉお」

「僕もパーティで何度か会っているんだよ。向こうから挨拶してくるから、よく話をしていた」

我南人や紺の出るパーティとは、音楽関係や出版関係の記念のものでしょう。我が家では二人によくそういうものの招待状が届きます。そしてああいうものは、Hホテルでやることもあるんでしょう。

「彼はまだ若いんだからぁ、自分で店を出せればいいのにねぇ、なんて話していたなぁ」

「そうかよ。そんなにのぞみちゃんの親父さんと会っていたたぁ知らんかったな。まぁのぞみちゃんもすっかり落ち着いてうちに通っているしな。いい関係になってるんだろうな」

継父と娘。あのときはいろいろ考えてしまって、お互いに誤解しているようなところもありましたけどね。

「でも、水上くんのお姉さんも同じホテルにいるとはね。縁があるんだねあの二家族は」

同じアパートの隣同士でしたよね。多少年齢差はありますけれど、水上くんとのぞみちゃんは、ほぼ幼馴染みという間柄ですよね。


午後二時を回りました。

カフェも落ち着き、藍子と亜美さんはカウンターの中で片づけものをゆっくりと。古本屋には相変わらずのんびりとした空気が流れています。

滅多にないですけれども、ごくたまに勘一が文机に肘をついたまま船を漕《こ》ぐことがありますよね。すずみさんも、たとえば買い取った本のページを一枚一枚確認しているときにこんな時間が流れると、かくん！　と頭が下がって目を覚ます、ということもあります。

地味な作業ばかりなのが古本屋の仕事ですから、多少はしょうがありません。

学校がお休みのかんなちゃん鈴花ちゃん、お昼の時間はカフェに立って看板娘をやっていたのですが、暇になり今日は二人ともお稽古事がないので〈藤島ハウス〉に行っています。休みの日にはマードックさんや芽莉依ちゃんに英会話を習ったり、研人がいればキーボードを習って一緒に歌を歌ったりしています。藍子とマードックさんのアトリエで絵を描くこともありますよ。

二人ともそういうことは好きでやっていますから、〈ステージバス〉が始まったらいろいろやってみたいことが出てくるかもしれません。

裏玄関が開いたと思ったら、花陽と一緒にかんなちゃん鈴花ちゃんが戻ってきました。花陽は、披露宴に行く支度をしてきたのですね。

ロングのドレスワンピースと言えばいいのでしょうか。シックな色合いのグレーで腰を絞ったラインや首回りと袖口に施された刺繍《ししゅう》がとてもきれいです。少しラメが入っていますかね。

「花陽ちゃんすっごくきれいでしょ！」

居間で仕事をしていた紺、そして〈ステージバス〉の話をしていた我南人に研人、青にマードックさん、藤島さんや美登里さんに、どうだ、という感じでかんなちゃん鈴花ちゃんが自慢するように言います。

「うん、いいね」

笑顔になって紺が言って青が続けます。

「似合うなぁ。花陽はそういうシックな色合いにすると引き立つね」

「顔が地味って言いたい?」

笑います。まぁ確かに藍子似ですから決して派手めな目鼻立ちではありませんけれど、整った顔立ちですから落ち着いた色合いや装いが似合いますよね。

「そのコートは見たことないよ」

「美登里さんの借りたの。この服にぴったりだからって」

「そういえばさ、うちの女性たちって皆身長同じぐらいだから服を貸し借りできるよね? なんで?」

研人が笑いながら言います。確かにそうなんですけど、それは誰にもわかりませんよ。いちばん大きいのは藍子ですか。亜美さんも大きいですよね。それでも皆の身長差はせいぜい二、三センチですよね。

「お母さん、行ってくるから」

カフェの方に声を掛け、藍子が顔を覗かせます。

「はい、行ってらっしゃい。帰りは遅くなるんでしょ?」

「そんなにならない。晩ご飯はいらないけど」

了解、と皆が頷きます。久しぶりに会う友達がたくさんいるでしょうからね。二次会や三次会もあるかもしれませんが、花陽は本当に真面目ですから、そういうのがあってもさっさと帰ってきてしまいます。

勘一も古本屋から居間を覗き、花陽の姿に何か感慨深げにしていますね。あれですよ、友人の結婚式ではなく本人の結婚式でのこういう姿を想像しているんじゃないでしょうかね。いつになるのかはわかりませんが。

披露宴、わたしも後でちょっとお邪魔しようと思っています。羽須美ちゃんの花嫁姿を見たいですからね。披露宴が行われるHホテルには何度か行ったことがありますから、一瞬で向かえます。

行ってらっしゃーい、とかんなちゃん鈴花ちゃんが裏玄関で花陽を見送ると、すぐに何やら話し声が響き、どなたかがかんなちゃん鈴花ちゃんに挨拶していますね。

「来ましたよー、夏樹くん」

「矢野のおじさんもー」

〈矢野建築設計事務所〉社長の矢野さんと、社員の会沢夏樹さんですね。

〈ステージバス〉の建築設計は矢野さんに全部お願いすることにしたのです。知り合いというのもありますし、何よりも矢野さんは和式の、日本家屋、建築に関しては相当に詳しいのですよね。我が家に初めて来たときにも、この古い家に興奮して隅々まで見たいと言ってましたから。あの銭湯建築をしっかりと残しつつ、新しい形を盛り込んでくれると思います。

まだまだ施設の内容は正式には決まっていませんが、はたして予算と内容を突き合わせて、どこまでできるかという最初の相談ですね。それによっては施設の内容も取捨選択しなければなりません。

「まず何よりも、大きな箱となるライブステージなんですよね。それをどこまで大きくできるか、あるいは小さいものでもいいのか。これは各種ライブハウスや小さめのステージの図面なんですけど、我南人さんや研人くんなら見て大体わかりますよね」

矢野さんが図面を広げて、我南人と研人が見ます。

「わかるよぉお、こいつは百人規模のライブハウスだねぇ」

iPhoneが鳴りましたね。我南人のですか。ちょっとごめんねぇえと言いながら座卓を離れて二階へ上がっていきました。どなたからの電話ですかね。ちょっと聞こえましたが何やら我南人は真剣な口調でしたよ。

花陽の名を我南人は言っていましたが、何でしょう。

＊

からん、と土鈴が鳴りました。古本屋に入ってきたのは、あら、和ちゃんですね。

「こんにちはー」

「おう、和ちゃん」

勘一が笑顔になります。和ちゃんも今日は大学はお休みですからね。土曜なので〈はる〉さんでのランチのバイトはなかったのでしょう。

「どうしたい。〈はる〉のバイトじゃないのか?」

「あ、もうちょっとしたら準備に入りますけれど、あの花陽ちゃんは」

花陽に用事ですか。勘一はひょいと時計を見ました。

「さっき出かけたんだよな。今日は花陽は高校んときの友達の結婚披露宴なんだってよ。おめかししして向かったぜ」

披露宴、と和ちゃん呟きます。和ちゃんはもう花陽の親友と言ってもいいぐらい親しい仲ですけれど、大学に入ってからの友人ですから、羽須美ちゃんの結婚式のことは知らなかったんでしょう。

「そうですか、じゃあ帰りは遅いですね」

「そうだな。晩飯は披露宴で済ませるだろうし、ほとんど高校んときの同窓会みたくなるんだろうからな。二次会とかもあるんじゃないか」

和ちゃん、こくん、と頷きます。

「わかりました。じゃあ連絡してみます」

「おう。そうしてくれ」

お辞儀をして、和ちゃん店を出ていきます。その後ろ姿を見送って、すずみさんも勘一も顔を顰めましたね。

「旦那さん、なんか、和ちゃん暗くありませんでした?」

「暗かったな。こう、額に縦線が入るぐらいな感じだったよな」

マンガではそういう感じになりますね。

「何かあったんでしょうかね。それに、わざわざ来なくてもＬＩＮＥでやりとりすれば済みますよね」

「済むな」

今はほとんどの若者が、若者ばかりでもないでしょうけれどもそうですよね。まずはＬＩＮＥなどでやりとりしてから行動しますから、こんなふうに直接来てみて今はいないよ、なんて言葉はまず言いません。

「連絡もしないで来たのは、何ででしょう?」

「まぁ、花陽はいつでも家にいるしな。〈はる〉から歩いて三分も掛かんねぇんだから、話が長くなるんならまっすぐ来た方が早いってのはあるな」

それは確かにありますね。

「元春くんと何かありましたかね。別れてしまったとか!」

「いやそういうのなら真奈美ちゃんからすぐ話がこっちにあるだろうよ。真奈美ちゃんは人一倍そういうのに、なんだその、敏感だろうよ」

何かちょっと悪口みたいな言葉を使おうとしてやめましたね。でも確かにそうでしょう。隣に住んでいてお店で一緒にバイトもしているあの二人の間に何かあれば、真奈美さんがすぐに気づきますよ。

「まぁ本人が連絡するって言ってたからな」

気になりますけれどね。


夕方五時になりました。晩ご飯の支度を始めるのは、すずみさんと芽莉依ちゃんと美登里さん。そろそろ披露宴が始まる頃です。Hホテルに行ってみましょう。

このホテルに来るのは何年ぶりでしょう。以前に来たのはまだ生きているときですから二十年ぶりぐらいかもしれません。歴史あるホテルですから、まるで変わりはないですね。

披露宴の会場です。あぁ、ちょうど花婿さんと花嫁さんの入場のときでした。

羽須美ちゃん、きれいです。真っ白なウエディングドレスを着た花嫁さんというのはどうしてこうも特別な輝きを放つように美しいんでしょうか。同性のわたしがそう思うのですから、花婿さんにしてみると文字通り惚れ直すということになりますよね。

花陽はどこにいますかね。あぁいました。

同じテーブルに座っているのは、三上優《みかみゆう》ちゃんと平埜乃《たいらのの》ちゃんですね。どちらも小中高と一緒の仲良しの友達です。

優ちゃんも埜乃ちゃんも久しぶりに顔を見ましたが、大人の女性になりましたね。確か、優ちゃんは大学生、埜乃ちゃんはお父さんが八百屋さんを営んでいますから、そこで一緒に働いているはずです。

皆、ちょっと眼を潤ませていますね。羽須美ちゃんの晴れ姿に感極まっているのでしょう。友人の幸せな瞬間を一緒に喜んでいるのですよね。

羽須美ちゃんのお父さんお母さんにもお会いしたことありますよ。ご夫婦揃って古本屋に本を買いに来てくれたことも。お久しぶりでございます。本当におめでとうございます。

「ブーケトスって、あれは披露宴ではやらないんだっけ」

テーブルで話し始めました。埜乃ちゃんです。

「ブーケトスの理想は、挙式が終わって教会から新郎新婦が出てきて、そこでやる形でしょう」

優ちゃんが言います。洋画などでよく見ますねそれは。

「でも披露宴とかでもやるんじゃない？　何かで見たことあるけど」

三人とも友人の結婚式が初めてなんでしょうね。

「欲しいの？　埜乃」

「いやー、次は花陽でしょう順番的に。私も優もまだまだ。優の彼なんて年下だし。やるなら花陽に取らせるわよ周り見ても私たちがいちばん若いし」

「何言ってるのよ」

笑います。確かに、列席者の女性陣を眺めると、親族らしき子供たちは抜きにして花陽たちがいちばん若そうです。

「だって、麟太郎さんと付き合ってもう四年でしょ花陽。長いよ？　四年って」

もうそんなになりますか。そうですね、出会ったのは花陽が高校生のときですから、確かに四年ぐらいになりますね。

「私まだ学生だよ埜乃？　大学だって六年間だからあと二年あるし、国家試験に合格してからちゃんとした医者になるまではさらにもう二年ぐらいは」

「え、そんなこと言ってたらあと五年はできないじゃん。十年近く付き合ってから結婚するつもりなの？　持つ？」

埜乃ちゃん、なかなか厳しいことを言いますね。

「そうだねぇ、花陽はとにかくちゃんとした医者になるというのが、人生の第一目標だもんね」

「いや、もう結婚するって決めてるんでしょ？　二人で。婚約者だって両家も認めて、あ、麟太郎さんはお父さんもお母さんもいないんだったか」

「そう、もうお二人とも」

そうです。麟太郎さんの父親である、〈LOVE TIMER〉のドラムス、ボンさんは亡くなってしまいました。そのボンさんの奥さん、麟太郎さんのお母さんは病で早くに亡くなってしまい、ボンさんが男手ひとつで育ててきたのです。

「尚更《なおさら》じゃないの？　麟太郎さんもう二十九でしょ？　家族になりたいんじゃない？」

花陽が困ったような笑みを見せます。うちは確かにもう皆が花陽は麟太郎さんと結婚すると思っていますよね。勘一も面と向かっては言いませんが、早く花嫁姿を見せてくれと思っているはずですけれども、花陽の立派な医者になる、という思いもわかっていますからね。

「それはもう、麟太郎さんと一緒になりたいって思ってる。でもね、どう言えばいいのかな」

首を傾げ、両手の人差し指を伸ばしましたね。

「こう、医者になるというのと、結婚するというのがあって、それがまるで自分の中でリンクしてこないの」

「リンク」

「間違いなく私の中に思いとしてあるものなのに、ひとつになっていかないというか、何というか」

ううん、と埜乃ちゃんも優ちゃんも首を捻りましたね。

「あれかな、私は今うちの八百屋で働いて給料は貰っているんだよね。でも自分の中では子供の頃からやっていた手伝っているって感覚なんだよ。給料貰って働いているのと手伝っているのが、いつまで経っても溶け合わないの。そんな感覚？」

今度は優ちゃんと花陽が、ううん、と考え込みましたね。

でも、言っていることはなんとなくわかりますよ。花陽の思いも理解できます。何かのきっかけが必要なんでしょうかね。それとも、いつか自分の中で解決できるものなんでしょうか。

二

日曜日です。

良い天気になりました。昨日に引き続いて、まるで春が来たかのような陽気になるとか。朝から既に縁側に差し込む陽射《ひざ》しがかなり暖かく、まるで皆で話し合って決めたかのように猫と犬が順番に横たわっていました。

たまにあるのですよね。どうしてそんなに並んでいるんだ、と笑ってしまうぐらいにきちんと並んで縁側に寝転んでいることが。

カフェと古本屋を開けると、学校がお休みのかんなちゃん鈴花ちゃんが張り切ってカフェのお手伝いに回ります。

花陽も芽莉依ちゃんも、そして美登里さんもお休みですからいつでも手伝えるのですが、そんなに手はいりません。芽莉依ちゃんがまずはホールに出て、かんなちゃん鈴花ちゃんのサポートをします。

今日は朝ご飯の後は美登里さんと一緒に部屋に戻っていますけれど、藤島さん、平日の夜の閉店後の古本屋で帳場に座り、カフェから流れてくるお客様の対応をずっとしてくれているんですよね。しなくてもいいんですけど、やりたいんですよと言って。

そして何もない日曜日などは、昼間でもいつでも帳場に座りますからと勘一に言っているのです。あまりにもやりたがるので、たまに勘一は昼ご飯を食べた後に、ちょっと昼寝するから座っておけ、と藤島さんを座らせることもあります。この調子だと本当に藤島さん、社長業を引退した後に自分で古本屋を開くのは間違いないと、皆が言ってます。

藍子とマードックさんが帰ってきてから、二人でカフェに立つことも増えてきました。その分、亜美さんは自分の時間が取れるようになってきたので、実はアンティークのものを集めることをしているのです。

我が家は古本屋ですが、それは基本〈古物商〉ということなのです。簡単にいえば古いものなら古本だけではなく、大抵のものは売り買いできるのです。一時期我が家でもレコードなどを一緒に扱っていたこともあります。

亜美さん、国際線のスチュワーデス時代から海外のアンティークやヴィンテージ物が大好きなのですよね。以前もその知識や見識で我が家に舞い込んだアンティークものを鑑定したこともありますし、そもそもこのカフェに置いてある備品なども、オープン当初のものは全部亜美さんが選んで揃えたものです。

将来というか、近いうちにカフェかもしくは古本屋の一部に、海外のアンティークのコーナーを設けて売ることも考えています。もちろん、亜美さん本人も古物商の許可証は持っていますからね。

我南人と紺と青が居間にいます。研人はスケジュールが入っているらしく部屋に戻っていきました。これから出かけるのでしょう。

花陽はモップなどで裏玄関や縁側などの拭き掃除をやっていたのですが、何かを持って勘一のところにちょっと小走りで来ましたね。

「大じいちゃん、手紙が落ちてた」

「手紙?」

「郵便受けの隙間。あそこやっぱりきちんと直さないとダメだね」

「おう、そうか昨日来てたのかな」

日曜日は普通郵便の配達はありませんから、たぶんそうでしょうね。玄関の郵便受けですよね。木製のそれこそ何十年も経つ年季ものなのですが、歪んで割れ目から小さな葉書などが玄関の扉の隙間に落ちることがあるのです。

勘一が花陽から封筒を受け取ります。ごくごく普通の白い封筒です。むしろこういう封筒こそ最近はあまり見なくなったかもしれません。

「茅野さんからみたい」

「茅野さん?」

勘一がひょいとひっくり返して裏を見ます。

「おぉ、そうだな」

茅野さんから手紙ですか。

元は刑事さんでずっと我が家の常連さんとしてお付き合いしてきました。東京の家を引き払い、奥様の実家である岡山に移り住んでそこを終《つい》の住《す》み処《か》にしたのは去年の秋でした。

「茅野さんって、倉敷《くらしき》で古本屋をやってるんだよね」

「いやそりゃああいつよ。去年会った岡部《おかべ》隼人《はやと》っていったな。廃寺になったところでやるのを茅野さんが手伝ってやってるってよ」

そうでした。

「しかし手紙貰うなんて初めてだな」

勘一が丁寧に封筒を開き、こちらもごく普通の、今ではクラシカルと言ってもいい白い便箋を取り出しました。

笑みを浮かべながら読み出した勘一の表情が、すぐに強《こわ》ばります。

「どうしたの」

その表情を見て取った花陽が声を掛けます。

「こりゃあ、まいったな。茅野さんの奥さんが亡くなっちまった」

「え！」

「奥さんが？」

すずみさんも声を上げて思わず手で口を覆いました。茅野さんの、奥様がですか。聞こえましたね。我南人も紺も青も顔を出しました。

「どうして、って書いてあるぅ？」

「脳卒中だったそうだ。本当に突然な」

脳卒中ですか。助かる場合もありますが、どうしようもない場合もあると聞きます。花陽はよくわかっていますよね。顔を顰めています。

「いつのことなの？」

紺です。

「先月だそうだ。もう一ヶ月経ってるな。すぐに知らせなくて済まなかったけどって書いてあるよ」

「きっとじいちゃんが葬式に行くって言い出すだろうから、後からの報告にしたんじゃないのかな」

青が言って、勘一も、あぁ、と頷きます。

「そう書いてあるよ。まぁそうだな。そりゃあ葬式に行かなきゃと思うが、こんな年寄りが駆け付けたって何にもならねぇし、かえって向こうに心配かけるわな。葬式に出かけたてめぇがそこでおっ死《ち》んだらどうするんだってな」

その通りですね。長い付き合いの茅野さん。勘一のことを良く知っているからこその、事後のご報告のお手紙だったんでしょう。

「どうしてるか書いてありますか？　確か奥さんの実家だったんですよね岡山は」

「あぁ、何も心配ないってよ。奥さんが亡くなってそのまま茅野さんのものになったからな。そのままそこで暮らすけれど、それこそ隼人の古本屋を手伝って暮らしていくそうだ」

そうですか。

「若い店主のために働くのも、これからの人生の張りになっていいとよ。そのうちに〈東京バンドワゴン〉に負けねぇぐらいの古本屋にしますよ、と」

「それは、いいことだね」

花陽もすずみさんも微笑みます。

「でもあれですね旦那さん。結局、茅野さんの奥様には私たち会っていないんですよね」

「あ、そうか」

「そうだ。話だけは茅野さんからいろいろ聞いていたんだけどな」

そうでしたね。社交ダンスをしたり、活発な奥様だったようですけれど、ついに一緒に来られることはありませんでした。古本屋通いは、茅野さんの趣味。奥様にも誰にも触れられたくなかったのでしょう。

「何だか顔が浮かぶぐらい話は聞かされたがな。少々淋しいがしょうがあるめぇ」

花陽が頷きながら、外に眼を向けました。

「そうか、気にしていなかったけど、ひょっとしたら、もう茅野さんにも会えないで終わっちゃうかもしれないんだね」

「俺はな。花陽なんか飛行機に乗りゃ岡山だって倉敷だってすぐだ。新婚旅行で行くって手もあるだろうよ」

新婚旅行で倉敷はなかなか渋いですけれどもね。

「すずみちゃんよ、茅野さんは香典も何も無用って書いてあるけれどよ。古本やら何やら、茅野さんの好きそうなものを二、三箱に見繕って送ってやろう。香典代わりに隼人と一緒に店に並べてくれってよ」

「わかりました」

それがいいですね。

「あぁ花陽、すまんがこいつは俺んところの状差しに入れといてくれや。後で俺も返信を書くから」

「はい」

花陽が封筒を受け取って、勘一の部屋の方へ歩いていきますが、手紙を見ながら考えるような表情をしていますね。何か思うようなところがありましたか。

我南人たちは居間に戻って、すずみさんがさっそく茅野さんに送る本を選ぼうと、まずは店の本棚に並ぶものから探し始めると、土鈴が鳴ってガラス戸が開きます。

黒いコートを着た木島さんですね。コートの下はセーターにジーンズですから今日はお仕事ではありませんね。

「おはようございます」

「おはよう木島さん」

「おう、毎度。どうした日曜なのに午前中から。いやその前に木島、茅野さんのこと聞いたか」

木島さん、帳場の前の丸椅子に座りながら頷きます。

「昨日手紙が届きました。こちらにも来たでしょう？」

「手違いでついさっき読んだんだよ。まったくなぁ」

本当にね、と木島さん悲しげな顔をして頷きます。

「一度ぐらいは向こうにお邪魔しようかと思っていたんですけどね。いや、それは別にして行くつもりなんですけど、墓参りになっちまうとはね」

そうなりますか。きっと奥様の実家ですからお墓とかも向こうにありますよね。

「生きてるうちにやるべきことはやっとけ、会いたい奴には会っておけ、だよな」

「まったくです。堀田さんからしたらまだ俺は小僧ですけど、本当にそう思いましたよ。最近は友人の葬式もありましてね」

木島さんもアラフィフですものね。

「で、おめぇはどうした。老い先短い俺に会いに来たか」

「いつも来てるじゃないですか。今日は客ですよ。ちょっと資料になりそうな本を探しに来たんです」

「そりゃどうも。たくさん買っていただけりゃ勉強しますぜ。どのようなものの資料をお探しで」

「紋章なんですけど、主にヨーロッパ貴族の」

「そりゃあまたディープなところを持ってきやがったな。かなり濃いもんになるぜぇ紋章学は」

「じっくりでいいんですがその前に堀田さん」

木島さん、顔を顰めて声を潜めました。

「なんでぇ」

勘一も思わず顔を寄せて小声で言います。

「また何かやりましたかね、堀田家の色男が」

「どの色男がだよ。うちには俺を筆頭に多過ぎて困ってるんだがよ」

勘一は除かれますが、確かに色男は何人かいる堀田家です。藤島さんも含めたらですけれどね。

居間にいる色男たちは、我南人に紺に青の三人ですね。

「この家を見張っているような女がそこにいるんですよ」

「女ぁ?」

勘一が思わず首を伸ばして外を見ます。本棚のところで話が聞こえていたすずみさんもちょっと外を見ましたよ。

「また何かの張り込みかなんかか？」

何故なのでしょうか、我が家にはそういう方々がなんだか定期的に現れますよね。何も悪いことはしていないのですが、本当にどうしてなのか。

「いや、そういうんじゃなさそうですね。見るからに素人の女性なんですよ」

「素人ってのは」

「ごく普通の女性ですよ。黒のニット帽に黒のハーフコート、薄いサングラス。パンツはベージュのスリムジーンズに革のブーツ。なかなかスタイリッシュな装いの女性で、年の頃なら三十過ぎですかね。年齢からして似合うのは紺さんか青くんか、まぁ我南人さんもまだ枯れてねぇなら対象内ですかね」

「見張ってるってのは？」

「そこの角んところで、うろうろして、視線の先にはこの家ですよ。古本屋なのかカフェなのか。誰かが通るときには素知らぬふりでスマホとかいじってますけれどね。明らかにこっちを見張っていますよ」

うーん、と勘一唸ります。

「旦那さん、私ちょっと二階の窓から見てきますね」

すずみさんが素早く家へ入り二階へ音もなく上がっていきます。すずみさんも我が家に来て十年。すっかりこんなようなことにも慣れてますよね。慣れなくてもいいんですけれど。

「おめぇの眼では、どんな職業の女性だよ」

「わかりませんが、明らかに職業を持った女性ですね。着てるものはなかなか上等のものですよ。高級ブランド品も混じってるけれど、パンツなんかはありゃあファストファッションのじゃねぇですかね」

「そういうセンスもあるって人か」

高いものばかりがお洒落ではないですからね。わたしもちょっと覗いてこようと思ったらすずみさん戻ってきましたね。

「いますね本当に。確かにうちの方をちらちらと見ながら、そこをうろうろしてます。顔がはっきり見えないのでわかりませんけど、私はたぶん見たことない方かと」

すずみさんはお客さんのことをきちんと記憶していますから、少なくともそういう格好で来たことはない方なんでしょう。

「どうしますかね。ちょっと声掛けて」

「あ」

木島さんが声掛けてみますか、と言おうとしたときに、その方が古本屋の前を通り過ぎて、カフェに入っていきました。思わず勘一も木島さんもすずみさんも、息を潜めて聞き耳立てて、隣の様子を窺《うかが》いました。

「いらっしゃいませ」

藍子とマードックさん、そしてホールにいた芽莉依ちゃんの声が響きます。わたしはちょっとカフェにお邪魔しましょう。

確かに、木島さんの言った通りのファッションの女性が、空いていた窓際のテーブル席に座りました。あそこは外がしっかり見えるところですよ。

薄いサングラスをしていますので、お顔がはっきりとはわかりませんね。そしてニット帽でおでこまで隠れていますので尚更です。わたしも、お見かけしたことはないと思いますが、どうでしょう。どこかで会ったような気もしますが。

ブレンドコーヒーを頼まれたようですね。芽莉依ちゃんが受けて、オーダーを伝えます。藍子もマードックさんも芽莉依ちゃんも何も知りませんから、ごく普通のお客様として対応していきます。

花陽がカフェの裏から入ってきました。掃除などが全部終わったんでしょう。

「代わるかな、芽莉依ちゃんと」

「あぁ、大丈夫。暇だから芽莉依ちゃんもいいわ。マードックさんと二人で大丈夫」

「そう？」

急にお客様が増えたらすぐに誰かが入れますからね。花陽が、芽莉依ちゃんに声を掛けようとして、あの女性を見て、うん？　と眼を細めましたね。カウンターからホールに出ていき、近づいていきます。

「先生？」

先生、ですか？　呼ばれた女性、慌てています。

「あ、花陽、ちゃんね」

「お久しぶりです。え、お店に来てくれたんですね」

花陽が嬉しそうに言って、その女性、何か観念したようにサングラスを外しました。それで、わかりました。

須藤《すどう》先生じゃありませんか。すずみさんの手術をしてくれた、卿供館《きょうきょうかん》病院の婦人科医の。

「あ、そうなの。いや用事があってたまたまここを通ったらお店を見かけてね。あら、ここじゃないのって」

「そうなんですか」

花陽が本当に嬉しそうにしていますけれど、須藤先生、何故かはわかりませんが、かなり動揺していますよね。

そして明らかにここに来たのはたまたまじゃないですよねきっと。

「あ、あのね、花陽ちゃん」

「はい？」

「ついでみたいだけど、今日は日曜だけど、デートじゃないの？」

デート。麟太郎さんと、ってことですよね。

「今日は麟太郎さんもお休みなんですけど、人と会う用があるみたいで。後でお店に来るからって言ってました」

そうだったんですね。今日はデートの支度はしていなかったので、麟太郎さんはシフトでお仕事かなと思っていたのですが。

「あ、ちょっと待ってください」

花陽が古本屋に向かって小走りになります。

「すずみちゃん！」

花陽に呼ばれて、すずみさんも慌てています。

「須藤先生ですよ。手術してくれた」

「え!?　須藤先生？」

わかりませんよね。病院で会う先生や看護師さんって皆さん白衣やらの印象が強くて、私服になると誰が誰だったかなんて。

「手術って、すずみちゃんのか？　お医者の先生かい」

勘一も出てきましたね。いや、これはどうもどうも、と挨拶しますが、そうなりますよね。

「先生、狭いところですけれど、店なんかじゃなくて居間へ上がってくださいや。今、コーヒーを淹れますんで」

いやいやいや、と、須藤先生恐縮していますけれど、他のお客様もいるのにうちの皆が挨拶したがっていますからね。

それじゃあ、と居間の方へ上がっていきます。居間で作業していた青が真っ先に挨拶していますよ。妻を手術してくれた先生ですからね。

「お医者様だったんですか。じゃあ、何をしていたんですかね」

木島さん、先生を居間に案内していったん戻ってきた花陽に小声で言います。

「何って？」

「先生、家の前をうろうろしていたんですよ。まるでここを見張っているみたいにね。なんだろうって思ってたんで」

「先生が？　迷っていたとか？」

「違うね。誰かを待っていたとか、捜しているとか、そんなような素振りだったんだよねぇ。俺の勘が鈍ったのかなぁ」

花陽がふぅん、と首を傾げます。

「何だろうね。後で訊いてみる」

花陽が須藤先生のオーダーを運ぶようですね。そこに、カフェの扉が開いて入ってきたのは和ちゃんです。

「あ、和ちゃん。おはよう」

「花陽、おはよう」

そういえば昨日来ましたよね和ちゃん。その後ちゃんと連絡は取ったんでしょうか。和ちゃん、店を見渡します。

「おはよう和ちゃん。何か飲む？」

藍子です。

「おはようございます。大丈夫です。後でまた」

そう言って、花陽に小声で言います。

「花陽、ちょっと話があって」

「話？」

和ちゃん、真面目な顔をしています。今日は日曜で〈はる〉さんのランチも休みですからバイトはないのでしょう。そして花陽が何だろうという顔をしましたから、昨日来たというのを連絡はしていなかったんでしょうか。

「部屋にいける？」

「えー、今ちょっとお客様が来ててね。あ、和ちゃんにも紹介しようか」

「紹介？」

「卿供館病院の婦人科の女医さんなの。居間に上がってもらったんだ。ちょっとお話ししてからでいい？　和ちゃんも上がって上がって」

和ちゃん、真面目な表情を崩さずにこくりと頷き、居間に向かいます。

からん、と、土鈴が鳴ります。今度は古本屋にお客様ですね。

「あらー、行沢《ゆきざわ》さん。おはようございます」

すずみさんの声です。消防士の行沢さんですか。近頃はすっかり古本屋にもカフェにも常連になってくれていますよね。お休みの日にはほとんど来てくれているのではないでしょうか。

「今日はお休みですか？」

「そうなんです」

「おはようございます」

そこにいた花陽も挨拶して、カフェのカウンターに向かいました。

「えーと」

行沢さん、花陽を眼で追って、すずみさんに向かいます。

「今のが医大に通っている花陽さん、ですよね」

すずみさん、うん、と頷きます。

「そうです。あまり会っていませんかね、行沢さんは」

はい、と頷きます。そうですよね、行沢さんが来られるようなときには、大抵花陽は学校に行っていますから。

「あー、行沢くん来たねぇえ」

我南人が出てきましたね。来たねということは我南人に会いに来たのですか。

「花陽ぉ」

「はい？」

「ちょっと話があるんだけどぉ、お客様の須藤先生が来ちゃったよねぇ。どうしようかな、あれ和ちゃんも来てるんだぁあ」

「おはようございます我南人さん。あの私もちょっと花陽ちゃんと話が」

「和ちゃんもぉお？」

ひょっとして行沢さんも花陽に話があるのですか？　何でしょう。そもそも行沢さんと花陽は接点もないはずなのに。

そこに、カフェに人が入ってきました。

「あらー、おはよう」

藍子の親しげな声が響きます。誰でしょう。

「あれ？　麟太郎さん」

すずみさんが先に気づいたようです。花陽も慌てて入口の方を見ました。

「麟太郎さん。おはよう」

「おはよう花陽ちゃん」

麟太郎さん、女性と一緒に入ってきましたけれど、どなたでしょうか。そこにいる皆の視線が向かいましたが。

「奈津香《なつか》？」

行沢さんの声です。

奈津香さん、ですか？　麟太郎さんと一緒に入ってきた女性でしょうか。

「お兄ちゃん!?　どうしてここに？」

お兄ちゃん、ですか？　行沢さんの妹さんなのですか。行沢さんが、皆に向かって言います。

「あの、僕の妹です。結婚していて杉原《すぎはら》奈津香といいます。そしてですね、たぶんそこの麟太郎くんと同じ病院に勤めています」

麟太郎さんの同僚さん。

一緒にうちに来た理由はまだわかりませんが、同僚ならば一緒に来ても何の不思議もありませんね。

でも、皆がこれは何だろうと落ち着かない様子ですね。どうしてこんなにそれぞれ関係の深い浅いがある人たちが集まってきましたかね。

居間の方でもざわざわしていますよ。勘一の、麟太郎か？　という声も聞こえてきましたし、須藤先生も驚いたようにカフェの方を見ています。そうですよね、お二人はもちろんよく知った友人ですから。

麟太郎さんも、居間にいる須藤先生に気づきました。

「え、須藤先生は、どうしてここに？」

須藤先生も、眼をぱちくりとさせていて、なぜか慌てていますね。

「これはぁ、ひょっとして集まっちゃったのかなぁ。神様の粋な計らいかなぁ」

我南人です。

また何かを知っているんですかあなたは。


なんであれ、他のお客様も来るカフェに皆を座らせるわけにはいきませんので、居間の座卓についてもらいました。

須藤先生に、和ちゃん、行沢さんに、麟太郎さんに、そして行沢さんの妹さんだという奈津香さん。何かを知っているらしい我南人に勘一、そして花陽。紺と青も一緒に座りました。

藍子と芽莉依ちゃんが、皆にコーヒーを持ってきました。藍子は戻りましたけれど、芽莉依ちゃんはそのまま花陽の隣に座りましたね。何か、いた方がいいかなという空気を察しましたか。

木島さんは古本屋の帳場に腰かけていますね。

勘一、咳払《せきばら》いします。

「ええと、何か偶然らしきもんで皆さんがほぼ同時にうちに来られたんですがね。どうも皆さん花陽に会いに来たようなんですが、その通りですかね」

和ちゃんと行沢さんはすぐに頷きましたが、須藤先生と麟太郎さんは微妙な表情を見せます。

須藤先生は何か麟太郎さんを睨《にら》んでいるような気もしますけれど。

「ええっとねぇ、たぶん全員を知ってるのは僕だけなんだけどぉ、須藤果林《かりん》先生はぁ、卿供館病院のすずみちゃんの執刀医さんね。そしてこちらの杉原奈津香さんは、さっきも言ってたけどぉ、行沢くんの妹さんでぇ、実の妹さんだよねぇ？」

「そうです。実の兄妹《きょうだい》です」

うちみたいにややこしくはないんですよね。

「そして奈津香さんはぁ、麟太郎と同じ玉地川総合病院の看護師さんだよぉ。で、君野和ちゃんはぁ、花陽と同じ医大生でぇ、今は玉地川総合病院に実習に行ってるんだよねぇぇ」

和ちゃん頷きます。そして奈津香さんは看護師さんでしたか。すると消防士さんと看護師さんのご兄妹になるんですね。それはそれは、ご苦労様ですよ。人のために尽くすお仕事をご兄妹でね。

「話をするその前にぃ、皆さんお仕事はぁ大丈夫ぅ？　行沢くんは休みだけどぉ、須藤先生はぁ？」

「あ、今日は夜勤なので」

「私も、夜勤です」

奈津香さんが言います。

「麟太郎は休みだよねぇ」

麟太郎さんが頷きます。

「大丈夫ねぇ。これねぇ、僕もまだ確かめたわけじゃないけどぉ皆さんがここに来たのは浮気が原因なんだろうねぇ」

浮気、ですか？

何故浮気が原因でこんなにも人が集まってきたんですか。そして、誰の浮気なんですか。

「おめぇじゃねぇよな」

「違うよぉお」

「誰の浮気だよ」

我南人が、奈津香さんを見ます。

「ここにいない人なんだけどぉ、奈津香さんのご主人、杉原翔太《しょうた》さん、だよねぇえ？　行沢くん」

「そうなんです」

行沢さんが頷きます。

「え、ちょっと待ってください。その杉原翔太さんって、ひょっとして東《ひがし》くんと同じ玉地川総合病院の臨床検査技師の方？」

須藤先生です。麟太郎さんが、頷きます。

「そう、うちの技師だよ。僕の同僚なんだ」

「その人が、あ、ごめんなさい奈津香さん。こんなに大勢の前で言っちゃうけど、浮気しちゃったのね？」

奈津香さん、こくんと頷きながら唇を引き締めます。須藤先生、息を吐きながらがくんと頭を垂れました。

「わかりました。思いっきり私の勘違いでした。ごめん東くん謝る。勘違いでここまで来ちゃった」

「え、僕に何かしたの？　謝られる覚えがまるでないんだけど、勘違いって何？」

「あ、じゃあ、麟太郎さんのは、ただの噂だったんですね！　良かった！」

今度は、それを聞いた和ちゃんがホッとしたように笑顔を見せました。

「麟太郎さんの噂って？」

花陽です。

「聞いたの噂を。玉地川総合病院で実習中に。臨床検査技師の人が浮気して相手を妊娠させたって。それでまさか麟太郎さんがってびっくりしちゃって」

それで和ちゃんは花陽に話をしたかったのですか。

ＬＩＮＥでそんな話もできないって思って。

「あ？　待て待て待ってくれ。浮気したのは杉原翔太で、そいつぁ麟太郎と同僚で同じ臨床検査技師ってことだな？」

勘一が続けようとするのを、須藤先生、止めます。

「おじいさん待ってください。先に私が結論をひとつ述べます。それで話が早くなりますから。ねぇ東くん、杉原奈津香さんとここに一緒に来たのは、奈津香さんの夫が浮気して相手を妊娠させたらしいっていうのを相談されて、まずはここに話し合いに来たってことなのかしら？」

はっきりとした口調で須藤先生言います。お医者様はいつでもこうあってほしいですね。

麟太郎さん、顔を顰めて頷きます。

「簡単に言えばそういうことです。とにかく話を聞くけど、女性と二人きりで話をするのは何かとよろしくないのでここにしたんです。ここで会っていれば誤解されることもないし、話をするのにどこかの部屋を借りることもできると思って」

花陽がちょっと驚いていますね。なるほどです。それこそ以前に須藤先生とのことがありましたからね。花陽のいるところで会えば誤解もされないだろうと。麟太郎さんらしいです。

「わかりました。皆さん、いえ奈津香さん」

須藤先生が奈津香さんを見ます。

「はい」

「私は婦人科の医師で、あなたの夫杉原翔太さんと浮気をした女性の同級生なんです。妊娠したかもしれないと相談されて検査しました。全ての問題の解決にはなりませんが、一応はご安心ください。彼女は妊娠はしていませんでした」

須藤先生が、検査したんですか。

なるほど、という感じで勘一が頷きます。

「つまり、こういうこってすな？　須藤先生はその同級生に相談されて妊娠検査をした。妊娠はしてなかったので安心したけど、相手は玉地川総合病院の臨床検査技師だとだけ聞かされて、まさか麟太郎なのかと驚いたわけだ」

「そうなんです。花陽ちゃんがいながらまさかと、東くんに連絡を取ろうと思いましたが、勘違いでこんがらがっても困りますし、仕事でもないのに東くんに電話するのも何だろうと思いまして」

「それで？　今日やってきたってのは」

「今日は日曜で私は夜勤だったので、花陽ちゃんと東くんはデートするんじゃないか、そこでバッタリ会ったふりをして冗談めかして話をしてみてはどうだろうと思いまして」

「あぁ、それでこっそり店に来て様子を窺っていたってわけですかい。麟太郎が来ないか、あるいは花陽が出てこないかと」

それを木島さんに見られてしまったのですね。和ちゃんはただ噂を聞いて花陽が心配になって駆け付けて。

「で？　我南人おめぇは行沢さんに相談されたのか。花陽について」

「そうだよぉ。電話貰ってねぇ」

いつの間にそんなに仲良くなったのでしょうこの男は。

「僕は、結局は話がとっちらかってしまっていたのですが、義弟が浮気した相手が実習に来ている医大生でそして妊娠させてしまったかもしれないと、妹は聞いていたようで。まさかこちらの花陽さんじゃないだろうなと。我南人さんに確認して」

それはつまり、実習中の和ちゃんのことまで噂に混じってしまっていたのでしょうかね。

「え？　私がですか!?」

実習に行ってる子は和ちゃんだけではないと思いますけれど、とにかく混じってしまったのですね。

須藤先生が手を振ります。

「全然違います。私の同級生は、とある企業のＯＬです。出会ったのは合コンらしいですけど実習生じゃないです。大丈夫よ」

「それにしても」

紺です。

「肝心の当事者の二人がいないのに、周りの人間がこれだけ今日集まってしまったって、凄いね」

「びっくりだよ」

青が肩を大げさに竦めてみせます。

本当ですね。とりあえず須藤先生が来てくれたことでひとつの問題は解決していますけれど。後は二人がいないとどうしようもないことです。

勘一が頭を横に振って苦笑いします。

「まぁそれもこれも、ほとんどが花陽と鱗太郎のことを心配して来てくれたってことだろうよ。幸せもんだな花陽も鱗太郎も」

二人が顔を見合わせ、首を傾げ、苦笑いのような笑みを見せます。

「っていうよ、若い二人のためのいい話ってことにしちゃってよ。まぁこの場をしめておこうか。あれだ、奈津香さんだったたな。ご夫婦の問題はよ、この須藤先生とさ、何だったら俺らも我南人も、袖振り合うも他生の縁で援軍に駆け付けるからよ。行沢さんも加えてじっくり話してくれや。なんだったらまたここで話し合ってもいいいぜ」

「はい。ありがとうございます」

奈津香さんも恐縮しながら、苦笑いです。本当にここは苦笑いするしかないですね。何というか、人生には珍しい出来事も起こるもんです。

＊

もう皆が寝静まっているのに、走り回る柔らかい足音が聞こえています。もちろんあれは猫の足音ですね。犬ならばあそこに爪の音が入ってくるのですよね。犬の爪は猫と違って出し入れが完全にはできませんから。

誰が走り回っているのでしょう。たぶん、るうですね。玉三郎やノラ、ポコはもう夜中の運動会などはほとんどしませんから。

人の足音がします。居間の電気が点《つ》きました。紺ですね。何かを置き忘れて取りに来ましたか。仏間にやってきて電気を点けます。仏壇の前に座って、おりんを鳴らして手を合わせてくれます。

話せますかね。

「ばあちゃん」

「はい、お疲れ様。冷え込んできたんじゃないかい。外が煙っているようだけど」

「結構ね。オイルヒーターを強くしておいた」

「しかしまぁ、今日は珍しい日だったね。なんだってまぁ随分と賑やかな一日になって」

「まったくだよね。どうしてあんなことになったのか、今考えても不思議だよ。偶然どころか奇跡に近いね」

「まぁそれだけ、皆がそれぞれのことを思いながら暮らしているってことで、ありがたいことですよ」

「確かにそうだね。花陽はどうするのかなぁ」

「何をだい？」

「麟太郎くんとの結婚。医者になるまで待つんだったらまだ何年もこのまま付き合うことになるけど」

「考えてはいるようだけどね。昨日の結婚式でも友達と話していたよ。でも、そればっかりは二人の思いであって、周りがとやかく言うことじゃあないしね」

「そうなんだけどね。あれ？」

「誰か来たかい」

裏玄関が開く音がしました。そっと誰かが入ってきたと思ったら、花陽ですね。どうしましたか。

「紺ちゃん」

微笑んで仏間に来ました。

「どうした」

「洗濯物。間違って亜美ちゃんのが私のところに来てた。忘れるといけないから。大ばあちゃんと話していたの？」

花陽も、おりんを鳴らして手を合わせてくれます。

「そう。今日の騒ぎのことを話してさ。可愛い姪っ子が早く幸せになるようにしてくださいってお願いしてた」

花陽が、微笑みます。

「あのね、紺ちゃん」

「うん」

「私、やめる」

「やめる？」

何をやめるんですか花陽。

「ちゃんとした医者になるまで、結婚しないなんて考えていたことを、やめた」

あら。

「人はいつどうなるか何が起こるかわからないって、つくづく思った。だから、できることは、できるときにすぐやる」

「そうか」

そうですよ。その方がいいです。

「まだ誰にも言ってないけどね。実はプロポーズもしてもらっているの」

「いやそれは皆思ってたよ。絶対してるよなって」

「そっか。麟太郎さんには、私が今だと思うときでいいからって言われてる。だから、今度会ったときに言う」

「結婚しましょうって？」

こくん、と、微笑んで花陽が頷きました。

なんていいことが起こる夜でしょう。

早く勘一に知らせてあげたいですね。枕元に立ってあげましょうか。

一人で暮らしていくことは、人生を歩んでいくことは容易《たやす》いことです。その手に活計《たつき》さえあれば生きていけるのです。けれども、人は一人で生きているわけではない、というのもその通りなのですよ。

衣食住という言葉がありますが、着るものも、食べるものも、住んでいる家も歩く道も働く場所も、何もかも誰かが作って使って一緒になって社会というものを形作っているわけです。

ですから、この現代社会で暮らしている限りは、まったく知らない人であってもその人と関わりあいながら生きているというわけです。その中で、特定の誰かと一緒に、共に人生を生きていくというのは必ずしも必要なことではありません。

結婚は、恋という艀《はしけ》から愛という船に乗り込み航海を始める旅だそうです。

どの海を渡りどれほどの港に立ち寄るかは、共に乗り込んだその人と決めていく航海。そして最後に、人生でいちばん大きな別れに遭う港に辿り着くのだとか。

その港で、最後に流す涙が幸せなものであることを、周りで共に生きていく人間は願うのみです。

春 未来をあなたへ花束にして

一

毎年、我が家に春を告げてくれる庭の桜の木。

初代である堀田達吉がここで古本屋を開業しようと決めたのも、この桜が咲いていたからだと聞いています。その話からすると明治十八年より前からこの地で花開いていたということですから、相当な古木のうちに入るのでしょう。

毎年春が近くなると、今年もしっかりと咲いてくれるかなと思うのですが、無事にたくさん花をつけてくれて、その花びらが醸し出す薄紅色を向こう三軒両隣にまで届けてくれました。

どれほどの高さになっているかといえば、ちょうど天辺《てっぺん》辺りの木の枝先が、母屋の屋根の中ほどに届くか届かないかでしょうか。

実はこの桜、わたしがここに来た頃とは相当にその姿を変えているのです。

その時代に撮って残っている写真を見ると、うちの誰もが昔はこんなにシンプルな枝ぶりだったんだと驚きます。

確か我南人が生まれた頃でしたけれど、嵐の夜に風なのかひょっとしたら雷でも落ちたのか、太い幹の上の方が折れてしまっていたんです。朝起きて見たらそうなっていましたので本当に驚きましたよ。

このまま枯れてしまったらどうしようと思いましたが、本当に生命力には感嘆させられます。桜は折れたところからどんどん四方八方に新しい枝を伸ばしていき、その内何本かは新しい幹のように太くなってさらに枝ぶりをよくしていきました。その結果、今のように本当に枝の多い、全体的にこんもりとした桜になっていったのです。

夏真っ盛りの頃には葉がこれでもかと生い茂り、蔵の屋根の上から見ると、まるで庭師が鯨の形に全体を整えたのではないかと思うほどに大きくなっています。

少し剪定《せんてい》した方がいいのではないかといつも思うのですが、桜切る馬鹿梅切らぬ馬鹿と言いますよね。自然のままにしておくのがいちばんだろうとそうしています。

今年も花びらが散った後には、どんどん葉が増えこんもりとした桜になっていくのでしょう。

白梅の下に沈丁花《じんちょうげ》、そして桜の下に咲く雪柳。毎年のように順番通りに季節の花の色を届けてくれる庭の草木たちは、わたしが嫁いできた頃からずっとこの小さな庭で咲いていてくれます。

何もかも芽吹き花開いて、新たな始まりへの期待に気持ちが高まる春。

風が柔らかく暖かくなり、朝に犬のアキとサチを庭に出すときに縁側の戸を開け放っても心地よくなってきます。もっともアキとサチは季節に関係なくいつでも元気に庭を駆け回るのですが。

猫たちも、寒いからと暖かいところにばかりいることも少なくなり、あちこちに出没したり寝転がったりしています。ちょっと大変なのは犬も猫も春は換毛期なのですよね。何せ六匹もいる我が家ですから、犬猫用のブラシをあちらこちちに、いえほとんどの部屋に置いてありますね。気づいた誰かが、のんびりしている猫をそっと捕まえてブラシを掛けまくるのも季節の風物詩ですかね。

女性陣が多いことから、ひょっとしたら準備も含めて我が家ではいちばん大きなイベントになっているかもしれません雛祭《ひなまつ》りは、今年も三月三日に行いました。

合計で五セットもある雛人形。まずそれを出してくるのも大変です。ほぼ年中無休で店をやっている我が家です。前の日に誰かが号令を掛けて、蔵やら押し入れやらあちこちにしまい込んである箱を持ってきて、さて今年はどこにどうやって置こうかと皆で話し合いです。

いちばん古くもはや骨董品《こっとう》と言っても差し支えないわたしのものは、カフェに置きます。毎年これを楽しみにしてくれるお年寄りの方も多いのですよ。自分のものは子供や孫のところに譲ってしまったりとうになくなってしまったりしているそうです。

あとは古本屋にも飾り、かんなちゃん鈴花ちゃんの部屋にはそのまま二セットも。もうひとつは今年は芽莉依ちゃんの部屋に飾りました。

三月の短い春休みが終われば、新学期です。

かんなちゃん鈴花ちゃんは、小学校四年生になりました。

三年生から四年生は同じクラスのまま持ち上がりですから、もう一年かんなちゃんも鈴花ちゃんも一緒の教室です。来年、五年生になったらまたクラス替えですね。このまま卒業まで同じクラスにいてくれれば、授業参観など行事ごとの参加が何かと楽なのですけどね。

四年生はもう十歳にもなる年ですよね。ついこの間まで少し舌足らずで喋《しゃべ》っていたと思っていたのですが、今はもう話す言葉もほぼ大人と同じです。

何よりもその雰囲気が一気に、女の子から少女らしさに溢れていきますよね。よく男の子はいつまで経っても男の子のままで、女の子は少女になりそして女性になると言いますが、子供は我南人しかいないわたしでも、藍子や花陽を見てきましたからその辺りは本当によくわかります。

身長もクラスでは高い方になっています。かんなちゃんはお母さんの亜美さん、そして鈴花ちゃんはお父さんの青が背が高いですからね。このまますくすく伸びて、あっという間に着ている服も小さくなるかもしれません。女の子の服を二人分揃えるのはなかなかに大変なのですが、二人とも同じのがいいと言ってくれるので色違いを買えばいいだけでそこは助かっているようです。

芽莉依ちゃんは大学三年生になり、夏には二十一歳になります。研人も、もちろん同じですね。そもそもが可愛らしい顔立ちの二人なので、普通にしているとまだ高校生ぐらいのカップルにも見えますよね。とても夫婦とは思えません。

三年生は、もう就職を考える時期になるのですよね。芽莉依ちゃんは国際的な仕事をしたいとずっと言っていましたけれど、それが何になっていくのか。そしてもしもどこかの外国に行くようなことになるのなら、その先の研人との暮らしはどうなっていくのか。そういうこともちらほらと話題に出ています。

花陽は医大の五年生となり、二十三歳の本当に大人の女性になりますね。同い年の医大生、和ちゃんと一緒に、いよいよ本格的な臨床実習なるものに追われていく時期になっていくのだそうです。

何せ、五年生六年生と様々な実習をこなし、そして卒業試験に合格した人にだけ卒業資格が与えられて、そこで初めて医師国家試験の受験資格が得られるのだとか。厳しいのはわかっていましたが、ただ卒業すればいいだけではないのですよね。

まさに、ここからが医師への道程のスタートラインみたいな年になっていくそうです。

大人たちは毎年の春が来ようがそんなにというか、ほとんど変わりもありません。

藍子にマードックさん、紺と亜美さんたちは四十代も半ばになり、そろそろアラフィフと呼ばれるのでしょうかね。そして青とすずみさん、美登里さんは三十代半ばになってきますからこちらはそろそろアラフォーですか。イケメンであることはまったく変わらない藤島さんは、いかにも年齢不詳なのですが、紺より年下のまだ三十八歳のはずです。

我南人はもう七十代。そして勘一もいよいよ九十代になっていきます。

二人とも煙草も吸いお酒も飲んできたのに健康体であることは常に変わりません。勘一はかかりつけのお医者さんのところで毎年健康診断を受けていますが、全てがグリーンランプだといつも言われます。本当にこのまま百歳まで生きて、かんなちゃん鈴花ちゃんの結婚式でヴァージンロードを歩くかもしれません。

我南人も、〈LOVE TIMER〉のバンド活動は休止中でステージの上で激しく動くようなこともなくなっていますけれど、特に体調などには何も変わりはありません。ふらふらと出歩くこともなくなりましたが、その代わりになのか近くのジムに通うことが多くなっています。

そして、アコースティックライブをやることが増えてから、声量が増したのではないかと言われています。元々声量があるボーカリストだったのですが、小さなライブハウスならほとんどマイクいらずとなっていますよ。

そうです。この春には亜美さんの弟さんの修平さんと、女優の折原美世こと佳奈さん夫妻に赤ちゃんができたことを公表しました。安定期に入ってしばらく経つまでは秘密にしていたので、わたしたちもずっと口外しないようにしていたのですよ。

予定日は夏真っ盛りの頃です。まだ男の子か女の子か訊いてないようですけれど、どちらですかね。未来溢れる家族が増えるのが本当に楽しみですよ。


そんな四月も半ばの土曜日。

相も変わらず堀田家は朝から賑やかです。

以前にかんなちゃん鈴花ちゃんが宣言していましたよね。「研人にぃがそこにいる限り起こし続ける」と。その宣言通り、四年生になっても起きるとすぐに〈藤島ハウス〉に走っていって、研人を起こしに行きます。たまには研人も既に起きていることはないのかと訊くと「ない！」と力強く言っていましたね。

でももちろん、研人と芽莉依ちゃんが同じ部屋で暮らすようになればやめるとも言ってますからね。それはいつになることやら、です。

今日は鈴花ちゃんが研人を起こしに行き、かんなちゃんがモスグリーンのエプロンを着けて、台所に入ります。研人の話では鈴花ちゃんの起こし方はどんどん優しくなっているそうで、かんなちゃんはいまだにダイブしてくるとか。

亜美さんにすずみさん、藍子に花陽に芽莉依ちゃんに美登里さん。女性陣が台所に入り、朝ご飯とカフェのモーニングの支度です。

勘一が起きてきて上座に座り、我南人に紺に青、〈藤島ハウス〉から研人とマードックさんと藤島さんもやってきます。研人を起こした鈴花ちゃんはすかさず座卓の上の準備ですね。

今日の朝ご飯は、白いご飯とおみおつけ、具は白いお豆腐と葱と油揚げというシンプルなもの。胡麻油と柚子《ゆず》胡椒の利いた菜の花の玉子和え、昨夜も食べたミニポテトコロッケは残り物ですが人数分がありますね。ボイルしたハーブソーセージにはたっぷりの粒マスタード。納豆に焼海苔にいつもの真っ黒な胡麻豆腐、そしておこうこは柚子大根です。

皆が揃ったところで「いただきます」です。

「もう朝もあったけぇよな」

「粒マスタードまだある？」

「あ、マヨネーズなかった。持ってきます」

「もう春夏もの出そうよねぇ。冬物全部しまっちゃってえぇ」

「ぼく、きょうみうらにいくので、かずみさんのところにかおだしてきますね」

「まだ粒マスタード付けるの？　あんまりたくさん付けると舌痺《しび》れちゃうよ」

「お父さん、寝巻きはもう春夏物にしてありますよ」

「スズメは春になるとどこかへ行くのかな。ぜんぜん庭に来ないよね」

「三浦？　何かあるんですか」

「まだ寒い日だってあるから、もうちょっと待ってください。来週にはやります」

「しりあいの、artist《アーティスト》にあってきます」

「スズメは、ずっといるよ。春になったから行動範囲が広がってるんだよ」

「おい、味噌《みそ》カツソースってあったよな」

「どうでもいいことだけどさ、大じいちゃんと親父とオレとかんなって頭文字K・Hで同じなんだよね」

「はい、旦那さん味噌カツソースです」

「本当だ！ 今知った！」

「それを言ったら、私と亜美ちゃんと青ちゃんも同じよ。A・H」

「旦那さん！ 胡麻豆腐に味噌カツソースですか！」

「旨いぞ？ やってみるかすずみちゃん」

「あぁやめてください！」

胡麻豆腐に味噌カツソースなんて、せっかくの胡麻の風味を全て殺すようなものじゃないですかね。でも、味噌に胡麻を和えるというのもありそうですから、まんざら悪くもないのでしょうか。

勘一、もしも生まれ変わったら食品メーカーの開発室で働くのが案外良いのではないでしょうかね。

「そういえば研人、〈カラーナンバー7〉ってもう新曲出したけど、この後また一緒にやるとかないの？」

亜美さんです。

去年の秋でしたかね。人気アイドルの〈カラーナンバー7〉がバンドスタイルの新曲として

〈TOKYO BANDWAGON〉とコラボする、という建前でシングルを出しました。同じ曲ですが、歌詞と編曲が少し違うという『インサイド・ラブ』は〈Color No.7〉version と〈TOKYO BANDWAGON〉version の二通りがあるんですよ。

「だい hit《ヒット》ですよね。ものすごくうれたって。〈TOKYO BANDWAGON〉のもおなじぐらいに」

そうらしいですね。そして研人たち〈TOKYO BANDWAGON〉のファン層もかなり拡がったのではないかと我南人は言っていました。作曲〈TOKYO BANDWAGON〉としてアイドルの楽曲制作を引き受けた研人の判断は大成功だったわけです。

「やらないってわけじゃないけどね。〈カラーナンバー7〉と一緒にステージに出たし皆と仲良くなったしさ。ただまぁあの〈アテーナイ〉のプロデューサーが何考えてたのかはうやむやにしちゃったけど。向こうもこっちの提案をそのまま呑《の》んで進めてくれたからね」

芽莉依ちゃんも含めて研人たちを取り込もうという変な企みをしたのではないかという疑惑ですよね。事を荒立てないためにも、お互いにいい結果を出しましょうという、言ってみれば玉虫色の決着となりました。結局、向こうの誰がどんなことを考えていたのかは藪《やぶ》の中です。

「普通はまた声を掛けてくるとは思えないけどぉ、そこは芸能界だからねぇ。売れれば正義でぇ、あれでものすごい実績出したからまた言ってくるかもねぇぇ」

「まぁ〈カラーナンバー7〉はバンドスタイルでまたやるみたいだし、そのときに話が来たら断りはしないよ」

皆いい子たちばかりでしたよね。本間ハルカさんはあの後にあの恋愛小説をさらに推敲《すいこう》を重ねて出版しました。

「ハルカちゃんの本も売れましたしねー。や、売れるのはもうわかっていましたけど、こっちに回ってくるのも早かったですよね」

すずみさんです。新刊が古本屋に回ってくるサイクルの話ですね。大体すごく売れた本はその分だけ早く、しかもたくさん古本屋に回ってくるものです。

そういう意味では古本屋にたくさんある本というのはすごく売れた本で、滅多にない貴重な本というのは、裏を返せば新刊のときにたくさん刷っていない、つまり売れていないということにも繋がります。もちろんそれが作品の質に繋がるわけではありませんよ。

「でも古書業界全体に意外と出回らなかったのは、やっぱりファンが買うからだろうね。手放さないんだ」

紺です。

「ファンはありがたいよぉ。僕たちみたいなのがやっていけるのはぁファンあってのことだからねぇえ。研人たちも大事にしないとぉお」

「わかってるよ」

その通りですね。それはミュージシャンや小説家はもちろん、どんな商売でもそうです。買ってくれるお客様がいるからこそ、商売人はやっていけるのですから。

「あのですね」

花陽です。ご飯を食べ終わりましたか。箸をとん、と置いて皆を見回します。

「もうお母さんとマードックさんには話したのですが、皆さんにもご報告があるのです」

「なんだよ改まって」

「麟太郎さんとの結婚式を、夏に行うことにしました」

おっ、と声が上がります。

「決めたのか」

ニコッと微笑んで、こくりと頷きます。花陽が、麟太郎さんと在学中に結婚することに決めたという話を皆にしたのは、二月のことでしたよね。誰も反対はしませんでしたし、むしろホッとしていましたよね。医者になるまで待っているうちに別れてしまうのではないかとか、その前に勘一がぽっくり逝っちゃうかもしれないから早くしてくれた方がなぁ、とかそこここで皆が話していましたから。

そして、先月には麟太郎さんが我が家にやってきて、改めて、藍子とマードックさんに挨拶をしていきました。藍子は母親で、マードックさんが継父ですから。そんなことはしなくていいと言っていたんですけれどね。もちろん、勘一にもそして我南人にもです。つまりはいつもと同じようにうちに来てご飯を食べる状況と何も変わりはなかったのですが、本当に皆で大喜びしましたよ。

「夏って、いつの夏!?」

かんなちゃんと鈴花ちゃんがユニゾンで言います。どうしてこの子たちはそっくり同じ言葉を同時に言えるのでしょうね。本当に不思議です。

「はちがつのじゅうごにちですよ」

「お盆じゃん！」

研人です。

「何だってそんなクソ暑くて坊さんたちも忙しいときに？　麟太郎さんの都合？」

　ううん、と花陽が首を横に振ります。

「いろいろ考えたんだけれど、お盆にしたら皆来てくれるんじゃないかなって麟太郎さんも言って」

「皆？」

「大ばあちゃん、おばあちゃん、そして、お父さん」

　すずみさんを見て、すずみさんもちょっと眼を丸くしてから、嬉しそうにうんうんと頷きます。お父さんとは、亡くなられた槙野春雄《まきのはるお》さん。花陽とすずみさんの実の父親のことですね。

「それに、ボンさんも。ボンさんの奥さんも」

「あぁ、そうだねぇえ」

　我南人も頷きます。麟太郎さんのお父さん、我南人たちの盟友ボンさんこと東健之介《けんのすけ》さん。二人が付き合っていることを知ってから逝ってしまいましたね。ご両親を亡くした麟太郎さんは、ほとんど天涯孤独の身の上です。ご親戚はいるにはいるのですが、ほとんど没交渉でおそらく結婚式に呼ぶこともないとか。

「皆、来てくれてお式に出てくれるんじゃないかって」

　それで、お盆の真っ最中にですか。

「いいじゃねぇか。いい考えだ。暑いったってどうせ披露宴は建物の中だろう。あ、挙式はどうすんだ。祐円の野郎はうちでやらないと呪い殺すって言うぞ？」

　笑います。

「ちゃんと、祐円さんのところで神前でやらせていただきます」

「お盆に神様ってのも何でもありでいいか」

そうですね。いいじゃありませんか。

「すみませんが、藤島さんも美登里さんも、空けといてもらえますか？」

「もちろんですよ。万難を排してその日を待ちます」

美登里さんももちろん、と頷きます。

「それでね、おじいちゃん、研人」

「うん？」

「なにぃ？」

「披露宴では、ぜひ〈LOVE TIMER〉と〈TOKYO BANDWAGON〉でライブをお願いしたいですって麟太郎さんが」

「おっしゃ！」

研人が拳を振り上げます。

「任せといて！　八月十五日ね！」

「もちろんだよぉ。ジローも鳥《とり》も張り切るよぉお」

素晴らしい結婚式になりそうですね。今から楽しみですよ。

「あ、ところで披露宴会場は？」

「Hホテルで。もう予約してあります」

この間、羽須美ちゃんもしたところですね。

「あーじゃあ水上に写真撮ってもらうからちょうどいいか。お姉さんもいるから先に図面貰っちゃおう」

そうですね。Hホテルには水上くんのお姉さんに、のぞみちゃんのお継父《とう》さんもいらっしゃるのですよね。

朝ご飯が終わればそれぞれに朝の支度が始まります。

カフェには藍子と亜美さん、それに土曜日ですからホールにかんなちゃん鈴花ちゃん。美登里さんが今日は入るようです。お掃除などの細かな家事はすずみさんと花陽と芽莉依ちゃんですか。マードックさんは知り合いのアーティストの方と会うために三浦へ。ついでにかずみちゃんと池沢さんのところに寄ってくれるようですから、帰ってくるのは晩ご飯の頃になりますか。

紺と青は、今日は家にいるという我南人と研人も一緒に〈ステージバス〉の準備作業ですね。

一年後にはオープンするクリエイターズ・ビレッジ〈ステージバス〉。

複合的な芸術の教室で、ライブや演劇も行える施設、そしてもちろん録音ができる音楽スタジオ、さらにはアーティストオフィスの機能も兼ね備えます。もちろん、我南人たち〈LOVE TIMER〉も〈TOKYO BANDWAGON〉も、藍子もマードックさんも紺も、それぞれアーティストとして所属することになります。

既に〈アートウ〉としての機能は終わり、向こうは完全な空き家になっていますので打ち合わせの場所を作ってそこでやろうという話もあったのですが、やはり改装の邪魔になるのでずっと居間が〈ステージバス開業準備室〉になっています。いろんなものが仏間にも置かれているので少し雑然としているのが玉に瑕ですが。

「おはようございます！」

「おはようございます！」

オープンしたカフェにかんなちゃん鈴花ちゃんの元気な声が響きます。古本屋も雨戸を開けて開店して、勘一がどっかと帳場に座り込みます。

「はい、大じいちゃんお茶」

「おう、研人。ありがとな」

研人がお茶を持ってきましたね。この子は実は勘一と同じで熱さに強いらしく、このとんでもなく熱い湯呑みを普通に持ってきますよね。ギターやってるから指の先端の皮が分厚いせいじゃない？　と本人は言ってますがどうなのでしょう。

からん、と土鈴が鳴って入ってきたのは、いつもの祐円さんですね。

「ほい、おはようさん」

「おう、おはよう」

「祐円さんおはよう。何飲む？」

「おっ、研人おはよう。コーヒーにするかな。牛乳入れてな」

祐円さん、今日の出で立ちはそのまま研人に着せても似合うと思われる、カーキ色のパーカにホワイトジーンズですね。足元は春らしい色の緑色のスニーカーです。祐円さんは頭がつるつるですので、こうして若い格好をしているのを見ると芸人さんの師匠と呼ばれるような人みたいですよね。とても元神主だとは思えません。

「また孫に新しい〈お上がり〉を貰ったのか」

「残念、こりゃあ古着屋で買ったやつだ」

「え、祐円さん古着屋に行くの？」

おう、と、帳場の横に座りながら頷きます。

「老人は古いものは何でも好きなもんだ。お前の大じいちゃんもそうだろ」

「一緒にするな。俺ぁ新しもん好きだぜ。これを見ろ」

勘一が文机の上に置いてあるiPhoneを指差します。

「お、なんだよスマホ買ったってか。俺も持ってないのに」

「古いの貰ったんだよ研人に。電話はできねぇがネットはできるぜ」

新しいのを買ったので、研人が使えばいいと教えてくれるのですよね。写真なども撮れますし、実はボケ防止に指を使うことは有効と言われて、研人に教えてもらったゲームなんかもやっていますよ。

「はい、祐円さんコーヒーです。牛乳入れときましたよ」

「おう、すずみちゃんありがとな」

「そういやあれか？　花陽から聞いたのか？」

勘一に言われて、ポン！　と祐円さん膝を打ちます。

「昨日の夜な！　いや電話を受けたのは康円《こうえん》でな。俺はさっき聞いたんだが、いや目出度《めでた》いな！」

「結婚するこたぁ前に言ったろう」

「聞いたけどうちでちゃあんとやってくれることが目出度いんだよ。バッチリ全部空けとくから安心してくれ。あれだ研人。どうせ記念写真なんかは水上くんが撮るんだろ？　うちで手配はいらねぇよな」

「あー、どうかな。あいつも一応出席者になるかもしれないし。確認するよ」

そうですね。〈TOKYO BANDWAGON〉専属カメラマンですからステージをやるならその写真は撮るでしょうけれど、花陽の方の出席者として出てもらうこともできますよね。

「そういやぁ、水上くんは近頃顔を見ねぇな。あれか、受験生だったからか。もうあいつも大学生になったんだよな？」

「そうだよ」

都内の国公立大学に受かったと言ってましたよね。水上くんは成績も良かったそうですから。

「忙しいのか。受験終わって大学に入ったばかりだもんな」

うん、と研人頷きます。

「それもあるけどね。まぁそもそもオレらのステージを撮るんだからうちに来なくてもいいし」

「いや前はしょっちゅう来てお前たちの普段の様子も撮ってたろう」

そうですね。それだけじゃなく我南人やお店の様子も随分撮影していました。若いのに古い建物が大好きですからね。

「いや、ここに来ちゃうと、ほぼのぞみちゃんに会うからさ」

それは、会いますよね。二人が来るのはほぼ土日に限られますから。

「会うって、あいつらはアパートで隣同士だろう。毎日会ってるんじゃねぇか？」

「いや、隣だからって毎日顔は合わせないよ。っていうかお互いに親のいるところで会わないでしょ。幼稚園児じゃないんだから」

「あぁ、まぁそうか」

そうですね。同級生なら毎日一緒に学校に行ったりで顔は合わすでしょうけど、二人の年齢差は四歳ありましたかね。

「あのねぇ」

何かちょっと困っていますね研人。

「え、ひょっとして研人くん。あの二人に何かあったの？」

すずみさんです。

「やーそういうわけじゃないけど。でも知っておいた方がいいかな。あのさ、のぞみちゃんはもう兵衛お兄ちゃんが大好きじゃないか」

三人とも頷きますね。それはもう、皆がわかっていますよね。

「まぁほぼ幼馴染みなんだけど、今は大学生と中学生っていう年齢差じゃん。でものぞみちゃんの気持ちはさ、もう恋になってるじゃん。小学生の頃の大好きな隣のお兄ちゃんから発展してさ」

「あ、わかった」

すずみさん、うん、と頷きます。

「水上くんはもちろんのぞみちゃんのことを嫌いじゃないけれども、今の段階でその気持ちを受け止めて一緒にいるっていうのは違うって思ってるのね？　だから、なるべく外では会わないようにしてるんだ」

「まぁ、そんな感じかな」

うむ、と勘一も頷きます。

「知らないやつが傍《はた》から見りゃあ大学生と中学生が付き合ったら、そりゃあちょいとマズイと思われるわな」

「確かになぁ。大人になればそれぐらいの差は普通だけどな」

祐円さんも頷きます。たとえば二十五歳と二十一歳でしたら、本当に普通にお付き合いしてあたりまえですからね。

「前のこともあるんだよ。あののぞみちゃんの写真でスカウトが来たりお父さんが芸能界に入れようとしたりの。結局自分があんな写真撮るから拙《まず》かったんだ、なんて考えているからさ。あれからのぞみちゃんの写真は一切撮っていないっていうし」

「それについちゃあ、うちにも責任が大いにあるがな」

のぞみちゃんの写真をパネルにしてカフェに飾ってしまいましたからね。それが直接トラブルの原因になったわけではありませんでしたが。

「向こうのお父さんお母さんものぞみちゃんのことは心配してるしさ。いくら隣同士で幼馴染みでよく知ってるっていっても、この年齢差の二人が家の外でもいっつも一緒にくっついていちゃあ、それは気が気でないでしょう」

「確かにね。旦那さんも花陽ちゃんが小さい頃に藤島さんに夢中になっていたときはやきもきしてましたよね」

勘一が苦笑します。そうでした。花陽は小さい頃イケメンの藤島さん大好きでしたよね。今はかんなちゃん鈴花ちゃんがそうですけれど。

「まぁ、な。そういうことなら話も気持ちもわからんじゃあないな」

「ま、だから水上はあんまりうちに来ないの。のぞみちゃんはほぼ土日に部活の時間以外は来てるからさ」

そうですね。のぞみちゃん、中学校に入ってからは部活を合唱部にしましたよね。のぞみちゃんの歌声はとても雰囲気のあるウィスパーボイスというもので、研人はぜひ歌ってほしいと、のぞみちゃんのための曲も作って、作詞させて、ゲストボーカルとしてアルバムに入っていますよね。

合唱部ではそのウィスパーボイスはあまり効果を発揮しませんので、メインにはならずにアルトをやっているそうですけれど。

二

晩ご飯の時間になりました。

秋冬の寒い間は九時半から十時ぐらいを閉店にしていたカフェですが、春になって夜の外出も楽しくなってくる頃ですからね。閉店時間は十時半から十一時と一時間遅らせています。

それでも晩ご飯の時間はいつもと変わりありません。古本屋を閉める七時ぐらいに皆が集まって、カフェに立つ人以外は一緒に食べるようにしています。

いつもなるべく皆が早くご飯を食べられるようにと、いわゆる早飯食いの人がカフェと交代するようにしているのですが、大体は我南人と紺と青なんですよね。

勘一もかなり早飯食いなのですが、さすがにカフェに立たせるわけにはいきません。やらせればコーヒーを淹れるのも何でも一通りはできるのですけれどね。

カフェには藍子と亜美さんがいて、三浦に行っていたマードックさんも帰ってきていました。すずみさんと花陽と芽莉依ちゃん、かんなちゃん鈴花ちゃん、勘一に我南人に紺と青と研人、藤島さんと美登里さんも来て、皆が揃ったところで「いただきます」です。

基本的にはすぐに食べられるメニューにしている晩ご飯。今夜は水餃子《すいぎょうざ》のスープですか。それに白いご飯にサラダチキンで作った棒棒鶏《バンバンジー》に人参シリシリと中華メニューが中心ですね。それに常備菜の牛肉と牛蒡の時雨煮《しぐれに》です。

「ねぇ、研人」

食べながら花陽が研人に言います。

「うん？」

「私、さっきHホテルに行って帰ってきたの」

確かに花陽はどこかへ外出していましたが、ホテルに行っていたのですね。

「いろんなもののパンフレットとかを揃えに行ってきたんだけど、そこで水上くんのお姉さんに声を掛けられたのよ。一階のカフェのオープンキッチンにいたらしくて。私を知ってて」

「へー！　偶然だね。水上がうちの皆の写真いっぱい撮ってるから、写真見て知ってたんだよきっと」

「水上くんのお姉さんはぁ、そこのパティシエだったねぇえ」

我南人です。研人がそう言ってましたね。

「そう、私のことも写真を見て知っていてすぐにわかったって。で、いつも弟がお世話になっているのに何のお返しもできてなくてって、こんなものですみませんってその場でケーキ貰っちゃって」

「ケーキ？」

かんなちゃんも鈴花ちゃんも素早く反応しましたよ。眼がキラキラしています。

「ご飯食べたらね。冷蔵庫に入ってるから。一人で食べちゃダメだよ」

うんうんと頷きます。

「まさかうちの人数分？」

すずみさんです。

「お姉さん最初はそう言ってくれたんだけど、とんでもないですって。持って帰るのも一苦労だから、じゃあ二人分だけケーキいただいてあとは焼き菓子でって」

かんなちゃんと鈴花ちゃんの分ですね。その方がいいです。我が家の人数分のケーキをいただいたらこちらが恐縮してしまいますし、本当に持って帰るのも大変です。

「水上くんのお姉さんっていくつなんだ研人」

青が訊きます。

「えーと、十歳違うって言ってたから、二十八？　とか二十九とかかな？　あいつの家ね、言ってなかったと思うけどお母さんいないんだ」

「そうだったのか？」

「水上がまだ五歳か六歳ぐらいの頃に交通事故だって」

すずみさんも芽莉依ちゃんも哀《かな》しそうに顔を顰めます。

「そうだったんですね。じゃあ、みずかみくんは、おとうさんとおねえさんとのさんにんかぞくでくらしてきたんですね」

「フィルムカメラは祖父さんに貰ったって前に言ってたな」

「遺品ね。だから十歳違うそのお姉さん、あ、名前はひらがなのさゆりさん。さゆりさんがほとんど母親代わりだったってさ。それもあって料理の道に進んで、今はホテルのパティシエになっていると」

水上くんが五、六歳のときだとすると、さゆりさんは高校生ぐらいですか。それからきっと家事を、水上くんとお父さんのご飯などをずっと作ってやってきたのでしょうね。大変でしたね。

「そういえば、お父さんのことも知らないね」

紺です。

「親父さんは、病院事務だったかな。すごく真面目で普通のお父さんだってさ。だから水上はうちの父親たちがどんなに変かよくわかるんじゃないかな」

笑うしかありませんね。そして笑ってます。

確かに一般的な職業の方々からすると、我が家の父親と呼ばれる者たちはかなり変であることは間違いありません。

水上くんは、年の割にどこか大人びた、落ち着いた雰囲気がある男の子ですよね。そういう家庭環境もあったのでしょうか。

「そう、それはいいんだけどね。ここで披露宴をするって話になって、おめでとうございますって。それで、のぞみちゃんのお父さんも厨房にいるはずだと思ってそういう話もしたんだけど、そうしたらね。のぞみちゃんのお父さん、辞めたんだって」

「辞めたの？」

春野さんがですか？

「今は、無職みたい」

「何で辞めたの？」

研人が訊きます。

「そこまで話はできなかった。お姉さんは仕事中だったし」

「それは聞いてないねぇえ。いつ辞めたのぉ？」

我南人も、そして紺も知らなかったのですね。

「だから、それしか聞いていないの。研人も知らないのよね？」

ぶんぶん、と首を横に振ります。

「え、誰かのぞみちゃんから聞いてない？」

皆が顔を見合わせましたが、誰も聞いていませんよね。

「そういえば、今日は来てなかったなのぞみちゃん」

「そうね。来なかった」

土日の部活がない日に必ず来ているというわけではありませんが、ほぼ、顔を出していましたよね。

「先週は確か来ていたと思ったけれど、何も変わった様子もなかったし、聞いてないな」

紺が言って、すずみさんも頷きます。大抵は古本屋で、本の整理を手伝ったり、本を読んだり。紺がいれば小説の話をしたりしていますよね。

「まぁ、転職とかかな。他のホテルに引き抜かれたとかよ。腕のいい料理人なんだろ？」

「それは間違いないねぇえ。でも前に会ったときにはそんな話はしてなかったしねぇえ」

ううん、と皆がそれぞれ考えます。

「だからどうしただけどね。知人だけど他人様《ひとさま》のことだから」

青です。それは確かにそうですけれど。

「ご飯食べたら水上に訊いてみるよ。お姉さん詳しいこと知ってるのかって」

研人が急いで食べ始めました。

「そうだねぇえ、それによってはぁあ、僕も本人に電話してみるよぉお」

「のぞみちゃんのお父さんなんだし心配になっちゃうよ。披露宴をするホテルだっていうのもすごく気になるし」

「だな。これでのぞみちゃんが悲しむことになっちまうなら、そりゃあ知らん顔なんかできねぇだろ。まずは研人訊いてみろ」

その通りですね。他人様の家のことに首を突っ込むのもあまりよろしくはありませんが、子供たちが知らない同士ではないのです。その子たちの未来を共に考えるのは親同士の仕事です。

ご飯を食べ終わった青が亜美さんと、花陽が藍子と交代してカフェに立っています。青と花陽の叔父姪コンビはちょっと珍しいですね。

藍子も亜美さんもそれぞれ食べ終わって、お茶を飲んだり片づけ始めようと思っていたそのときです。iPhoneをいじっていた研人が声を上げます。

「あれ？」

「どうした」

顔を上げます。

「水上にＬＩＮＥしたら、お姉さん、うちに向かってるって」

「え？」

さゆりさんでしたか。うちにですか。

「何で？」

「今日花陽ちゃんに会って、お礼したけど余計に中途半端になっちゃったから改めて持ってくって」

「何を持ってくるんだ」

「ケーキ」

ケーキですか。花陽の声が、カフェから聞こえてきました。

「研人！　大じいちゃん」

慌ててカフェに向かうと、お客様ですね。

ベージュのスプリングコートを着て、ショートカットで笑顔が愛らしいお嬢さんが立っていました。しかも、大きな明らかにケーキが入った箱を抱えてます。そうです、Ｈホテルのマークが入っていますよね。

「水上くんの、お姉さん」

「初めまして！　水上さゆりと申します」

まぁまぁわざわざ。そんなにたくさんのケーキを抱えて。

ちょうど座卓の上を片づけ終わるのが間に合いました。カフェから居間に上がっていただきまして、さゆりさん丁寧にお辞儀をされます。

初めましてですけれど、さゆりさんは水上くんが撮った写真で、うちの家族の顔を大体は把握しているとか。ただ名前までは覚えていなくて、研人のお父さんお母さんということはわかっていたし、花陽に関してもやはり同じ学校の先輩ですからね。水上くんからもちゃんと聞いていたと。

花陽もすずみさんと交代してこちらに来ましたね。

「本当に、本当に堀田家の皆さんには兵衛がずっとずっとお世話になっているのに、これまで何もしないでいて、ご挨拶とお礼に伺わなきゃならないとずっと思っていたんです。申し訳ありませんでした」

「いやいやいや、さゆりさんね。そんなのはなしにしましょうや。ほれ子供たちが仲良しでいつも遊んでいるってだけの話ですぜ」

「そうですよ。こちらこそ、水上くん、兵衛くんにはうちの研人たちがお世話になっていて」

亜美さんですね。

「今日、本当に偶然花陽さんにお会いできて、思わずその場でケーキと焼き菓子をお渡ししてしまったんですけれど、後になってご挨拶にも行ってないのにかえって失礼だったと思い直して、改めて今日このままご挨拶に行かなきゃと。あの、うちのホテルのケーキですけれど私が作ったものなんです」

人数分、藤島さんや美登里さんも含めて水上くんにLINEで訊き直して、仕事上がりに詰め込んで持ってこられたそうです。

お気持ちはよくわかりますね。花陽に偶然会えて挨拶できて、この機会を逃すとまたいつまで経ってもお礼に伺えないと思ったんですよね。実は、そういうものなんだと思いますよ。人と人とのちょうど良い距離感のお付き合いって。

「まぁせっかくなんでこれはありがたく頂戴致しますが、もうこういうのはこれっきりでいいですからな。どうぞ今度からは気軽に遊びに来てくださいや。お宅のホテルには敵わねぇでしょうけど、旨いコーヒーやケーキもありますんで」

「そうですよ。花陽がね、そちらで披露宴をするっていう縁もできたことですし」

「はい！」

さゆりさんが笑顔になって頷きます。さゆりさん、本当に良い笑顔です。もしも店頭に立たれるようなお仕事をしていたら、その笑顔だけでお客様が増えますよ。

「披露宴のデザートは私が作りますから。あ、もちろんウエディングケーキも！　あの、良かったらね花陽さん」

「はい」

「これから打ち合わせのときに、ウエディングケーキの希望を出すときに私の名前を言ってもらえれば、私が担当できますので、ぜひ」

「あ、わかりました。そうします」

たくさんパティシエの方はいらっしゃるんでしょうからね。シフトとかで作る人間を決めるのに、お客様の直接希望があれば通るのでしょう。

「研人くん、いつも兵衛はCDとか貰っているけれど、私ちゃんと買って聴いています。大好きです〈TOKYO BANDWAGON〉」

「わ、ありがとうです。でも言ってくれれば。今度から二枚ずつ水上に渡すから」

「いや、もう実は友達にも自慢してるんです。弟が〈TOKYO BANDWAGON〉の後輩で、写真撮ってるんだよって」

嬉しいですね。

「あ、もちろん〈LOVE TIMER〉も聴いています！　うちの父がファンなんですよ。LPも持っています」

「わぁ、本当ぉ。嬉しいねぇえ。お父さんお幾つだっけぇえ」

「今年で五十になりました」

五十歳ですと、若い頃は、我南人たちがまだ現役バリバリで歌っていた時期ですね。LPを買っていたのもギリギリの世代でしょうかね。

「そう、それでねぇえ、さゆりさん」

「はい？」

「さっきねぇ、花陽が聞いたようなんだけどぉ。春野くんねぇ、ホテル辞めたってんだけどぉ、どうしてかとか知ってるかなぁ」

さゆりさんの表情が少し曇りましたね。

「いや、知ってるだろうけど春野のぞみちゃんもうちによく来てもらってんだ。そんなんで春野さんとも縁があるんだが、まるで知らなかったもんだから、さっき聞いたときにそりゃまたなんでだ、と。ちょいと心配になっちまって、研人を通じて訊いてみようと話していた矢先なんだよ」

勘一が続けて、こくり、と、さゆりさん頷きます。

「私も、心配しているんです。春野さんのこと。お隣さんですし、もう何年も同じ職場で働いてきた仲間ですから」

難しい顔をしていますね。

「何か、あったというようなニュアンスですが」

紺に言われて、小さく顎を動かします。

「ホテルの恥を晒すようなことになってしまいますから、できれば内密にしてほしいのですけれど」

「そういうんなら、もちろんそうしますぜ」

「わかりやすく言えば、厨房内の権力争いに春野さんは負けてしまったんです」

「権力争い」

「ホテルの厨房というのは、本当にたくさんの料理人たちが働いています。新人や洗い場担当などを除いて直接料理に携わる料理人たちの技術は、皆そう変わりありません。腕のいい人ばかりが働いています」

「そうでしょうな。特にHホテルさんは歴史ある名門ホテルだ。ちょっとやそっとの腕で厨房に入って料理することぁできねぇでしょう」

はい、とさゆりさん頷きます。そんな中でさゆりさんもまだお若いのにパティシエを任されているんですよね。大したものですよ。

「権力争いと言いましたが、派閥争いになるんだと思います。総料理長の下に副が二人、またその下に何人というピラミッド型の組織になりますけれど、どっちのラインで誰が上に行くのかというのは、もちろん病気とか個人的な退職とかは別として副料理長同士の個人的な判断になるのですよ」

なるほど、と皆が頷きます。

「それで、春野さんが上に行くのかそれとももう片方のラインの誰かが上に行くのかで、春野さんには、身に覚えの無い失態や個人的な醜聞などが、出回ったんです」

「それは、単純に言うと、春野さんは料理の失敗を誤魔化してばかりいるとか、酒浸りで仕事しながら酒を飲んでるとか、そういうようなことが話されたというものですか」

紺です。さすが小説家ですね。そういうのがすらすら出てきますか。

さゆりさん、大きく何度も頷きます。

「そうなんです。まさしくそういうような、思い出すのも腹立たしくなるようなことを春野さんは噂されたんです。そういう噂を流して上に信じさせた人も、私は知っています。悔しいことに同じホテルで働く仲間なんですけど」

唇を嚙みしめます。よほど腹に据えかねているんですねさゆりさん。

「え、そんな嘘で辞めさせられたってこと？　バカしかいないの厨房の上の人って」

研人です。失礼ですけどそう思いますよね。

「信じられなかったですけれど、バカしかいなかったのかもしれません。あるいは、ひょっとしたらその方が都合が良かった人が上にいるのかもしれません。同じところで働くものとして、言いにくいですけど」

「あれかい、その春野さんの対抗馬になったっていうのが、ホテル経営に絡んでいるような奴の関係者だとか、大方そんなようなことかい」

何も言わずに、唇を引き締めながらさゆりさん、小さく顎を動かしました。

「ひどいのは、ホテル業界は、特に料理人の業界はせまいところです。春野さんがそういうことで辞めさせられたというのは、あっという間に知れ渡ります。おそらく、大きなホテルはどこも春野さんを雇わないでしょう。地方のホテルなどはわかりませんが、それでもうちのホテルを辞めた理由はなんだと勘ぐられるのは間違いありません」

うーん、と皆が唸ります。

「わかりますね」

じっと聞いていた藤島さんです。

「同じですよ。ＩＴ業界でも、たとえばあるプログラマーにとんでもない噂が流れたとしたら、それはすぐに広まり、あぶなくて雇えない、とどこの企業も思います。そしてそれを打ち消すのは、たとえ噂が真実ではなかったとしても容易ではありません。自分の力でまたはい上がっていくしかないんですよね」

嫌な話ですが、確かにそういうのはよく聞く話です。

「それは、いつの話なのぉ？」

「つい、十日ほど前です。本当に私たちも驚いていたんです。あの、私はお隣さんとはいえすごく春野さんと親しいってわけではありませんけれど。そもそも春野さんが再婚されて隣に来たのは五年ほど前ですし」

うん？　と勘一が首を前に出しました。

「五年？　そういやそうか。最初にのぞみちゃんがうちに来たときにはまだ離婚前だったか。あ？　するってぇと」

「違うよ大じいちゃん。のぞみちゃんと水上は最初からお隣さんだったんだよ。そこに再婚した春野さんが引っ越してきたの」

あぁ、と何人も頷きました。

勘違いしていましたね。そうでした。のぞみちゃんは離婚前に、前のお父さんとお母さんの家を行ったり来たりしていたんでしたっけね。だからお母さんとのぞみちゃんが暮らしていたアパートの部屋に、再婚した春野さんが来たのでしょう。

「そうです。のぞみちゃんは本当に幼稚園ぐらいの頃から知っています。兵衛とは幼馴染みですから。それで、まだ五年ほどの付き合いですけれど、春野さんはとても正直でセンスも腕もある料理人なんです。正直さが軽さと誤解される向きもあるみたいですけど、普段ものぞみちゃんのためにいい父親であろうと心から思ってるいい人なんです。それは、奥さん、絢子《あやこ》さんもわかっています。だから、本当に悔しいんです今回のことは」

憤懣《ふんまん》やる方ない、ですね。さゆりさん。

「じゃあぁ、春野くんはぁ、職探しをしているけれどぉ、同じようなホテルの厨房に入るのはほぼ無理めな感じってことだねぇえ」

「わかりませんけれど、おそらく都内の大きなところは無理じゃないかと、同じ料理人たちが言っていました」

「まぁ料理人の世界はホテルだけじゃねぇけどな」

それでも、なかなか厳しい状況に追い込まれていたというわけですね春野さんは。今日、のぞみちゃんが姿を見せなかったのも、案外そんなことがあったからなのでしょうか。

「あの」

芽莉依ちゃんですね。

「はい？」

「水上くん、兵衛くんですけれど、あまりのぞみちゃんと外で会わないようにしているっていうのは、お姉さんは知っているんでしょうか」

それは芽莉依ちゃんも知っていたんですね。研人が知っていることはほとんど知っているんでしょうね芽莉依ちゃん。

さゆりさん、ちょっと苦笑いのような笑みを浮かべます。

「知ってます、というか私も父もそう言っているんです」

「そうなのかい？」

「小さい頃はまだしも、今は大学生と中学生ですから。本人たちの気持ちどうこうではなくて、二人のためにももう少し時が過ぎるまで、二人きりになる状況は作らない方がいいと。兵衛がもう大きいんだからコントロールしなさいって。もちろん、それは兵衛からのぞみちゃんにも、きちんと話しておきなさいって言ってあります」

そういうことでしたか。でも、確かにそれが今のところは賢明な手段かもしれません。

春野さんの話はちょっと辛い話でしたが、さゆりさんともまた新しい縁ができて嬉しかったですね。

ぜひまた遊びに来てください、ホテルに来られたらぜひどうぞと話して皆で見送りましたが、いつの間にか我南人が外出の格好をして、ちょっと出かけるからついでに駅まで送っていくと言って一緒に歩いていきましたね。

送っていくのはマナーとしてとてもいいことですが、どこへ行くんでしょうね。近頃は夜の外出もほとんどしなくなっていたんですが。

＊

翌日になりました。

日曜日ですから、いつもならかんなちゃん鈴花ちゃんは開店からカフェのお手伝いです。

でも、今日は会沢家の小夜ちゃんと一緒に、なんでも凄いプラネタリウムやいろんな体験ができるところに遊びに行くとか。前から決めていたんですよね。

本当ならうちから紺や青、亜美さんかすずみさんが一緒に行かなきゃならないのですが仕事があります。夏樹さんと玲井奈ちゃんもそれをわかっていてちゃんと連れて行くから大丈夫、と誘ってくれているのですが。

でも、芽莉依ちゃんが今日は何も予定がないので一緒に行ってくれるそうです。助かりますね。私も堀田家の嫁の一人ですからって。かんなちゃんにとっては義理のお姉さんで、鈴花ちゃんにとっては、何でしょうね、従兄《いとこ》のお嫁さんですから、そのまま従姉でいいんですかね。

モーニングに来てくれたお客様にご挨拶だけして、かんなちゃん鈴花ちゃんが芽莉依ちゃんと一緒に出かけていきます。

カフェは藍子と亜美さんにマードックさん、古本屋は勘一にすずみさん。花陽は日曜ですが実習の関係で和ちゃんと一緒に大学へ行きました。

紺は居間で執筆に、我南人と研人と青も居間です。日曜日でも〈ステージバス〉の音楽関係のものを打ち合わせ中ですよね。藤島さんと美登里さんも、今日は日曜で何もないそうなので、そこに参加すると話していましたね。

ちょうど一年後の来年の春、様々な芸術の教室ができあがりますが、募集を掛け始めるのは六月頃からと聞いています。でも、もうあちこちから依頼や問い合わせがたくさん来ていて、青はノートパソコンをMacBook Air《マックブックエアー》というものに新調しました。古本屋のあれこれで使っていたものでは対処し切れないので、完全に分けるようにしたみたいです。その方が混乱しなくていいいですね。

小さな子供の声が響かないだけで、わりとのんびりとした時間が流れます。雲が多いですがそこここに青空は覗いていて、風もなく本当に穏やかな春の一日です。

九時半を回ったときに、「ごめんください」裏玄関から女性の声が聞こえます。どなたかが見えました。

紺が出迎え、何か話しています。どなたでしょうか、紺が招き入れて居間に入ってきました。

あぁ、この方は。

「研人、のぞみちゃんのお母さんだ」

「えっ、あ、こんにちは」

そうですよ。あのときにお会いしています。春野のぞみちゃんのお母さん、絢子さんですね。うちに来られるのは久しぶりですが、絢子さん、どうしたのでしょうね。少しばかり疲れた様子に見えるのですが。

挨拶をして、座卓についてもらいます。勘一も古本屋から居間に来ましたね。

「突然お邪魔してすみません。お電話してからとも思ったのですが、年中無休で開いていると聞いていたので皆さんおいでだろうと」

「そりゃあもう、営業中ですからな。もういつでも突然で構わねぇんですが。今日は、のぞみちゃんはどうしましたかね」

「部活に行っています。お昼には帰ってくると思いますから、それまでには私も帰るつもりなのですが。あの、そののぞみのことでちょっと」

何かあったのでしょうか。表情を曇らせていますね。絢子さん、手にしていたバッグから何か封筒を出してきました。これは、銀行の封筒です。よくATMのところに置いてあるものです。

「実はこれ、現金が入っているんですが、のぞみが突然持ってきたものなんです」

「現金」

「のぞみちゃんが?」

「十数万、入っているんです。そしてこれは通帳なんですが」

よく知る銀行の通帳ですね。これはのぞみちゃん名義の通帳です。

「確かに、この金額ぐらいが口座には入っていて、これを使ってとのぞみが持ってきたんです」

使って、ですか。

「それは、どういう」

顔を顰めて、絢子さん俯《うつむ》きます。

「実は、お恥ずかしい話なんですけど、主人が突然仕事を解雇されまして。あ、ホテルの厨房で働く料理人でした」

「それは、残念な話でしたな」

皆が頷きます。昨日聞いたばかりの話ですけれども、一応知らなかったふりをしましたね。

「今、就職活動中なのです。けれどもなかなか難しく、本人もこの際だから自分で店をやるかとかいろいろ考えていまして、家では明るく振る舞っているのですが、本人の辛さなどはのぞみにも伝わってしまったんでしょうね」

「あ、じゃあこのお金は」

「お父さんがお店を出すんなら使って、もしくは生活の足しにしてと。これは自分が稼いだお金だから心配しないでと一昨日《おととい》、突然持ってきまして」

のぞみちゃんの稼いだお金というのは、きっとあれでしょうけれども。絢子さん、通帳を開きます。

「あの、話はもちろん聞いていました。研人さんの〈TOKYO BANDWAGON〉で曲を作って歌ってアルバムに入れるので、お金が入りますよというのも。この通帳もそのときに作ったものなんですけれど」

「うん、そうです」

研人が答えましたね。

「このお金はそういうもので間違いないんですよね？　いえ、あの中学生が手にするのにはちょっと高額ですし、通帳を見てもなんだかよくわからなくて。あの子も何も言わないしで。今日は部活に行くというので、その間に研人さんたちにちょっと確かめようかと思って」

絢子さん、困っていますね。研人が大丈夫、というように手を広げて、ちょっと失礼しますと通帳を手に取って確認します。

見てすぐに、うん、と頷きましたね。

「大丈夫ですよお母さん。このお金は間違いなく、のぞみちゃんが自分で稼いだお金です。作詞印税として、口座に入ってきているんです」

「印税？」

「僕たち〈TOKYO BANDWAGON〉のアルバムに、のぞみちゃんの作詞した歌を入れて、ボーカルも担当してもらいました。それで、のぞみちゃんには作詞者としてアルバムが売れた分だけ、作詞印税というものが入るんです。アルバムの中の一曲だけだから、そんなにたくさんは入りませんけど、これぐらいにはなってるはずです」

「ボーカルのギャラも入るからねぇえ。わずかですけどぉ」

間違いありませんよね。このときのアルバムがものすごい天文学的な数字で売れたのならば、のぞみちゃんにもものすごい印税が入ったでしょうが、まぁまぁな売れ行きでしたからね。それこそ中高生がどこかで一ヶ月か二ヶ月アルバイトした程度の金額です。

「何も心配ないです。のぞみちゃんは著作権関係のところにもちゃんと作詞家として登録されています。本当に、のぞみちゃんがお父さんを心配して自分の貯金を持ってきたってことですよ」

はぁ、と、絢子さん、ほっと息を吐きました。確かに何もわからない世界のことでしょうから、かなり心配になったんでしょうね。

「すみません、お騒がせして」

「とんでもないです。むしろ僕らの方から事前にもっときちんとご両親にも説明するべきでした。お詫《わ》びします」

研人が頭を下げますけれど、驚きですね。皆もちょっと眼を丸くしていますよ。

この子は我南人と違ってこういうときには本当にきちんと、至極真っ当な大人の対応というものができる、いえもう心得ているのですね。

研人が続けて何か言いかけたときに、通知音が鳴りました。研人の iPhone でしょう。ちらっと見て話を続けようとしましたが慌てて二度見しましたね。

「あ!?」

何の驚きですか。皆が研人に注目します。たぶんLINEでしょうけれど、それを読んでいます。

「ちょ、ちょっと待ってください。あのお母さん、のぞみちゃんは今日部活に行くって言ったんですよね？」

「はい、そうですけど」

研人が顔を顰めながら、LINEの返事を打っていきます。

「後で説明しますけど、のぞみちゃん部活に行ってません」

「え!?」

「待ってください。えーと」

ぐるりと皆を見回しました。

「芽莉依は、そうか、かんなと鈴花についていったんだ。美登里さん！」

「はい？」

「ちょっとごめん。藤島さんも」

こっちへ来て、と呼びます。縁側の方に行って、二人にiPhoneを見せながら何か小声で話しています。藤島さんも美登里さんもLINEの画面を見て、少し驚いていますね。

「そうですね、これは美登里が適任です。行かせた方がいいです」

藤島さんが真剣な口調で言って、美登里さんも頷きます。

「じゃ、美登里さんのスマホに住所送る。それから向こうの連絡先も」

「支度してすぐに向かいます」

美登里さんはそのまま裏玄関へ向かいました。〈藤島ハウス〉に戻ったのでしょうか。研人は、ちょっと待ってと見ている皆に手で合図して、またＬＩＮＥを続けています。藤島さんが戻ってきて言いました。

「あの、春野さん」

「はい」

「のぞみちゃんは部活に行かないで、内緒である人に会いに行ったらしいのですが、安心してください。研人くんに連絡が入って今から先程の藤島美登里というものが、迎えに行きますので」

何のことやらと絢子さん不安顔ですが、とりあえず頷いていますね。

研人が、ＬＩＮＥを打ち終わったのか、よし、と呟いて戻ってきました。

「研人ぉ」

「うん？」

「ひょっとしてぇ、のぞみちゃんはぁ、ハルカちゃんのところかなぁあ」

ハルカちゃん？　本間ハルカさんですか？　研人が、うん、と頷きます。

「絢子さんぅ」

「はい」

「ご主人、明彦さんは家にいるのかなぁ」

「います」

「じゃああ、呼んでもらおうかなぁ。このお金のこともまだ話していないんでしょうぅぉ？」

そうです、と頷きます。

「のぞみちゃんは、もうちょっとしたらここに来るからぁ。一緒に話をしようよぉ」

「わかりました。主人を呼びます」

絢子さんがスマホを取り出し、立ち上がって縁側に行って電話を掛けます。

「ハルカちゃんって、研人。のぞみちゃんがハルカちゃんのところに行って、そしてお前にLINEが入ったってことか？　ハルカちゃんから」

青が研人に訊きます。

「そういうこと。後で話すけど、ハルカちゃんがのぞみちゃんを迎えに来てっていうからさ。オレが行ったらダメでしょ。誰かに見られても困らないのは、女性だなって」

「それで美登里ちゃんか。確かにこの中ではいちばん適任だ」

紺が頷きました。そうですね。アイドルのハルカさんと一緒にいるところを見られても、美登里さんは仕事ができるワーキングウーマンにしか見えませんから。


美登里さんがのぞみちゃんを連れて帰ってきました。その少し前に明彦さんもやってきて、まずは絢子さんが心配していたお金について説明しておきました。

明彦さん、のぞみちゃんの気持ちに思わず涙をこぼしそうになっていました。そして大事な娘になんて心配をさせてしまったんだと自分を責めていました。

のぞみちゃん、美登里さんに連れて来られて、どうしてお父さんお母さんがいるのかと驚いていました。

「あなた、どうして部活に行くなんて嘘ついたの」

のぞみちゃん、下を向きます。

「ごめんなさい。でも、決められるまで知られたくなくて」

「まぁ、座ろうか。な、のぞみちゃんもさ」

勘一が優しく言って、のぞみちゃんもお母さんの隣に座ります。

「なんだか図らずもうちが舞台になっちまったけど、実はね、うちでも心配していたんですぜ。明彦さんが職場を辞めたってね」

勘一が、昨日水上さゆりさんから聞いたことを話します。プライベートを覗き込むようで申し訳ないが心配になって詳しく聞いてしまったと。

明彦さん、恐縮していましたね。そして我南人からも電話を貰ったことも。

「何だか、水上さんにも皆さんにもご迷惑を掛けてしまって。そしてのぞみにまで。情けないです」

「それで、のぞみちゃんよ。誰も怒ってねぇから安心してくれな。今日、嘘をついてハルカちゃんに会いに行ったってのは？　ひょっとして、お金のことか？」

のぞみちゃん、下を向いて考えてから、こくんと頷きます。

「お父さんに、お金があれば自分で店を出せるかもしれないし、どこも話を聞いてくれなくて就職ができないのも、私がお金をすぐに稼げたのならそういうのも解決できるし、あの、変な意味じゃなくて、私にはたぶんすぐにも大人並みにお金を稼げる手段はあるんだって思っていて」

皆が、うんと頷きます。その通りです。

のぞみちゃん、今でも街を歩けば必ずスカウトに声を掛けられます。そしてもちろん、文才は紺も勘一も認めるところです。音楽の面でも作詞家としてボーカリストとして相当な魅力を持っているのは、我南人も研人も太鼓判を捺《お》しています。

「その中でも、やっぱりアイドルやそういうものでデビューした方がいちばん早くお金を稼げるんじゃないかって思って。それなら学校に通いながらでもできるだろうし。でも、皆さんに相談するのは迷惑を掛けるるし」

「それで、ハルカちゃんに訊きに行ったんだ。ハルカちゃんの事務所ならすぐにでもギャランティが発生する仕事ができるんじゃないかって」

研人です。

のぞみちゃん、頷きましたね。ハルカさんとは以前にうちに来たときに、意気投合して連絡先とか交換していましたものね。

「でも、ハルカちゃんはすぐに察して、オレに連絡してきたんだ。うちはマズイってね。何よりも一人でそんな話を相談しに来るなんてゼッタイにダメだって」

ハルカさん、ちゃんとわかっていますね。本当に良い子です。

明彦さん、がくりと頭を垂れます。のぞみちゃんに、謝ります。

「違うよのぞみ。そんなこと考えないでくれ。ごめんな。父さんが悪いんだな、前にもお前の気持ちを考えないで芸能界とか、そんな話しちゃったもんな。本当に情けない。娘にこんな心配をさせて、皆さんに迷惑を掛けて」

泣いていますね。絢子さんも。のぞみちゃんの頭を撫でます。

「LOVEだねぇ」

我南人です。どこで言うかと思っていましたが。

「のぞみちゃんの持っているLOVEは、大きいねぇ。でもねぇのぞみちゃん、まだ早いんだよぉ。おっきいLOVEを持ってる子はぁ、その使い方を覚えてからじゃないとねぇぇ」

何を言ってるのかはわかりませんが、雰囲気は伝わります。

「明彦くんぅまずは、のぞみちゃんのLOVEを受け止めてぇ、もっと大きな親のLOVEで返してあげないとねぇ」

明彦さんも、たぶん言ってることがわかってないとは思いますが、頷きます。のぞみちゃんの気持ちは充分に伝わりましたからね。

「でもぉ、確かにのぞみちゃんの考えたLOVEも事実なんだよねぇ。大人も子供も関係なくぅ、LOVEを振り撒《ま》けるならすぐにでもやった方がいいんだけどぉ」

ポン、と研人が膝を打ちます。

「のぞみちゃん、無理はしてないよね？」

「無理？」

「お父さんやお母さんのために、もしも自分が自分の才能でもっともっと稼げるのなら、今からでもやってみたいっていうのは本当に思っているんだよね？」

のぞみちゃん、真剣な顔で頷きます。

「思ってます。ずっと大人になってからでいいんだって考えていたけれど、ハルカさんが私の歌を聴いて幸せな気持ちになってくれていて、今からでもそうやって私が、その、我南人さんみたいにLOVEを振り撒けるのなら。それで家族で幸せに過ごせるならって」

「よし、青ちゃん」

「わかった」

わかった、とはなんでしょう。

「春野さん」

研人が明彦さんに向き合います。

「うちが、新しい事業を始めるのは聞いていています？」

「あぁ、はい。のぞみが言っていました。隣でクリエイターのためのいろいろなことをやると」

「そうです。〈ステージバス〉っていうんですけど、そこで第ゼロ期生ってことで、のぞみちゃんをうちの所属にしちゃえばいいんですよ」

青が引き継ぎました。

「つまり、アーティスト事務所もそこで経営しますから、のぞみちゃんもアーティストとして登録して、仕事をしてもらうってことです。〈ステージバス〉所属のアーティストとして、ギャランティの金銭面も全部うちで管理します。それで、もう余計なスカウトに悩まされることもなくなります」

「それで、どう？　のぞみちゃん。やる気出るでしょう？」

研人に訊かれて、のぞみちゃん大きく頷きます。

「あの、でも、仕事って具体的には」

「何よりもまず、のぞみちゃんの才能は文才です。もう作詞家として活動しているのですから、そこはやります。〈TOKYO BANDWAGON〉や〈LOVE TIMER〉と一緒にね。もちろん他にも所属ミュージシャンは増やす予定です。もうひとつはモデルですね。のぞみちゃんのその個性的な美しさを使わない手はない。ゼロ期生ってことでこれから作っていく〈ステージバス〉のポスターとかにモデルとして立ってもらいます。当然、モデル料も発生します。うちでマネージャーを付けますからこれも心配なしです」

「写真を撮るのは、水上ですね」

研人が言います。

「水上もうちに所属してもらって、仕事としてのぞみちゃんを撮るんです。うちで管理していけばこれも安心でしょ」

絢子さん、なるほど、という顔をしますね。きっと母親としてのぞみちゃんの気持ちには気づいていたけれど、少しやきもきしていたんでしょう。

「以前にも言いましたが、小説にも才能があるんです」

紺が続けました。

「間違いなく、何かの新人賞を獲《と》ることができる実力があります。それはもう保証できるぐらいです。ただ、絶対はないですから、これもこれからの〈ステージバス〉の動きによりますが、うちの新人賞というものを作ることも可能です。それはもう、こちらの〈FJ〉の藤島社長とも確認済みなんです」

藤島さんが、はい、と続けました。

「うちの出版部門があります。まだコンピュータ関連の技術書などがメインですが、この先〈ステージバス〉と提携して、美術関係や音楽関係の書籍も出していきます。そこに文芸書も当然入ってきます」

これも〈ステージバス〉の強みになっていくのですね。あらゆる芸術を網羅して、アーティストを育てて支援できる。

明彦さんも、絢子さんも、少し面食らったような感激しているような顔をしていますね。

青が続けます。

「何よりもまず、のぞみちゃんは未成年ですから、ご両親ともう一度きちんと話し合い、契約の話を進めましょう。のぞみちゃんもいいよね？」

のぞみちゃん、笑顔で大きく頷きました。きっとものすごい活躍ができると思いますよ。

「それはいいとしてねぇえ、明彦くんさぁ」

我南人です。

「親としてぇ、これ以上娘に心配を掛けないようにぃ、仕事を探さなきゃならないよねぇ。将来自分の店を持つにしても先立つものがないとならないし、娘の将来の稼ぎを期待するほどぉ、情けないものはないでしょうぉお？」

明彦さん、唇を引き締めます。

「もちろん、その通りです」

「それでさぁ、ちょうどいい時間だねぇ」

「時間？」

皆が時間とはなんだ、とそれぞれの腕時計や壁の柱時計を見ました。もうすぐ十時半になりますね。

「この時間からランチの支度に入る店があるんだぁ。小料理居酒屋〈はる〉っていうんだけどぉ知ってるぅ？」

〈はる〉さんですか？　確かにランチをやってますけれど、日曜だからランチは休みですよね。

「あ、以前に伺ったことがあります。のぞみが食べに連れて行ってもらったことがあって、すごい美味しい店だというので」

「どうだったぁ？」

「さすがでした。ご主人は京都の料亭で板前をされていたんですよね。とにかく素晴らしかったです」

我南人が大きく頷きます。

「知ってて良かったぁ。実は今、ランチやってて人手が足りなくてねぇ、腕のいい料理人を探しているんだぁ。和食をきちんと踏まえて、なおかつランチやひょっとしたらモーニングにも対応できる人。そういう人がいるなら、夜以外は全部任せていいんだってぇ。どうおぉ？　今から行けば、ちょうどテストしてくれるって言うんだけどぉ」

明彦さんの眼が輝きました。

「伺わせていただきます！　ぜひ、テストしてくださいとお伝えください！」

ひょっとして我南人、昨日の夜は〈はる〉さんに行っていたんでしょうか。この話をしに。

＊

居間に紺が入ってきましたね。どこで寝ていたのか、るうが足元にじゃれついているじゃありませんか。

るうは本当に夜によく遊びます。まだ若いからしょうがないんですけど。

話せますかね。

仏壇の前に座って、おりんを鳴らします。

「ばあちゃん」

「はい、お疲れ様。今日もまた慌ただしかったね」

「コウさんから連絡来てたよ。春野明彦さん、うちで働いてもらいますって」

「あぁ、良かったね」

「感心していたよ。実に腕がいいって。洋食ができるからこのままモーニングもやってもらうかもしれないって」

「あそこも通勤の人たちが多いからね。けっこう入るかもしれませんよ」

「それにさ、和ちゃんが実習でなかなかバイトに入れないだろう？　だから、奥さんの絢子さんもできるならぜひ手伝ってほしいって」

「それはいいじゃないか。一石二鳥だね」

「でも、真奈美さんが言ってたよ。このままだとうちは〈東京バンドワゴン別館〉って名乗らなきゃならないかもって。関係者が多すぎだって」

「確かにそうだね。和ちゃんも元春くんもいるんだし」

「また〈はる〉さんに行く楽しみが増えたよ。うちのカフェの売り上げに響くかもしれないけど」

「それはもう、武士は相身互《あいみたが》いですよ」

「そうだね。あれ、終わりかな」

話せなくなりましたか。

紺が微笑んで、おりんを鳴らして手を合わせてくれます。はい、おやすみなさい。ますます忙しくなりますからね。ゆっくり休んでください。


愛情というものは、本当にわからないものなのだと思います。

何せ、愛と情です。形のないものが二つも合わさっているのですから。

ましてや、男女の愛情、親子の愛情、友情という名の愛情、実に様々なものに形を変えていきます。

けれども、ひとつ共通しているのは、その相手を思う心ですよね。それがひょっとしたら情というものかもしれません。

情という字は心と青でできています。それは心が澄み切って底が見えるような偽りのない本当の心という意味だそうです。

どこにも濁りのない偽りのない本当の心で愛するからこそ、愛情というものが生まれてくるのでしょう。
そしてその思いには、年齢も血の繋がりも損得も何も関係ありません。

夏 キャント・バイ・ミー・ラブ

一

もくもくと湧いて出る入道雲。

あの真っ白い塊のような雲を見ると、あぁ夏なんだな、という気持ちになってきますよね。

あれを屋根の上に座って見たことがある方は、いらっしゃいますかね。

そもそも屋根に上ること自体が普通はありませんからそれほど多くはないでしょうか。

わたしのこの身体はひょいと屋根の上にも上っていけますし、生きている頃には屋根に上がったことがなかったものですから、この時期につい屋根の上であの入道雲など空を眺めることもあります。

夏真っ盛りの季節。蟬《せみ》の鳴き声もますます大きく強くなってきました。

そんな時期に屋根の上で暑くないかと言われると暑いような気もするのですが、生きている頃の気持ちになってしまうだけで、気のせいなのですよね。

毎年のように猛暑だとか最高気温を記録したとか夏が来る度に騒がれ、やれ異常気象だ温暖化だと言われてどうにかしなきゃならないのかと気を揉《も》みますよね。でも、わたしたちにできることはせめていろいろ毎日の生活を工夫して、環境を少しでもよくする手立てを講じることです。今でこそカフェはもちろんのこと、勘一の健康のため、そして受験生になったときの子供たちのために各部屋にエアコンを付けましたが、それ以前は夏の暑さを避けるいろいろな工夫をしていました。

縁側の葦簀《よしず》に簾《すだれ》、戸口には葦戸《よしど》、畳の上に籐網代《とうあじろ》などは夏の家屋の衣替えのようにあたりまえにしていました。もちろん、エアコンのある今もそうしています。

打ち水は朝と夕に行い、あまりにも暑いときには氷屋さんから板氷を買い、盥《たらい》の上に置いてさらに扇風機の風を当てて冷風を振り撒きました。それだけで随分と涼しくなったものですよ。涼し過ぎるのはよくありません。できるだけエアコンは使わなくてもすむように、縁側の戸を開け放ち、古本屋の入口も開けて、風が家の中を通り抜けるようにしています。そうすることで古本にもいいですからね。

行う日を間違えると大変なことになりますが、大事な古書を傷めないためにも、夏には蔵にある古書古典籍の類いを虫干しもします。

庭にタープを立て強い陽射しは避けて、風と日光を当てて陰干しをしていく作業です。実は一枚一枚ページを開いていくこともしますので、結構な手間暇ですし、地味な作業で眠くなります。ですから、虫干しをするときにはまるでガーデンパーティでもしているかのように、美味しいジュースや昼ご飯をケータリングしたり、賑やかに行うようにしているのです。日曜に行うと、皆が手伝いに来てくれるのです。裏の増谷家の裕太さんや真央さん、会沢夏樹さんに玲井奈ちゃんはもちろん、木島さんや、〈TOKYO BANDWAGON〉の甘利くんや渡辺くんも来てくれることがあります。藤島さんは、もう我が家の一員になってしまっているので空気のように頭数の中に入っていますよ。

子供たちの夏休みになると、毎年一度は行くようにしている海水浴。

今年もかんなちゃん鈴花ちゃんを連れて行ってきました。お店を休むわけにはいきませんから皆で行くことはありませんが、そこは自営業の良さです。平日に出かけた方が比較的海水浴場も空《す》いていますからね。

裏隣の会沢家にはひとつ上の小夜ちゃんがいますから、お母さんの玲井奈ちゃんと一緒に三浦の方に行ってきました。かずみちゃんと池沢さんが暮らす老人ホームですね。あそこにはゲストが泊まれる部屋もあって、しかもホームから海水浴場へは無料の送迎バスも出ているのです。

葉山《はやま》には以前の藤島さんの会社で、今は元相棒の三鷹《みたか》さんが経営する会社の保養施設や、我南人のミュージシャン仲間である龍哉《たつや》さんと奥さんのくるみさんの家があり、そこでも海水浴が楽しめます。研人や芽莉依ちゃんがよく行っていますよね。

他の大人たちだって夏の海に出かけたくなるときがありますから、そういうときによくお邪魔しています。

今年は藍子とマードックさんも久しぶりに日本の夏の海を楽しんでいました。考えると縁者の皆さんのお蔭で、毎年贅沢な夏を過ごせています。

〈ステージバス〉ではいよいよ春の終わり頃から改築工事が始まりました。春夏秋冬と一年間掛けて、じっくりと工事を行っていきます。

メインとなるのは敷地内に新設する教室やスタジオ、多目的ホールなのですが、元々の〈松の湯〉の素晴らしい銭湯建築の補修修復作業も、しっかり行います。

脱衣所に描かれた天井絵などは本当に見事なもので、すっかり色褪せていたそれを、まるで描いた当時のそのままの姿にまで修復します。その辺りは、藤島さんの〈FJ〉と〈矢野建築設計事務所〉と、美術品の修復にも詳しいマードックさんたちアーティストの連携作業だそうです。〈FJ〉がコンピュータなどで撮影してAIで当時の色合いのままの天井絵を再現し、それを建築士と美術家たちで修復作業へと繋げていくのです。

この〈松の湯〉の修復作業のその様子は、すべて4Kカメラで撮影していくそうで、撮影隊も常に建築現場にいます。終わったらきちんと編集し、〈ステージバス〉のYouTubeチャンネルで公開したり動画配信サービスへ売り込み配給も考えていくのだそうです。

新しい計画として、新築する多目的ホールなどのビルの屋上を緑化して、ガーデンにして、そこでは飲食店を開くことも考えていくとか。すぐ隣で営業する我が家のカフェとの兼ね合いをどうするかはまだ今後の検討課題ですが、基本的には料理をメインにするつもりだそうです。

とにかくあらゆることをやっていきますね。完成してオープンするのが本当に楽しみですよ。

研人たち〈TOKYO BANDWAGON〉は夏のツアーを今年も行っていました。サポートメンバーになった華《はな》さんと大河《たいが》くんももちろん一緒です。

今年は我南人たち〈LOVE TIMER〉とも何ヶ所かジョイントして回っていますね。〈LOVE

TIMER〉のドラムも甘利くんがやりますから、甘利くんは大活躍です。遠いところでは北海道も行きましたし、九州はこれからです。関東圏は固まっていますから、わりとツアー中でもしょっちゅう家に帰ってきます。

待っていた嬉しい知らせも届きました。

今は大学で研究員をしている亜美さんの弟さんの修平さんと妻の佳奈さん。無事にこの夏に第一子が生まれました。七月の半ばに生まれたばかりです。女の子でしたよ。

佳奈さんは今や人気女優ですからニュースがこれでもかというほどに出回りました。修平さんは一般人ですから、その情報がマスコミに出ることはほとんどないのですが、出たところでそう言っては何ですが、地味な大学の研究員ですからね。騒がれることもないのでしょう。

名前はというと、修平さんと佳奈さんで考えてつけたそうで、なんと〈幸〉だそうです。

さち、です。脇坂幸《さち》。

わたしと同じ読みの名前です。

どんな時代になろうとも、幸せに暮らしていけるようにとの思いを込めたそうで、わたしと同じになったのは実は偶然だそうです。

それがいい！ と決めたあとに、そういえば堀田家の大ばあちゃんと同じだった！ と思い出したそうですが、それもまたいいか、と。

嬉しいですね。実はわたしの名前は戸籍上は咲智子《さちこ》なのですが、それはもう戸籍にすら残っているのかどうか怪しいもので、終戦の年からずっと堀田サチとして生きてきましたからいいのです。勘一も、そうかそうかサチと同じかと、まだ写真ですら見ていないうちからでれでれとしていました。

きっと皆に、さっちゃん、と呼ばれますよね。

そしてお盆には花陽と麟太郎さんの結婚式が予定されています。修平さんと佳奈さんはもちろん出席してくれますが、生後一ヶ月のさっちゃんは、まだ長い外出はちょっと無理でしょう。それに外は盛夏。皆で話していましたが、縁者の皆さんにお披露目できるせっかくの機会です。車で披露宴会場まで来て、皆に挨拶してさっと帰るというぐらいであれば、大丈夫ではないかということになりました。

その結婚式。準備は二人が着々と進めていました。

挙式は祐円さんの〈谷日神社〉で行います。そこは親族だけで執り行いますが、麟太郎さんには親族がほとんどいらっしゃらないので、生まれたときからずっと見てきた〈LOVE TIMER〉のジローさんと鳥さん、それに藤島さんと美登里さん、真奈美さんにも出てもらえるようになっています。もちろん、池沢さんとかずみちゃんも来てくれて、その日はうちに泊まっていきます。

披露宴はHホテルで。そちらには本当にたくさんの人たちが出席してくれる予定になっています。久しぶりの方々も大勢いますし、花陽や麟太郎さんの同級生たちも大勢来てくれるので、まるで同窓会のようになるかもしれません。本当に楽しみです。


そんな夏真っ盛りの八月頭。

相も変わらず堀田家は朝から賑やかです。

賑やかなのは朝ご飯からなのですが、その前、かんなちゃん鈴花ちゃんが起きてくる様子が近頃少し大人しくなりました。静かにしているというわけではないのですが、階段をバタバタと駆け下りることもなく、軽やかに滑るように、言ってみれば女の子らしくなっているように思えます。

そういえば普段の話し方とか、笑い声とか、仕草とか、そういうものもどことなく二人とも柔らかくなっていますよ。

そういうものですよね。気づかないうちにだんだんと変わっていくものでしょう。ほとんど何にも変わっていかないのは男たちなのですが。

亜美さんすずみさん、そして〈藤島ハウス〉から藍子に花陽、芽莉依ちゃん、美登里さんがやってきます。

勘一が起きてきて新聞を取りに行き、上座に座って読み始めます。我南人がiPadを持ってきて下座へ。紺に青、〈藤島ハウス〉から研人とマードックさんに藤島さんがやってきます。

今日は、かんなちゃんが箸置きを用意したのですが、見たところ特に形とかに一貫性があるわけではなく、赤色と白色のものばかりです。

かんなちゃん、箸置きをマードックさんに渡します。

「かんなちゃん、これはどうやって？」

「今日は紅白歌合戦なので、赤と白をじゅんばんに置いてってください」

紅白歌合戦ですか。どうしてこの暑い夏にそれを思いついたのでしょうか。年末の方が良かったのにですね。それで、赤と白のものだけを適当に選んでいったのですね。マードックさんが頷いて、順番に並べていきます。

でも、こういうのもいいですね。赤白がずらりと並ぶのもなかなか趣があります。

今日の朝ご飯はパンにしたようです。白いご飯が基本の我が家の朝ご飯ですが、もちろんときどきはパン食もあります。フレンチトーストですと、ホットプレートで一気に焼くという技を編み出して多人数でも対応できるのですが、トーストはそうはいきませんでした。

それで、つい最近、四枚もいっぺんに焼けるトースターというものを研人が買ってきました。朝ご飯にパンを食べたいときに、トーストが焼けるのを待っているのが嫌になったらしいです。大人の財力にものを言わせて勝手に買ってきたんですよ。買ってきたといってもネットなので正確にはある日届いた、なのですが。

元々トースターは二台ありますから、それと合わせて八枚のトーストがいっぺんに焼けるのです。これなら、そんなに待たせる心配はありませんね。ブレーカーが心配になりますが、我が家は我南人の楽器などの関係で容量を増加していますので大丈夫です。

トーストに、ハッシュドポテトにハーブのソーセージを焼いたもの、スクランブルエッグにはチーズをたっぷり入れてあります。ミニトマトといんげんの入った野菜スープにマカロニとポテトのサラダは昨日の夜の残り物です。冷たい牛乳に、ドライフルーツを入れたヨーグルト。トーストに塗るバター、手作りのリンゴジャムに、市販品のブルーベリージャム。そしてこれも残り物のカレールーが少しあるのはトーストに塗っても美味しいからですね。

皆が揃ったところで「いただきます」です。

「今年の夏はまだいつもよりは涼しいそうじゃねぇか」

「ねぇハッシュドポテトのポテトはじゃがいもだけど、ハッシュドってなぁに」

「バターぬってマヨネーズぬってカレーぬるのはありだよね」

「明日からまた暑そうですよ。おじいちゃん本当に気をつけてね」

「かんなちゃんすずかちゃん、みごとにすききらいないのはすごいですね」

「誰か検索して」

「全然いいよかんなちゃん。きっと美味しいよ!」

「花陽はけっこう好き嫌いあったけどね。研人も」

「それは英語だよ鈴花ちゃん。ハッシュはね、細かく刻むって意味です」

「牛乳にきなこ入れる人、ありますよー」

「バターをさ、きれいにトーストに塗るやつあるじゃないか。あれ買わないか」

「え、オレあったっけ。花陽ちゃんネギ嫌いだったけどね」

「私も小さい頃はネギが駄目でした。今は平気ですけど」

「知らなかったねぇえ。英単語だったのぉ」

「かんなと鈴花は、虫も平気だし動物も大好きだし、怖いものなしだよな」

「私も今は平気なの。むしろ好きかも」

「何だと思ってたんですかお義父さん」

「でも亜美ママはいちばんきらいなのは」

「言わないでかんな! 名前すら聞きたくないのお母さん」

「ドイツ語かなぁって。なんとなくぅ」

「おい、チョコレートソースあったろ。取ってくれや」

「言わなくてもわかるけどね」

「おじいちゃんチョコソースはせめてトーストかヨーグルトぐらいに」

「もしも会えるならタカに会いたいんだ」

「はい、旦那さんチョコレートソースです」

「タカ。ホーク？」

「旦那さん！　野菜スープにですか！」

「チョコはカレーの隠し味に使うだろうよ。旨いぞ？」

隠し味は隠れているから美味しいんです。おそらく世界中で野菜スープにチョコレートソースをかけるのはあなたしかいません。どう考えても、不味《まず》いと思いますが美味しそうに飲んでいますね。

かんなちゃん鈴花ちゃんが真似しないのを祈るばかりですよ。

「ねぇ花陽ちゃん、新婚旅行って行かないの？」

研人です。

「行きません。っていうか行けないよ。本当に学校が忙しいし、麟太郎さんもブラック企業並みに忙しいの」

言っていましたね。何でも病院の検査体制とかいろいろ変わって人の異動もあり、休みもなかなか取れない毎日だとか。結婚式の前日も休めずに、当日、そして翌日は何が何でも休むそうですが。

ちょうどお盆なので、花陽は病院の実習はお休みです。

「新婚旅行、紺パパはどこ行ったの」

「え、お父さんとお母さんはね、アメリカ。サンフランシスコっていうところ」

「アメリカ行ったの!?」

行きましたね。亜美さんはスチュワーデスを辞めたばかりだったのでまだあれやこれやの関係があり、とてもお安く行ってこられました。

「写真は！」

「あるよ。アルバムがね」

「見たことない！　見せて」

お父さんお母さんのアルバムなどなかなか見ることはありませんし、今はどうなのでしょう。皆デジタルですからアルバムなど作る人はいませんかね。

「鈴花も見たい。新婚旅行アルバム」

「お母さんたちは、日本だからね。アメリカじゃないよ」

そうでした。クリスマスの時期で、箱根《はこね》の温泉旅館でのんびりしてくるだけのお手頃な新婚旅行でしたよね。

「まぁ旅行は逃げねぇからな。行けるときに行ってくればいいさ」

そうですよ。何も結婚したてのときにどうしても行かなきゃならないというものでもありません。

「で？　旅行はいいとして、新居は結局どうするんだ」

勘一が訊きます。花陽も麟太郎さんもどちらの部屋でも二人暮らせる広さがありますが、花陽には勉強があるので、まだ決めかねていると前は言っていましたよね。

「結局、通い婚にしようかなって思ってます」

「通い婚?」

そう、と花陽が頷きました。通い婚とはつまりそういうことでしょうか。

「私も、学校を卒業するまでは勉強するのは一人の方がいいし、麟太郎さんも二人で一緒に暮らしたら、きっといろいろ家事も何もかも全部やらなきゃならないって私が思うだろうからって」

その通りですね。真面目な、そして古風なところもある花陽です。きっと甲斐甲斐《かいがい》しく麟太郎さんの世話も焼いて、勉強する時間もなくなるでしょう。

「じゃあ、たとえば週末とお休みの日だけ、花陽ちゃんが麟太郎くんの部屋で過ごすとか?」

藤島さんです。

「そんな感じです。藤島さんのところと似たような感じになっちゃいますけど」

ふむ、と皆が考えますね。藤島さんは今でこそほとんどこちらにいますけど、忙しいときには会社に近い向こうのマンションで一人で過ごすこともありますからね。

「それはまぁ、お互いのためだろうから、ありっちゃありだろうけどな。麟太郎も今までのペースで暮らしていくんだろうし」

二人がそれでいいのなら、周りがどうこういうことではありませんけれどね。きっと最初からその辺も考えに入れながら結婚を決めましたよね。

「いや、それならさ」

研人が箸をくるんと回して言います。

「麟太郎さんがうちに来て、オレと芽莉依みたいに一緒だけど別の部屋に住んじゃえばいいんじゃないの？　それならわざわざ通わなくてもいいでしょ。お互いの交通費の節約にもなる。バカにならないよ交通費も」

研人は、今やいちばんの稼ぎ頭なのにそういうところ細かいですよね。思えば小さい頃はチラシを見て、胡瓜はここがいちばん安いとか探していましたから。

「うちにって、〈藤島ハウス〉に麟太郎をか？」

勘一が言って、藤島さんがちょっと上を見て考えます。

「いや、研人くん、部屋は空いてないけど。研人くんと芽莉依ちゃんが一緒に住むかい？」

「いや、空くんだって。え、何で皆考えてないの」

外を指差します。

「だって〈ステージバス〉にさ、いつでも二十四時間使えるスタジオができるんだから。オレらはそこを使えばいいんだもん」

あぁ、そうね、と藍子が頷きます。

「そうすると、芽莉依ちゃんが今の研人のスタジオに移ってきて、夫婦が廊下を挟んで隣同士。二階の花陽の隣の芽莉依ちゃんの部屋に麟太郎さんが入ればそこも夫婦で隣同士ね。お互いに一人で過ごせて、夫婦として一緒にも暮らせる」

「ほら上も下も全部夫婦で収まる。〈モンゴメリー家〉に〈堀田家〉に〈東家〉に〈藤島家〉。玄関の表札が忙しくなるけど」

なるほど、と皆が頷いていています。そういえばそうでした。スタジオはいつでも使えるようになります。そもそもこの鍵は全部うちで管理するのですから、文字通り二十四時間いつでも入れます。

「そしてさ、麟太郎さんのところのマンションの家賃と比べたら、〈藤島ハウス〉の方がずっと安いでしょ？」

花陽が、うん、と頷きますね。〈藤島ハウス〉はそもそも堀田家のために藤島さんが作ったようなアパートですから、家賃は格安です。まるで大昔の学生下宿のような安さです。

「どうせ花陽ちゃん、将来はどっかの病院に入ったときに二人で引っ越しとか考えなきゃならないとかあるんだろうし、それまで二人でしっかり生活費の節約を考えていかなきゃ。ねぇ藤島さん。問題ないでしょ」

大家である藤島さん、苦笑します。

「まったく問題ないですね。花陽ちゃんむしろその方が自然じゃないかな。麟太郎くんの通勤もそんなに時間的には変わらないし」

「そうですね」

うーん、と花陽は少し考えます。

「実はその話もしたんだけど、麟太郎さんがちょっと遠慮しちゃったところもあるんだけど」

「何の遠慮をするんだよ今更」

「だって、そうしたらここに男の人が一人増えて、狭いだろうしって」

笑いました。麟太郎さんは背が高いですから確かに存在感は増しますけれども。

「そんなのはどうにでもなるねぇえ。あれだよぉ花陽ぉ。麟太郎はぁ今までの人生で家族皆で暮らしたことないんだぁあ。小さい頃にぃたくさんでご飯を食べるのすごい喜んでいたぁ」

そういうことも言っていましたね。小さい頃は〈LOVE TIMER〉のおじさんたちと一緒にいることがすごく楽しかったって。

「だからぁ、花陽と一緒になってぇえ、こんな大家族の暮らしを一緒にするのがいいと思うよぉ。どうせいつかは、どこかで花陽と所帯を構えるんだとしたら尚更ねぇえ」

「そうだそうだ。そうしろ花陽。俺から言ってやるよ。遠慮なんかしねぇでうちに来いってよ」

花陽が、微笑んで頷きます。

「言っておく。そうしましょうって」

それがいいですよ。また賑やかさが増しますねきっと。


朝ご飯が終わると、それぞれの仕事の準備と支度です。

小学校は夏休みの真っ最中。

どこかで誰かと遊んだりする予定がなければ、朝からしばらくの間、一時間か二時間ぐらいですかね、かんなちゃんと鈴花ちゃんは色違いのエプロンを着けて、カフェを開けてホールでお手伝いをします。

もうすっかり板に付きましたよね。先月でしたかね、ある雑誌でこの辺りの町の特集をやりまして、その中で我が家もマップに載り紹介されました。ほんの小さくですが店内の写真も載って、そこにかんなちゃん鈴花ちゃんも看板娘として紹介されたのです。それほど発行部数もない雑誌でしたし、真面目な内容で写真も小さかったので大丈夫だろうと。何よりもネットではないので、拡散もしないでしょうから。

本人たちがすごく喜んでいました。でも、実は映画にも出た二人なのですが、その辺のことをほとんど覚えていないようなんですよね。

藍子とマードックさんがカウンターに入り、すずみさんがホールを手伝います。

花陽と芽莉依ちゃんは大学です。夏休みですけれどもお互いにやることがたくさんあるようです。亜美さんと紺が家事をやって、藤島さんと美登里さんはお仕事へ。美登里さんが名実ともに〈ステージバス〉の一員になるのは秋からと決まっています。

我南人と研人は今日はこのままお休みです。ツアーの最中ですから、休めるときにはしっかり休まないと、いいステージはできませんからね。

青と三人で、また〈ステージバス〉についての話し合いを始めるのでしょう。

勘一が動き出し、古本屋も準備です。雨戸を開けて、五十円百円の古本を並べたワゴンを店前に出して、そして勘一が帳場に座り、今日も開店です。

「はい、大じいちゃんお茶です」

「あぁあぁ、おい大丈夫か」

鈴花ちゃんがお盆に載せて勘一の熱いお茶を持ってきましたね。勘一が慌てたようにそれを取りに行きます。

「大丈夫だよ大じいちゃん。鈴花たちはもうこぼさないよ」

「いや、そうか？　そうだな。ありがとうな」

本当に大丈夫ですよ。さすがにその湯呑みを持たすことはできないでしょうけれど、運ぶのはもう充分慣れています。

からん、と土鈴が鳴って、祐円さんが古本屋に入ってきました。

「ほい、おはようさん」

「おう、おはよう」

「祐円さん、おはようございます」

「鈴花ちゃんがお茶を持ってきたのかい？　凄いな！」

祐円さんに褒められて、鈴花ちゃんちょっと恥ずかしそうに笑います。はっきりと個性が出てきた二人ですけれど、いちばん違いが出てきたのはこの笑い方、笑顔ですよね。かんなちゃんの明るい笑顔と、鈴花ちゃんの控え目な笑顔。どちらもとびきり可愛いのですが。

今日の祐円さんは、夏にふさわしいと言えばそうなのですが、サメの絵が描かれたTシャツと紫色のバミューダパンツ。どこの海水浴に行くのかという格好です。

「鈴花ちゃん、祐円さんには冷たいコーヒー持ってきてくれるかな？」

「はい、アイスコーヒーですね」

カフェに戻る鈴花ちゃんを、可愛くて仕方ないというように二人で見つめます。

「あれだ祐円。花陽の式の準備はもう万端なのかよ。もうすぐだぞ」

「あたりまえだろ。何十年神主やってきたと思ってるんだ。もうこれからだってすぐに式挙げられるぞ」

後は雨が降らないことを祈るばかりですね。もちろん室内なので降っても大丈夫ですけど、回廊を廻《まわ》っていくときなどちょっと濡れるのですよね。

「しかしあれだな、勘さんよ。花陽ちゃんは結婚するし、研人と芽莉依ちゃんも再来年の春には式を挙げるだろ。先が見えてきたな」

「何の先だよ」

「残るはかんなちゃん鈴花ちゃんって話だよ。もう今年で十歳だろ？　あと八年経てば高校も卒業して結婚してもいい年だ。ここまで生きたんだから八年ぐらい余裕だろうよ」

その先の話ですか。

「なに言ってんだよ。十八になったからって相手もいねぇのに結婚できるか」

「そりゃそうだ」

「それによ、時代は変わってんだよ。俺らみてぇな年寄りの常識なんか通用しねぇぞ？　かんなちゃんも鈴花ちゃんも、同じ女の子と暮らしたりよ。それこそ結婚するかもしれねぇしな」

もちろん、そういうこともあるかもしれないでしょうね。

「それはそれで、目出度《めでて》ぇことには違いないだろ。孫や曾孫の目出度いことを全部見届けて、眠るように畳の上で死ぬってのは、それはもう最高の死に方だろうよ」

「おう、最高だな」

その通りですけれど、何を朝っぱらから死ぬことの話をしているんでしょうか。確かにもう二人とも先はたぶんそんなには長くありませんが。

「そういやぁ、勘さんよ。昔我南人たちとよくつるんでいた〈ろまんちっくなふらわぁ〉ってバンドあったろうよ。覚えてるか？」

「おう、あったなぁ！」

ありましたね。ものすごく懐かしい名前です。ギター二人にベースとドラムの四人のバンドでしたよね。

「随分と久しぶりに名前を聞いたぜ。あの頃のな、〈ニュー・アカデミック・パープル〉とか〈金丸《かなまる》バンド〉とかな。我南人たちとよくつるんでやっていたよな」

「おうそうそう。そのバンドもな。そうだあいつらよ、うちの神社の境内で花火やりやがって怒って怒鳴ったぞ俺は」

そんなことしていましたか。どのバンドのメンバーも何人かはうちに泊まりに来ていましたからね。夏の夜に浮かれてやってしまったんでしょう。

「まぁあの時代のロックな連中はなぁ。ものの見事にいかれた連中ばかりだったよな、うちの我南人を筆頭によ」

「まったくな。今の子たちがまるでひな鳥みたいに大人しく思えちゃうよな」

時代ですよね。歌は世につれ、世は歌につれです。

「で？〈ろまんちっくなふらわぁ〉はとうの昔に解散してるが、あいつらがどうしたよ」

「そのバンドのベースをやっていた川島《かわしま》ってのが亡くなったぜ」

川島さんですか。名前までは覚えていませんでしたが、ベースの方と聞くと顔は浮かんできました。

「川島。そんな名前だったか。ボーカルが菅野《かんの》だったたってのはよく覚えてるがな。で、何で知ってんだ」

「ついこの間、うちで葬式やったのよ。息子と孫も来てたな」

神道だったのですね。

「そうか。名前でわかったのか？」

「いやぁもう何やって生きてきたかってのはそりゃあ全部聞いていくからよ。遺族から話を聞くからな。お、そうかぁ亡くなったのは〈ろまんちっくなふらわぁ〉のあいつかぁってな」

彼らが解散したのは、確かデビューしてから三年か四年後ぐらいでしたよね。それから先は皆がバラバラになり、音楽活動を続ける人も、業界から離れた人もいたはずです。思えば、あの頃からずっと解散もせず今も第一線に立ち続けているのは、もう我南人たち〈LOVE TIMER〉のみでしょう。

勘一、そうだったか、と頷き、思いを馳せるように少し眼を伏せます。あの頃の、若い皆の顔を思い出しているんでしょう。

「我南人も七十だ。まだ若いたぁいえ皆そうなっていく年だろう。ずっと今もミュージシャンやってる連中なんか、ほんの一部だわな」

「だな。我南人は大したもんだよ。今もバリバリの現役で、若い連中だって知っているんだからな」

本当にそうですね。そう思えば、我が子の事ながら本当に凄いバンドですよ。

「おい、我南人、聞こえたか」

勘一が居間に向かって言うと、我南人がのそりと現れます。

「なぁにぃ」

「祐円ところで、〈ろまんちっくなふらわぁ〉のベースの川島の葬式やったんだってよ。覚えてるか」

「川島くんぅ!? 亡くなったのぉお?」

我南人が眼を丸くして、祐円さん頷きます。

「お前と同い年だったぜ」

うーん、と我南人、息を吐きます。

「そうかぁあ、全然知らなかったねぇえ。彼はもう引退しちゃって長かったからねぇえ。付き合いももう何十年もなかったしぃ」

「そんな奴らがほとんどだろうよ」

そうだねぇ、と我南人も頷きます。

「まだ音楽やってて付き合いがあるのは、何人ぐらいかなぁ。同じぐらいの年なのはぁ、一人二人ぐらいだろうなぁあ。そうかぁ、川島くんねぇえ。祐円さん、住所わかるよねぇえ」

「わかるぜ。後で教えるか?」

「頼みますぅ。香典のひとつでも送るよぉ。あの頃はよく遊んだからねぇえ」

悲しいお知らせですけれど、消息がわかっただけでも良かったですね。


午後二時を回りました。

カフェには藍子と亜美さん、そしてお客様が三組ほど。注文も終わり、出入りもなくゆったりとした時間が流れています。古本屋にも珍しく六人もお客様がいますね。大体古本屋に来るお客様は、じっくりゆっくり本棚を見て回るか、さっ、と目当ての本について勘一やすずみさんに訊いて買って帰るかどちらかです。

今いるお客様は、六人ともじっくり本棚を回り、手にしてはまたじっくりと読んだりしていま す。

立ち読みお断りという言葉がありますが、うちの店も基本はそうですよ。五分や十分でそんなことは言いませんが、一冊の本をじっと三十分も立ち読みされるお客様には、どうぞカフェで飲み物を注文してからお読みください貸本もやっています、とお願いします。

見ていないようで、勘一もすずみさんもときどき時間を確認しながら、お客様の様子を見ています。

我南人が古本屋に顔を出しました。

「親父ぃ、手紙が来ていたねぇえ。女の子からぁ」

「女の子？」

女性から、ではなく女の子、からですか。確かに我南人が差し出した封筒は色も可愛らしい、若い女の子が好むような封筒ですね。宛先は〈東京バンドワゴン　堀田勘一様〉となっています。

「あら、本当ですね。可愛いです」

すずみさんも微笑み、勘一は受け取って、裏を見ます。

「野宮智香《のみやともか》さん、とね。知らねぇ名前だな。どら、読むからおめぇちょっと座ってろ」

「いいよぉ」

お客様が多いですからね。我南人が帳場に座って勘一が居間に戻ります。

「どれ、なんだ」

勘一が手紙を読み始めます。どんな女の子から手紙が来たのかと、居間にいた紺も青もマードックさんも興味津々ですね。

「ふぅん？」

勘一が声を出します。

「誰だったの？」

「いやもちろん知らねぇお嬢さんだよ。こいつは買い取りの依頼だ」

「買い取り？」

「めずらしいですね。おてがみでかいとりいらいなんて。どうしてでしょう」

「なんでだろうなぁ。わからんが、実家を整理することになったんだが、お祖母さんやらお母さんが遺《のこ》したレコードやカセットテープや音楽関係の雑誌やら本が山ほどあるんだってよ」

「へぇ！」

青が眼を輝かせましたね。音楽関係、サブカルチャー関係ですか。

「でな、うちには我南人とかいるので頼めば引き取ってくれるんじゃないかと知り合いから聞かされたんだがお願いできますか、とね。ＬＰなんか千枚ぐらいはあるんじゃねぇかと書いてあるぞ」

「それは凄いなぁ。うちより中古レコード店を紹介したいけど」

「いやそれは助かるだろ兄貴。〈ステージバス〉の方に置けるんだから」

「あ、そうだったな」

そうですね。元々レコードなども引き取ってはいましたし、これからは〈ステージバス〉で使えますからね。

「行こう行こう。場所はどこ」

「千葉だな。浦安《うらやす》市だ。まぁ遠くはねぇから助かるな。で、このお嬢さんは今は東京に住んでいるんだな。連絡くれれば、千葉の実家で待ち合わせたいと。おい、これ連絡先でメールアドレスとか書いてあるから、青行けるな？」

「行きましょう。久しぶりだなーそんな買い取り」

大量そうですから、もう一人誰かが必要ですね。紺か、マードックさんか、あるいは音楽なら研人が空いていれば行きたがるかもしれません。我南人でもいいんですが、楽器以外の重たいものなど持ちやしませんからね。

「それにしても、どうしてこの娘さんは手紙を寄越したんだろうね？　東京にいるなら、うちまで来られるだろうし、電話一本ですむのに」

紺が首を傾げますが、皆そう思っているでしょうけどわかりません。

「まぁ珍しいだろうけど、単にお手紙好きの女の子かもしれないし」

そうですね。

「あ、連絡取るときに年齢確認な。大人だとは思うが、この封筒見たら女子高生かも知れねぇって思っちまう」

「了解」

未成年からは保護者の同意書か何かがないと、買い取れませんからね。何事も例外はありますけれども。

二

青が久しぶりに買い取りに出かけます。

お手紙で依頼してきた野宮智香さんの実家ですね。住所は千葉県浦安市猫実《ねこざね》というところです。午前中に出ますので、荷物の積み込みに時間が掛かったとしても遅くとも午後早くには帰ってこられるでしょう。

野宮智香さんは二十二歳の東京の大学生。一人暮らしをしているとのこと。千葉のお宅はもともとお祖母様の持ち物で、ご本人もお母様と二人で長く暮らしていたとか。お父様はいらっしゃらないということなので、何らかの事情があるのでしょう。

お祖母様は昔に若くして亡くなり、そしてお母様も昨年病で亡くなられたとか。まだお若かったでしょうに、残念で淋しいですね。それでお祖母様からの家が、智香さんに遺されたのだとか。相当に古く、大学卒業後も就職は東京なのでそこに住むつもりはもうないそうで、売却も考えているそうですが、その前にまずは遺されたたくさんのお祖母様とお母様の趣味のものを片づけたいとのことですね。

結局、青と研人が一緒に行くことになりました。

それだけのＬＰならぜひ一緒に行きたいと研人が言ったんですよね。駐車場に停《と》めてある研人たち〈TOKYO BANDWAGON〉のワンボックスカーで向かいます。これならおそらく全部のものを積み込めるでしょう。もしも無理でしたら、その場で梱包《こんぽう》して我が家に送ります。

わたしも、車で行く買い取りは久しぶりなのでちょっと車に乗り込んでみました。研人は時折わたしの姿が見えますが、見えてもまたついてきたのかと笑うだけでしょう。

今は本当に便利ですよね。住所をナビに打ち込むだけで、そこまでの最短ルートを教えてくれて、道順も指示してくれます。

青が運転手で、研人は助手席。わたしはすぐ後ろでふわふわ浮いています。車の中で座りますと揺れる度にふらふらしてしまうので最初から浮いていた方がいいのです。

「研人と買い取りに出かけるなんて初めてだよな」

「そうそう。そもそもオレちゃんとした買い取り初めて」

そうですよ。ついこの間まで高校生だったんですからね。でも研人はこれでなかなか読書好きですし、音楽のことならば青以上の知識がありますから。

「あれだ、もちろん研人も死ぬまでミュージシャンやるんだろうけど、古本屋や中古レコード屋なんかの親父をやってみるってのは頭にないのか」

青に訊かれて、研人はうーんと苦笑いします。

「頭にないことは、ない」

「お、そうか」

「ずっと先の話ね。皆死んじゃってオレが年寄りになってあの家が残っているなら、売ったり潰したりするのはイヤだからさ。じゃあオレがやってやるよって気になることぐらいはある」

「そうか」

青も微笑みます。

「そうだよね？　オレから上が皆死んじゃったら、堀田はオレだけになっちゃうよね」

「そうだな」

かんなちゃん鈴花ちゃんは女の子ですからね。もしもどなたか殿方と結婚して姓が変わるなら、残る堀田は研人だけですね。

「そう考えたら、堀田を残そうって思ったらオレと芽莉依で男の子を作らなきゃならないのか」

青が笑います。

「その通りだな。兄貴も俺ももう子供は作らないし」

「だねぇ」

「でもそうしてくれなんて誰も望んでないからな？　気にしなくていいんだからな。自分が堀田家を継ぐんだなんて」

「うん、わかってる」

「どうせ皆お前より先に死ぬから、わかりゃしないんだし。今になって親父の隠し子とかまた出てくるかもしれないしな」

「自虐ギャグ！」

笑います。青の場合は我南人は隠したわけではないですけれどね。

約束の時間通りに、住所のお宅に着きました。野宮さんのお宅を眼にして、二人して、おお、と声を上げましたね。

「うちに負けず劣らず古いね」

「戦後すぐ辺りの建物だなこれは」

間違いなくの日本家屋です。ところどころに昭和風の意匠がありますから、堀田家よりは新しいでしょうけれど。

二人が玄関の前に立つ前に、木製の引き戸が開きました。

「あ、ありがとうございます。わざわざすみません」

ぴょん、という感じで現れたのが野宮智香さんですか。パーカにジーンズと若者らしい格好です。ポニーテールが可愛らしいです。荷物運びをするつもりで髪をまとめましたかね。

そして、奥にあるお祖母様の部屋に通されてまた二人して、おお、と声が出ました。これは大したものですね。八畳間の和室なのに壁一面が棚になっていて、LPがズラリと並んでいます。その他の棚にもシングルレコード、そしてかなり古い雑誌。音楽雑誌やファッション誌も並んでいます。段ボール箱もいくつか並んでいて、そこにはカセットテープなども入っているようです。

「なかなかだね青ちゃん」

「まったくだ。これは値付けしがいがあるな」

腕が鳴りますね。智香さんが戻ってきました。

「すみません、もう住んでいないのでお茶とかも用意できなくて」

ペットボトルのお茶を持ってきてくれたのですか。わざわざコンビニかどこかで買っておいてくれたのでしょう。若いのにちゃんとできるお嬢さんですね。

「あぁどうぞ気を遣わないでください。仕事で来てるんですから」

研人や青の行くところについていってそこで人と会うとすぐにわかります。この智香さんは青が俳優をやっていたことも、研人が〈TOKYO BANDWAGON〉であることも知りませんね。もちろん、そういう人の方が多数なのですから。

「それで、野宮さん。確認なのですがすみません。運転免許証を見せてもらってもいいですか？」

「はい、これです」

智香さんがバッグからパスケースのようなものを出しました。年齢確認ですね。そして頼んでおいた住民票。これはもうお一人だというので、智香さんの住所が間違いなくこの家であることの確認です。疑うわけではないですが、こういうケースは後でとんでもないことになることもあるもので。

「ありがとうございます。確かに確認できました。それじゃあお話ししたように、箱に詰めながらざっくりした買い取り査定をして、詳細はうちに持って帰ってからでいいですね？」

智香さん、大きく頷きます。

「どうせ東京にいますので、何かあれば連絡もらえれば、そちらの〈東京バンド〉さんに行ってもいいです」

「ありがとうございます」

二人とも笑うのを堪《こら》えましたね。店の名前を間違えるのは、本当に何も知らずに誰かに聞いて頼んできたのでしょう。

「じゃあ、箱に入れていきますね。何かあれば呼びますからここで待ってなくてもいいですよ」

「いえ、手伝いますので。準備してあります。そこにある段ボール箱も使ってください」

軍手を出してきましたね。

「じゃあ、やりましょう」

青がiPhoneから音楽を流し始めました。こういう作業は音楽を流しながらやった方が気も紛れますし効率もあがるそうですよ。

LPを片手で持てるぐらいざっと出して、大体を眺めていきます。

「おー、オーティス・レディングだー。渋いなー。お祖母さんって音楽をやっていた人なんですか？」

研人が訊きます。

「音楽が好きだった、ということしか知らないです。私が生まれる前に亡くなっていたし、母もあまり話してくれなかったので」

「そうなんだ。あ、オレほとんどタメなんで敬語はいいですよ」

「あ、そうですか」

ニコッと笑います。確かに楽器などは見当たりませんからね。青もそうそう、と続けました。

「これ、この部屋、カセットデッキはあるけど、たとえばステレオとかレコード掛けるものが何もないですけど」

「あったとしても、母が処分したんだと思います。私が物心ついたときからお祖母さんの部屋はこのままなので」

何か事情があったのでしょうか。お父さんがいらっしゃらないというのも含めて気になりますが、他所様《よそ》の家のことですからね。詮索するのは失礼というものでしょう。

青も研人もなかなかいいものが出てくるのに驚きながら作業を進めます。レコードに雑誌含めて全部で二十箱ぐらいにはなりましょうか。本当に結構な量です。

「それで、あの」

大体終わって、後は車に積み込もうかと一休みしているときに、何かちょっと躊躇《ちゅうちょ》するように恥ずかしげに智香さんが言い出します。

「ものすごく変なことを訊くのですけれど」

「何でしょう」

「〈東京バンド〉さんには、あ、すみません〈東京バンドワゴン〉さんですね！　我南人さんというミュージシャンの方がいるそうですけど」

二人で頷きます。

「我南人は僕の父で、この研人の祖父ですね。うちは家族でやっているんで」

「あ、そうなんですか！」

ちょっと笑顔になりました。

「それは変なことではないですよ？」

「いえ、あの。実は、ここにお祖母さん、祖母の遺したものがあるんです。カセットテープなんですけど」

小さな段ボール箱です。宅配便の伝票が貼ったままですけど開けてあって、カセットテープが何本か入っています。これも持っていく予定のものでしたよね。

「この中に、お祖母さんの会話が録音されたものがあるんです。そこで、みゆき、あ、母の名前ですけど、みゆきは、我南人の子供だって言ってるのが、録音されてるのがあるんですけれど」

「え？」

「え？」

青と研人が同時に言ってしまいましたね。我南人の子供ですか？　また出てきたんですかあの男に。

「それが事実なら、あの、きっと私はその我南人さんの孫になってしまうんだと思うんですけど」

確かに、孫、ですね。

そして亡くなられたお母様は青の腹違いのきょうだい、研人は智香さんのいとこになってしまいますよ？


取り急ぎ、帰ってきました。

事前に電話や何かで伝えてバタバタされても困るので、とりあえず我南人が家にいることを確認して、用があるからどこにも行くなと青が連絡しました。

荷物を下ろすのも後回しにして、カセットテープが入った小さな箱だけを持って、駐車場から店に向かいます。

わたしは一足先に帰ってきたのですが、古本屋では勘一がお客様と何やら笑顔で話していますね。

あぁ確か区立図書館の館長だった浜崎さんですね。あれから何度かお見えになっています。そこに、青と研人が古本屋の入口から帰ってきました。

「ただいま」

「おう、お帰り」

青と研人、難しい顔をしながらも、浜崎さんにいらっしゃいませと挨拶し、研人は箱をとりあえず帳場に置きました。

「大じいちゃん、終わったらちょっと話が」

「おう、買い取りのか？　その箱もそうか？」

「そうだけどさ」

浜崎さん、話を聞いていて何気なくその箱に眼をやって、うん？　と声が出て首を捻りましたね。

勘一が気づきました。

「どうしました？」

「あぁ、すみません。いえ、その箱の伝票、配達先が眼に入りまして。知っている家の住所だったもので」

あれですね。小さな箱には宅配便の伝票が貼ったままになっています。勘一もそれを見ました。

「あぁ、千葉ですか。そうだ、浜崎さんもご自宅は千葉でしたな。ご近所ですかい？」

「いえ、私の家はそこの近所ではないのですが、その住所の家の持ち主を知っていたものですから、何故そこの家の荷物がここに、とちょっと」

家の持ち主を知っていたということは、浜崎さん、智香さんのお祖母様かお母様のお知り合いということですね。年齢的には、お祖母様でしょうか。

青が反応します。

「すみません。じいちゃんこちらの方は？」

「昔な、区立図書館の館長だった浜崎さんだ。うちには昔よく来てくれていた」

「あ、じゃあお馴染みさんでいいんだね」

「もちろんだが？」

「浜崎さん、この住所の家の持ち主のお知り合いっていうのは、親しい方なんでしょうか？　名前は木下琴《きのしたこと》さんとおっしゃる方なんですが」

そう言ってましたね。確認したから間違いありません。野宮智香さんのお祖母様は、木下琴さんです。

浜崎さん、頷きながらも少しだけ難しい顔をします。

「親しい、と言うのは語弊がありますが、親しくないというのも違います。もう何十年も前に彼女は亡くなっているのですが、私の実の妹です」

「妹さん!?」

何という偶然でしょうか。

木下琴さんというのが実の妹さんというのは間違いないのですが、まだ琴さんが小学生のときにご両親が離婚して、琴さんはお母様に、浜崎さんはお父様に引き取られたそうです。五歳違いの兄妹だったと。

それで、そんなに頻繁に会っていたわけではないのですが、実の兄妹として節目節目で会ってはいて、家を知っていたのもそのためだそうです。

その後、琴さんのお子さんやお孫さんとはそれほど関わりもなく、琴さんが亡くなってからはほぼ没交渉になっていたとも。

お時間はあるというので、申し訳ないけど一緒に話を聞いてもらえないかと、青と研人が浜崎さんにお願いして居間に上がってもらいました。本人を知っている唯一の方ですからね。

もちろん、我南人と勘一も一緒に。

「じいちゃん。木下琴さんという女性に心当たりは？」

「まったくないねぇえ。知らない名前だよぉお」

勘一も顔を顰めて頷きます。

「俺も聞いたことはねぇな」

「まず、これを聞いて。俺と研人が向こうで聞いてきたのを、テープが劣化していてヤバそうだからってその場で録音してきたんだ」

カセットテープを座卓の上に置いて、青が iPhone を操作します。流れてきたのは先程わたしたちが聞いたものです。

まったく前後の事情がわかりませんが、とにかく男女が話し合っている声が入っていまして、そこではっきりと女性が言っているのです。

『みゆきは、我南人の子供よ。あんたの子じゃないわ』

そこから先の内容は大したものではなく、もうこの話は終わり、とか椅子を引く音とか、そういうものが録音されていました。時間にするとほんの一分もないです。

「えぇぇえ？」

我南人が首を捻ります。

青が説明しました。今日、ＬＰなどを引き取りに行った野宮智香さんの家。そこでこれを聞かされたと。

智香さんも、ただこれを聞いただけで他には何も知らないと。そして、これでどうこうしたいとかはっきりさせたいとかではないのだ、と。母も何もそんなことは言っていなかったし、そもそもこのテープで喋っている人が本当にお祖母さんかもわからない。生まれる前に死んでしまっているのでそうですよね。

「ただ、これがここにあるという事実の顛末《てんまつ》がわかるんだったら、知りたいって言っているんだ」

「それはね、本当だよきっと」

青に続いて研人も言います。

「智香さんね、含めるところなんか何にもない。そもそもじいちゃんのこともオレのことも知らなかったからね。音楽に全然興味ない人なんだよ。だから、これで金を取ろうとか責任取ってもらおうとかそんなもの一切なし。純粋に、疑問を解消したいだけ」

そんな感じでした。それはわたしも保証しますね。

浜崎さん、ようやく事情がわかって頷いて、でも顔を顰めていますね。

「どうなんだよ我南人」

我南人が、首を捻ります。

「その木下琴さんの写真とかはぁ？　ないのぉ？」

「なかった。あったとしても智香さんはわからないんだよ。生まれる前に死んじゃったお祖母さんで、どんな人で何をやってきた人なのかほとんど知らないんだ。写真すら見たことないって。ひょっとしたら全部お母さん、みゆきさんって人が処分してしまったのかもしれないってさ」

そこも、何か事情がありそうなんですが。

「もう一回、テープ聴かせてもらえるかなぁ。親父ぃ」

「なんだよ」

「じっくり、木下琴さんの声をぉ、昔を思い出しながら聴いてみてぇ」

「昔を？」

青がもう一度iPhoneを操作します。また声が流れます。何せ古いテープですから音質も悪いのですが、少しハスキーな声のように思います。

真剣にじっと耳を傾けていた勘一ですが、うん？　と顔を上げました。

「おい。我南人、この声はよ」

「聴いたことあるの大じいちゃん」

わたしも何となくどこかで聴いたような声だと思っているのですが。

「浜崎さんぅ、浜崎さんはぁ、この声が妹さんだとはっきり確認できるぅ？」

少し首を捻りました。

「何せ私も最後に声を聞いたのは、四十年も前。それ以前もそんなに会ってはいませんでした。

しかし、最初に聴いたときに、あぁ妹だ、と思いました。懐かしさが込み上げてきたので、ほぼ間違いないかと」

「ちょっと待ってねぇえ」

我南人が立ち上がって二階へ行きます。何をしに行ったのかと皆で待っていると、LPとポータブルレコードプレーヤーを持ってきました。

「おう！　そうか！」

LPを見た勘一が声を上げます。わたしもわかりました。これは〈ニュー・アカデミック・パープル〉のLPです。

あの声は、ミカちゃん。

谷口《たにぐち》ミカちゃんの声ですね？

我南人がLPを掛けました。前奏に続いて、ハスキーな迫力ある女性ボーカルの声が聴こえてきます。懐かしいミカちゃんの歌声です。

研人がすぐに頷きました。

「この声だ！　間違いなくテープで喋っている人！」

さすが、ミュージシャンですね。

「いやしかし、谷口ミカだろ？　おめぇは一切そういうことはしてないって、あの頃言ってたよな」

「してないねぇ。ミカは仲間だったよぉ。それはもう天地神明に誓って本当だよぉ」

それは、わたしも知っています。あの頃に、ミカちゃん本人の口から聞いています。我南人のことが大好きで恋人になりたかったけれど、手さえも握ってくれないと。だから、仲間のままでいるんだ、と。

「まぁ信じるとして、木下琴って、誰だよ？　谷口ミカじゃねえのか？」

「それは、わかります」

浜崎さんです。

「谷口は、母の旧姓です。両親が離婚した後に琴は谷口琴になったのです。木下というのは母が再婚してからの名字ですね。ですから、木下琴になりました」

「ミカはぁ、芸名だねぇ。谷口が旧姓だっていうのは知らなかったけどぉ。あの頃本人が言ってたよぉ。名前が好きじゃないから谷口ミカっていう芸名にしたってぇ」

そういうことだったのですね。

「それで、堀田さん。琴が、そのテープの中で話していたことについても、たぶん私は知っています」

「知っている、とは？」

浜崎さん、小さく頷きます。

「つまり、琴は未婚の母になっていたのです。今でいうシングルマザーですね。その頃に私は琴に会っています。いろいろ力になろうと思っていたんですよ妹ですからね。そのときに『我南人だったら良かったのに』という言葉も私は聞きましたし、本当の父親、たぶんこのテープで会話している男性がそうだと思いますが、名前も聞いています」

「なんて男ですか」

「ジョージと言っていました。同じミュージシャンだと」

外国の方なのですか。

「ジョージぃ？　ジョージ・タイラーぁ？」

「知ってんのか」

我南人が〈ニュー・アカデミック・パープル〉のLPジャケットを手にして裏返します。そこには〈ニュー・アカデミック・パープル〉のメンバーが写っています。まだ二十歳そこそこの、若いミカちゃんも。

「ジョージは、彼だよぉ」

指差したのは、ギターを抱えた男性。同じバンドのメンバーですか。

「外国人なのか？　いやハーフか？」

くっきりした顔立ちの方ですね。確かにハーフの方のようにも思えますが、単に彫りの深い日本人にも見えますね。

「そうかぁ、あの声はぁ、ジョージかぁ」

それから、カセットテープが入っていた小さな箱の伝票を見ます。何かに気づいたように、納得するように大きく頷いていますね。

何かわかったのでしょうか。

「青ぉ、値付けをしてぇ、その僕の孫かもしれなかった野宮智香ちゃんに連絡するのはいつぅ？」

「二、三日くださいって言ってあるよ。お金はうちに取りに来てもいいいって言ってた」

「そうかぁあ、じゃあすぐに連絡してぇえ、うちに来れる日を決めてほしいなぁ。それで、浜崎さんぅ」

「はい」

「申し訳ないけどぉ、そのときにもう一度来てもらえますかぁ。妹のミカ、琴さんのお孫さんに説明するためにもぉ」

浜崎さん、大きく頷きます。

「よろしいですとも。私も、琴の孫に会えるのなら、会って不義理を詫びようと思います。こんな凄い偶然が引き合わせてくれたのなら、そうしないと気がすみません」

「そうか」

研人です。

「おかしいと思ったんだ、この箱の伝票を見て。明らかに最近あの家に送られてきたものなのに、古いカセットテープが入っているから。話からてっきりお祖母さんが遺したものを入れただけだと思っていたけど、違う。こいつが、この読めない名字の男が、カセットテープを送ってきたんだ野宮智香ちゃんに」

「研人ぉ、その名前は前に聞いてるよぉ」

「聞いてる?」

「伝票に書いてある名前、〈宇条滋平〉ってぇ、検索してみてぇ」

「うじょう、って読むんだそれ」

研人がすかさずiPhoneで検索します。少し画面を操作しました。

「うわ！　マジか！」

「どうしたよ。その〈宇条滋平〉ってのがなんかやったのか」

研人が、唇をへの字にしました。

「〈宇条滋平〉は、音楽事務所〈アテーナイ〉の創業者だ！　そうだ、木島さんが宇条って男だって言ってた！」

「おう！　そうだ」

あの〈カラーナンバー7〉の事務所の、創業者ですか。

「すっかり忘れていたけどぉ、ジョージ・タイラーはぁ〈ニュー・アカデミック・パープル〉のギタリストだったよぉ。芸名で本名なんか覚えてなかったけどぉ、顔が濃くて外国人っぽいからって名前をもじって外国の名前にしてたんだぁ」

「もじった？」

「あー、そうか、この名前、ジョージって入ってる。しかも平はタイラー！」

そんな名前でしたか。あの頃のロックの皆さん、芸名をカタカナにしている人はたくさんいましたね。


三日後の日曜に、野宮智香さんが〈東京バンドワゴン〉に来てくれました。

そして、我南人が連れてきた白髪で長身の男性。音楽事務所〈アテーナイ〉の創業者で、〈ニュー・アカデミック・パープル〉のギタリストだった宇条滋平さん。

我南人が直接事務所に乗り込んで、話して連れてきたのです。

智香さんとは知り合いであることは、もう聞かされていました。お祖母様の親しい友人ということで、お母様が亡くなられたときにもいろいろと力になってくれていたそうです。

でも何故その宇条さんも〈東京バンドワゴン〉に来たのかは、まだ話していませんでした。

居間ではなく、我南人は智香さんと宇条さん、そして来てくれた浜崎さんを、我南人の部屋に案内しました。一応、研人も一緒に行きます。〈アテーナイ〉さんの件もありましたからね。

「智香ちゃんぅ、君のお祖母ちゃんはねぇ、よくこの部屋に泊まっていったんだよぉお」

「そうなんですか？」

きちんと話しました。お祖母様の琴さんは、谷口ミカとして凄いボーカリストだったこと。あの頃に我南人たちと仲間だったこと。そして、宇条さんも。

我南人がＬＰを出します。

「これはぁ、君のお祖母ちゃんが残したアルバムだよぉ。ここに写っているのが、君のお祖母ちゃん」

「スゴイ」

嬉しそうに、智香さんが眺めます。

「あのカセットテープを持っていて君に送ってきてぇ、こんなことがあったんだ、我南人がいる〈東京バンドワゴン〉に訊いてみたら、と言ったこの宇条くんね。カセットテープで君のお祖母ちゃんと話していた男が彼でぇ、そして君のお祖父ちゃんだ。この人は」

「お祖父ちゃん⁉︎」

驚いていますね。そして宇条さんも眼を見開きます。

「ジョージちゃんぅ、ここに来てくれた浜崎さん。この人はねぇ、智香ちゃんの大伯父。つまり、ミカこと木下琴のお兄さんだよぉ」

「お兄さん?」

宇条さんが言葉を失うほど驚いています。

「初めまして。浜崎正一です。琴とは親の離婚で離れて生きてきましたが、正真正銘、実の兄です。そして智香さんも。私は、あなたの大伯父にあたります」

智香さん、眼を白黒させています。びっくりですよね。いきなり、お祖父さんと大伯父さんが現れたのですから。

「宇条さん。私は、琴から、あなたたちからするとミカからはっきり聞いていました。お腹の子の父親は、ジョージというミュージシャンだと。そして、我南人さんだったら良かったのに、という言葉も。それが、真実だと私は思っています。何故そう言ったのかは、もちろん私にはわかりませんが」

宇条さん、浜崎さんを見つめながらその言葉を受け止め、大きく息を吐きました。そして、頭を下げました。浜崎さんに、そして智香さんに。

顔を上げて、我南人にも。

「ずっと、あんたを気にしていた」

我南人に言います。

「ミカが愛した男として。もちろん、偉大なミュージシャンとして。だから、〈LOVE TIMER〉にも〈TOKYO BANDWAGON〉にもちょっかいを出していたんだ。ミカの『我南人の子供』って言葉をずっと、信じ切れてなかったんだ。信じようって思ってもさ」

「それでも君はぁ、ずぅっと見守ってきていたんだねぇ。ミカの子供をぉ、そして孫をさ。君のLOVEでさぁ」

そうなんでしょうね。

「まだ、LOVEを終わらせるのには早いねぇえ。こうして、改めて出会えたんだからさぁ。智香ちゃんぅ」

「はい」

「僕もぉ、改めてご挨拶するよぉ。あなたのお祖母さんと、共に生きた男ですと。これからよろしくお願いしますとねぇえ。今度はもっと楽しいことを話そう。お祖母ちゃんの話ならたくさんあるからねぇ」


皆さんが帰られた後、我南人が勘一に話していました。

「まぁ結局のところ身内が増えたっていう嬉しい話になったんだからな。良かったじゃねぇか」

「そうだねぇえ。あの家もぉ、浜崎さんと話してぇ、智香ちゃんの将来を考えて残すかどうするかも話し合うって言ってたよぉ」

それがいいですね。住むつもりがなくても、いつか帰れる場所があると思えるだけでも、これからの人生にはプラスになりますよ。

「いいことずくめだったんじゃん？　いい買い物できたし、〈アテーナイ〉の件もすっきりしたし」

そうですね。

「まぁ良かったぜ。花陽の晴れの舞台の前に、とんでもねぇ話にならなくてよ。もしも我南人の孫だったら席をもうひとつ追加しなきゃならねぇところだったぜ」

＊

今日は八月十五日。お盆です。

そして、花陽と鱗太郎さんの結婚式です。

実はカフェも古本屋もお盆は多少かき入れ時ではあるのです。この辺りにお住まいだった方々が里帰りで戻ってきたりしますからね。

でも、そんなことは言ってられません。カフェも古本屋も本日休業です。

午前中に祐円さんの〈谷日神社〉で式を挙げ、そしてそのままHホテルへ車で移動して、披露宴です。ちょうどお昼の時間に美味しい料理を食べられるのですね。

朝から、池沢さんとかずみちゃんが来てくれました。これからうちで着付けです。もう何度祐円さんのところで結婚式を挙げましたかね。

古くはお義父さんの草平さんとお義母《かあ》さんの美稲《みね》さん、勘一とわたし、我南人と秋実さん、紺と亜美さんに、青とすずみさん、藍子とマードックさん。修平さんと佳奈さんもそうです。真奈美さんとコウさん、三鷹さんと杏里《あんり》さん、龍哉さんとくるみさん、木島さんと由子さんも挙げました。

「着物いいなぁ」
着付けを始めたのを見て、かんなちゃんも鈴花ちゃんも言います。今日は着られないんですよ。披露宴でドレスを着て、花束を新郎新婦に渡す役目をしますからね。その代わりに、おめかしして神前結婚式に行きましょう。

祐円さんの〈谷日神社〉での挙式は、本当におごそかに執り行われました。白無垢《しろむく》姿の花陽のなんてまぁ美しいこと。こんなにも美しい娘になっていたのかと、心底驚いてしまいました。

本当に身内だけでの写真撮影も終わり、さぁ次は披露宴だと、皆でタクシーに乗り込んで、そのままHホテルへ向かいます。花陽も麟太郎さんも、衣装は全部ホテルのものですから、そのまま全員で向かったんですよ。

Hホテルにはたくさんの新郎新婦の友人の皆さんも集まってくれていました。ただ、麟太郎さんの同僚の方たちが全員来てしまうと、病院がストップしてしまいますからね。それはとんでもないことなので、代表の皆さんが来てくれています。

水上くんのお姉さん、さゆりさんも控室にちょっと顔を出してくれましたよ。腕によりをかけて素晴らしいケーキを作ってくれたそうです。

開場して、新郎新婦入場、ご挨拶、乾杯、そしてケーキ入刀、皆がいるテーブルへの挨拶と、どんどん進んでいきます。

もちろん、花陽のウエディングドレス姿は、美しかったです。研人も感心していましたからね。

友人代表の挨拶に続いて、皆がかなり期待していたらしい〈LOVE TIMER〉と〈TOKYO

BANDWAGON〉によるジョイントライブ。

普通は新郎新婦が並ぶ雛壇を正面にして、余興などはその脇の方で行われるものでしょうけれど、違いました。雛壇をはるかに超える大きさのステージが作られていて、バンドのセットが最初から組まれていたのですよね。来られた出席者の皆さんは、ずっと期待していましたよ。〈LOVE TIMER〉と〈TOKYO BANDWAGON〉のステージが観られるのだと。

我南人は、ボンさんのことを話しました。きっと、ここに来て見ていてくれると。そして数は少なかったのですが、〈LOVE TIMER〉でもボンさんが作った曲を、歌いました。そして、ボンさんが本当に最後に、病床で麟太郎さんと花陽のために演奏した曲、ビートルズの『ヘイ・ジュード』も。

もう披露宴会場がコンサート会場のようになって、皆が大合唱しての大盛り上がりでした。一瞬これが花陽たちの晴れ舞台だというのを皆が忘れてしまったほどですよ。


そして、披露宴も終わります。

花陽と麟太郎さんがマイクの前に並んで立ち、司会の方がアナウンスしました。

「ご家族と、皆様への手紙を新婦が、新郎とお二人で話し合い書き上げました。新婦の花陽さんが、お読みします」

花陽と麟太郎さんの手紙ですか。

それは、聞いていませんでしたね。

「私には、父がいませんでした。でも、それを淋しいと思ったことは、ただの一度もありませんでした。家には曾祖父、祖父、そして叔父が二人。母はもちろん一人ですが、母のような姉のような叔母が二人、弟と妹のようないとこたち。皆が、私の父であり母であり、きょうだいでした。本当に、こぼれ落ちんばかりのたくさんの愛に包まれて、私は育ちました。これからももちろん皆に囲まれて生きていきますが、もしも遠く離れても、あるいは別れがあっても、皆から受けた愛を忘れることは一生ありません。そして、与え続けてくれたお蔭で一生枯れることのないその温かなLOVEを、麟太郎さんと一緒に、命を救うという使命に費やし続けます。本日は、本当にありがとうございました」

藍子が、そして勘一が、ボロボロ泣いています。いえ、亜美さんもすずみさんも、研人まで皆が瞳を潤ませ泣いていますね。笑っているのは我南人だけですよ。

二人の挨拶も終わり、普通はここで終了して新郎新婦が退場して、そして皆さんが帰るのをお見送りなどするのでしょうけど、違いました。

なんと、披露宴会場のテーブルがスタッフの皆さんであっという間に後ろに下げられてこれから出席者全員で写真を撮るのだそうです。そういうのもありなのですね。でも、楽しくていいですね。

皆がわいわい言いながら集まってきましたよ。

「どこでもいいです！　親族友人同僚誰がどこでもいいです。とにかく肩寄せ合って顔が見えるように集まってくださーい」

水上くんが、スーツを着て脚立の上でそう言いながらカメラを構えます。

「はい、祐円さん床に座っちゃってください。そうですそうです。はい、皆さん笑顔でチーズです」

「チーズ！」

合唱のように声が響き、オッケーですと水上くん。

「はい、じゃあ今度は親族とその関係者のみで撮ります。親族関係者はこっちの雛壇の方に移動してくださいどうぞー。他の皆さんは解散してくださっても結構ですし、その場に残って親族の皆さんを撮る瞬間に思いっきり笑わせてもいいです」

皆が笑っています。そういうことを言うと絶対に残って変な格好して笑わせる人が出てきますよ。

雛壇に、移動です。

花陽に麟太郎さん。勘一、我南人、藍子、マードックさん、紺に青、亜美さんとすずみさん、かんなちゃんに鈴花ちゃん、研人と芽莉依ちゃん、美登里さんと藤島さん。そして池沢さんにかずみちゃん。修平さんに佳奈さん。

コウさんに真奈美さんに真幸くん。和ちゃんに元春くん。脇坂さん夫妻に木島さん夫婦。裕太さんに真央さん、夏樹さん、玲井奈ちゃんに、小夜ちゃん。甘利くんに渡辺くん、ジローさん、鳥さん。のぞみちゃん。拓郎《たくろう》くんにセリちゃん、三鷹さんに杏里さん。祐円さん、新《しん》ちゃんに道《みち》下《した》さん。風一郎《ふういちろう》さん、龍哉さんにくるみさん、光平《こうへい》さん。

入っちゃっていい？　と皆に訊いて入ってきたのは須藤先生ですよ。どうぞどうぞ入ってください。

「僕もタイマーで入りますからそこ空けといてくださいね。じゃ、タイマーです。五秒で写ります！」

水上くんが走ってきてのぞみちゃんの隣に立って、カウントダウンでシャッターが切られました。

皆が、笑顔です。

これで本当に終わりです。

皆がそれぞれに帰り支度を始めると、紺が勘一を呼びました。麟太郎さんと花陽もちょっと待たせて、雛壇に立たせました。その前に椅子を置きます。

「ちょっと、じいちゃんそこに座って。そう、麟太郎くんと花陽の前に。うん」

「なんだよ、三人で撮るってか？」

「かんなが撮りたがっているんだよ。協力して」

かんなちゃんが、わたしに向かって目配せしていますね。

これはひょっとして、勘一の隣に座れということでしょうか。紺もかんなちゃんの目線でわたしがいる場所に気づいたのか、手で、早く早く、としていますね。

かんなちゃんがカメラで撮れば、わたしもきっとそこに写ります。

嬉しいですね。でも大丈夫でしょうか。絶対に皆には見られないようにしてくださいね。

勘一の隣に置かれた椅子に座りました。何年ぶりでしょうね。勘一の隣にこうして座るなんて。

「はい、かんなが撮りますー。チーズ！」

かんなちゃんが持っていたのはきっと紺の iPhone ですね。間違いなく、四人で写っているんでしょう。後でこっそり見せてもらいます。

＊

今日は花陽と麟太郎さんはホテルに部屋を取ってあるので、帰ってきませんね。明日からは麟太郎さんも我が家で暮らす日々が始まります。

皆も疲れたのでしょう。いつもよりも早く寝静まったように思います。

でも、勘一が離れからやってきましたね。飲んではいけないと言っているのに、お酒を持ってきました。でもこれはわたしに供えるつもりなのでしょう。

仏壇にお猪口を置いて、おりんを鳴らしました。

「サチよ。花陽が結婚したぞ。相手はボンの息子だ。麟太郎だ。こんなに嬉しいこたぁねぇよな。おめぇも来てたんじゃないか？　Hホテルによ」

はい、行っていましたよ。何十年ぶりかであなたと並んだ写真も撮ってもらいました。

「皆、来てたか？　秋実さんとかボンとかな。槙野春雄さんは、会ったことねぇからわからなかったんじゃないのか」

来ていたと思います。きっと皆わたしにはわからない姿でいたんですよ。

「まぁこれでよ。花陽の花嫁姿を見られて、後に控えてんのは研人なんだけどよ。あいつは、放っといてもいいやな。もう立派に一人前の男だ。別に俺が結婚まで見届けなくてもいいやな、ってちょいと思ったんだけどよ。これでもうおめぇんところに行ってもいいかってな。いい加減待ちくたびれているだろうからよ」

そんなことありません。全然待ちくたびれてなんていませんよ。

「てなこともちらっと思っちまったけどよ。見たか？　かんなちゃんと鈴花ちゃんのドレス姿よ！　いやもう可愛いの可愛くないの可愛いんだけどよ！　あんなに小さくてもあんなにも可愛いんだから、大人になってウエディングドレスなんざ着た日にはあの千倍一万倍可愛いぞ！　なぁそんなのを見逃してどうすんだってな！」

笑ってしまいました。でも、その通りですね。わたしもそう思いましたよ。

「そういうわけでよ。なんだか祐円が言ってたけど、あと最低でも八年だ。八年以上は生きて、二人の花嫁姿を見てからそっちへ行くからよ。まぁそれまでは、ほれ研人たちの歌でも聴いて待っててくれや。我南人たちのはもう聴き飽きたろ。これから研人たちの歌は世界中を駆け回るからな。頼むぞ。そっちでもう少し待ってろよ」

はい、もちろん待っていますよ。ずっとあなたの傍で、あなたが天に召されるその日まで見ていますから。どうぞ、このまま十年でも二十年でも長生きしてください。

その代わり、あなたが天に召されてからもわたしがここにいるようでしたら、今度はあなたが待っていてくださいね。怒らないで。頼みましたよ。

人は歌を唄います。

歌は人が人になったはるか大昔からずっと人と共にあったと言われています。

そこで唄われていたのは、きっと生きるための喜びや怒りや哀しみや楽しさだったのでしょう。

社会の中で生きるようになった今も、人はいつのどんな時代でも歌を唄ってきました。

人生における夢とか現実。希望や挫折。遠くて近いものに、強くて弱いもの。淡くて儚《はかな》いもの。輝く未来に、悲しい過去。遠く夢見る恋に、叶った恋と失った恋。

おそらく人が生み出した数多《あまた》の芸術の中でも、世界中のほぼすべての人がその手にして、手にできて、ずっと残り続けていくのが歌なのだと思います。

そのすべてに愛があるからでしょう。

人は何かや誰かを愛さないと生きていけないものなんだと思います。

彼方《かなた》の何かを手に入れるために、傍にいてほしい誰かを呼ぶために、言葉や歌が生まれてきたのだと思います。自分の愛を歌い、誰かの愛を乞う。

その歌声は一生途切れることがないのでしょう。たぶん、死んでもです。

地位や名誉やお金を手にして、はるか彼方の何かを簡単に手に入れることができたとしても、自分がずっと歌い続けてきた愛は、それでは手に入れられない。

決してお金などでは手に入れられないことがわかっているからこそ、愛を歌って生きていくのです。

その人のその歌声が、人生という名の五線譜の上にずっと音符として書き綴《つづ》られていきます。その歌に呼ばれる人が現れ、共に生きていく人となったのならば、その人の歌が同じ五線譜に書かれていきハーモニーとなっていきます。

手にした同じ愛を、歌っていくのでしょう。

あの頃、たくさんの涙と笑いをお茶の間に届けてくれたテレビドラマへ。

小路幸也　しょうじ・ゆきや

北海道生まれ。広告制作会社退社後、執筆活動へ。『空を見上げる古い歌を口ずさむ』で第二九回メフィスト賞を受賞して作家デビュー。代表作「東京バンドワゴン」シリーズをはじめ、「旅者の歌」「札幌アンダーソング」「国道食堂」「花咲小路」シリーズなど著書多数。

＊本書は書き下ろし文芸作品です。

キャント・バイ・ミー・ラブ　東京《とうきょう》バンドワゴン

二〇二四年四月三〇日　第一刷発行

著者　小《しょう》路《じ》幸《ゆき》也《や》

発行者　樋口尚也

発行所　株式会社 集英社

〒一〇一-八〇五〇 東京都千代田区一ツ橋二-五-一〇

電話 〇三-三二三〇-六一〇〇（編集部）

〇三-三二三〇-六〇八〇（読者係）

〇三-三二三〇-六三九三（販売部）書店専用

印刷所　TOPPAN株式会社

製本所　株式会社ブックアート

定価はカバーに表示してあります。

ISBN978-4-08-775468-1 C0093

スタンド・バイ・ミー

絆がさらに深まるシリーズ第3弾。
古書に子供の字で書かれた
〈ほったこん ひとごろし〉の落書き。
あらゆる謎を万事解決！

マイ・ブルー・ヘブン

初のスピンオフ長編。
舞台は終戦直後の東京。
勘一と、今は亡き
最愛の妻・サチとの出会いの物語。

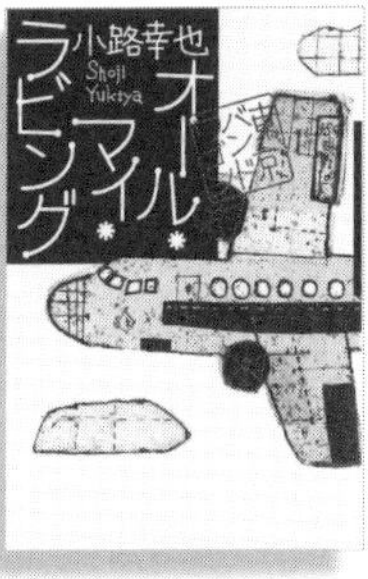

オール・マイ・ラビング

ページが増える百物語の和綴じ本、
店に置き去りにされた猫の本…。
家族のドラマも満載のシリーズ第5弾。

オブ・ラ・ディ オブ・ラ・ダ

勘一の曾孫たちは大きく成長し、
賑やかな堀田家だが、
ある人の体調が思わしくないことが判明し…。

レディ・マドンナ

勘一を目当てに店に通ってくる
女性が現れて一家は騒然。
女性のパワーが家族の絆を結び直す、
シリーズ第7弾。

フロム・ミー・トゥ・ユー

様々な登場人物の視点から
過去のエピソードを描いたスピンオフ短編集。
人気キャラクターの知られざる秘話が満載！

オール・ユー・ニード・イズ・ラブ

中3になった研人はますます音楽に夢中。
なんと「高校に行かずにイギリスへ渡る」と宣言！
さて堀田家はどうする?

ヒア・カムズ・ザ・サン

夜中に店の棚から本が落ち、
白い影が目撃されて、幽霊騒ぎが持ち上がる。
我南人たちがつきとめた、
騒動の意外な真相とは。

ザ・ロング・アンド・ワインディング・ロード

店の蔵に封印された私家版を巡り、
堀田家に騒動が巻き起こる。
貴重書を取り戻すべくやってきた客は、
なんと英国秘密情報部!?

ラブ・ミー・テンダー

舞台は昭和40年代。若き日の我南人の青春、
そして運命の女性・秋実との出会い――。
堀田家の知られざる歴史が
明らかになる番外長編！

ヘイ・ジュード

花陽の医大受験に加えて、
家族の引っ越しが相次ぐ堀田家。
一方、我南人のバンドは闘病中のボンと共に、
長くあたためていた
アルバム制作に取り掛かり…。

アンド・アイ・ラブ・ハー

高校卒業後の進路に悩む研人、
「老人ホーム入居を決めてきた」と宣言するかずみ、
そして長年独身を貫いてきた藤島…。
それぞれの人生の分かれ道を描く。

イエロー・サブマリン

花陽は成人、勘一は米寿、
そして高校卒業後に
プロミュージシャンとなった研人は
芽莉依と結婚!?
令和も堀田家は健在！

グッバイ・イエロー・ブリック・ロード

〈TOKYO BANDWAGON〉がイギリスで
レコーディングを行うことになり、
藍子とマードックの元を訪れるが、
マードックの姿が消え…。
誘拐と美術品盗難の謎に迫る番外編！

ハロー・グッドバイ

田町家が取り壊され増谷家・会沢家として
生まれ変わろうとするなか、
〈かふぇ あさん〉の夜営業が始まる。
さまざまな変化や試みに、
堀田家は「LOVE」を胸に挑んでいく。

ペニー・レイン

堀田家の我南人が情報バラエティ番組に出演!?
そして迎える“大引っ越し大会”。
慌ただしい日々の中、
かつて閉店したお店の謎や、突然の放火疑惑、
大事な家族のメンバーとの別れが…。

隠れの子

東京バンドワゴン零

集英社文庫

江戸北町奉行所定廻り同心の堀田州次郎と、植木屋を営む神楽屋で子守をしながら暮らしている少女・るうは、ともに「隠れ」と呼ばれる力を持つ者だった。州次郎はたぐいまれな嗅覚を、るうは隠れの能力を消す力を…。州次郎の養父を殺した者を探すべく、ふたりは江戸中を駆け巡る。それはまた隠れが平穏に暮らすための闘いだった。「東京バンドワゴン」シリーズのルーツとなる傑作時代長編小説。